海洋国家アメリカの文学的想像力

――海軍言説とアンテベラムの作家たち

中西佳世子
林　以知郎　編

開文社出版

目次

序

林　以知郎

一

「海辺に注ぐ眼差しを都市はもはや忘れてしまい、その後に残ったのは認識の空白。海は五十年前よりも、十九世紀におけるよりも、いやもっと啓蒙時代におけるよりも、見え難くなってしまった」。こう書き記したのは、西海岸を拠点に、定型化された報道写真手法を拒否して政治的矛盾や収奪のシステムを独自な構図で写し取ってきたアメリカの映像作家アラン・セクーラである。そのセクーラが一九九五年に発信した『フィッシュ・ストーリー』は、海上物流の現場や海事労働者の身体を通して立ち現れてくる今日の海洋空間の多面的な姿を映像とエッセイによって捉えた、喚起力豊かな視覚メディアである。この写真集の第三パートは、やがて『イギリスにおける労働者階級の状態』執筆にとりかかることとなる在英時代のフリードリッヒ・エンゲルスがテムズ河を遡行する船の甲板に佇み水面に眼差しを遣る姿から書き起こされるが、それに続く一節で自らの企てをセクーラはこう表わしている。「私がここでなそうとしているのは、三通りの葬礼を同時に執り行うという手品なのだ。すなわち、パノラマ的眺望を喪失してしまった近代絵画と、社会主義と、そして海、これらへの弔いである」と。テムズ河の川面から北海へと繋がる水系の広がりに思いを遣るエンゲルスがひょっとすれば見据えていたのかもしれぬ、失われていくものたち——高度資本主義化とグローバリゼーションがやがてその帰結としてもたらすであろう距離の零化、収奪と富の偏在の不可視化とならんで、私たちの視界から消失していく第三の対象として海洋空間を配置したこのエッセイにセクーラが付した題名は、「海の忘却」（"Forgetting the Sea"）であった。

「海の忘却」なる表現に最初に出会ったのは、セクーラの写真集から十五年後に出版された、マーガレット・コーエンの海洋小説論『小説と海』（二〇一〇）を通してであった。他の場所で書評する機会を得たので詳細は省くが、比較文学の手法から海洋文学における近代性の生成過程を辿ったこの好著においてコーエンは、セクーラのエッセイ題名を「海洋を語る言語の欠落」（"hydrophasia"）なる合成語に置き換えて、海洋冒険小説ジャンルを縦断する中心的な分析枠組みに転じている。叢書 translation/Transnation の一環として公刊されたこの書物は、小説の創作技法《クラフト》を海洋冒険小説のヒーローが駆使する操船技量《クラフト》に重ね合わせることを通して、ルカーチからイアン・ワットに至る小説ジャンル論およびその前提にある近代的主体論を修正しようとする試みであるが、「海洋環境《ハイドロ》＋言語障害《フェージア》」から合成された造語によって見据えられているのが、ピカロの跳梁する都市からセンティメンタル小説の寝室にいたるまで、小説ジャンル生成論の基盤的空間とされてきた「陸土」の呪縛から小説を解き放つ可能性であることは見てとれる。とりわけ「丘の上の町」から「明白なる天命」、さらには「フロンティア理論」と、文学史の鍵概念を並べてみただけでも浮かび上がってくる陸土への繋留志向を内在させてきたアメリカ文学研究にとって、陸土中心主義《テラセントリシズム》発想からの抜錨による認知地図の転換を促す契機もまた、コーエンの造語にははらまれている。『海洋国家アメリカの文学的想像力』と題した本書の企画もまた、「海は忘れられたのだろうか?」と問うてみることで、海に囲われ、海により繋がり、海の拡がりと深みに育まれてきたアメリカの想像力のかたちをいささかでも捉え、アメリカ文学における海の記憶を蘇生させようとする、ささやかな抜錨への試みである。

二

セクーラの「海の忘却」からコーエンの「海洋を語る言葉の欠落」にいたる十五年の歳月が、

超国民国家的転回《トランスナショナル・ターン》と括りうる批評思潮の流れと入れ交わることによって、海洋が知のトポスとして再び私たちの視界の中に溢れだしてくる過程でもあったことは、奇しくも同じ二〇一〇年にPMLA誌が組んだ特集企画が「海洋研究」("Oceanic Studies")であったところにも見てとれる。十編の論文を配して構成される特集企画は現時点での海洋研究の到達地点を伝えてくれるが、この特集にコーエンと並んで論考を寄せているのは、本書においても複数回の言及・引用対象となり海洋空間をめぐるアメリカ文学研究の必読文献のひとつとなった感もある『檣頭よりの眺め――海事想像力とアンテベラム期の海洋物語』(二〇〇八)を著したヘスター・ブラムである。ブラムは「海洋研究の展望」と題したその論考の冒頭で、記号論からのアメリカ文学・文化論を展開するウィリアム・ボエーローワーの「痕跡も残さず地名も持たぬ海は、所有されることを拒む」という言を引いて、「抹消、削除、流動」(erasure, elision, and fluidity)を属性とする海洋の言語表象化に伴う困難を「深淵」にたとえている。所有されること、言語表象を帯びることを拒む海洋の多様なる現れを批評対象として手繰り寄せるために、先に引いたコーエンの『小説と海』の場合は操船技量の実践技術性《メチエ》に着目して「航海テクノロジーのロマンス」なるサブジャンルの生成を見とる方向を目指したといえるが、ブラムの『檣頭よりの眺め』では、平水夫の読書行為が向かうテクストの物質性に着目して海事労働の場に共有され流通していく情報ネットワークの拡がりが捉えられている。海の表象化に伴う困難は、再び一九九五年に戻るならば、この年になされた野心的な文学史記述の試みにも共有された認識といえる。メルヴィル研究者であるハスケル・スプリンガーの編纂になる『アメリカと海――文学史の試み』(一九九五)の冒頭において告げられるのは、人間の前に海が立ち現れる姿のおおいなる多様性である。「海は人類を結びつける結節点であり、人間共同体の中心である。だが海は、同時に切断機能であり、境界であり、危険をはらんだ限界でもある。海は促進者であると同時に妨害者でもあり、救い手であるとともに破壊者でもある。人間と海の関係がはらむのはこれらの不安定性、変動性、そして逆説性(this instability, changeableness, even paradoxicality)なのである。」このように多様に設定された両極間の振れ幅の内に姿を現すアメリカ文学の海を捉えるためにスプリンガーが立てた編纂方針は、十三章からなる章立てによって時代、時代思潮、ジャンル、エスニシティなどの多面的な切り口を通して海洋の姿を分節・分光させる企てであったといえるし、したがって副題が示唆するように「文学史の試み」の装いを取ることとなる。

三

ここまで、この十五年ばかりの期間にアメリカ文学と海をめぐってなされてきた先行研究のうちの幾点かを概観してきた。我田引水となる愚をおそれずに言うならば、コーエンもブラムもスプリンガーも言語表象化を拒む海洋という対象を斬新かつ柔軟な眼差しを通して捉える優れた試みを発信しているのだが、それぞれに奇妙に希薄であると感じられるのは、海軍および海軍制度の内に行き交う言説に焦点を定めようとする意識である。スプリンガーの『海とアメリカ文学』には海軍制度ないしは海軍をめぐる言説にあてられた章はない。その後を追ってジル・ギッドマークの手により編纂された『海と湖のアメリカ文学百科事典』（二〇〇一）も、二十世紀を中心に海軍小説と海軍回想記の項目に約五頁を割いているのみである。海洋を中心に据えたアメリカ文学研究における海軍の存在の限りなき希薄さ、それはなぜであるのか、その理由の所在を求めることは難しくはない。「海からは、海を語る歌と物語からは、ふと目にとまった船の姿と船乗りの衣装からは、魔力が発せられ、ヨーロッパへと向かう乗客よりも、海軍艦船に乗務し商船に乗り込む若者たちにずっと強く働きかける」という一節をリチャード・ヘンリー・デイナ・ジュニアが日誌に書き記したのが商船の、それも檣頭下部に割り当てられた平水夫船室であった事実が示唆するように、海の物語の「魔力」は海軍艦船よりも小型商船《スキッパー》や捕鯨船にこそロマンティックな彩を帯びさせてきたことは感覚的に明らかであろう。海軍での経験を文学の素材とする際の困難について、スプリンガーは「階級や特権や権能といった事柄を民主国家という場になじませるという難問」と指摘している。「偉大なる精神は偉大な水夫である」というエマソンの言葉を待つまでもなく、制度と階層秩序から自由な「平水夫《コモン・セイラー》」こそ、民主主義国家アメリカの自己形象にふさわしいのかもしれない。バート・ベンダーも『海の兄弟』（一九八八）において、「アメリカの海洋小説において海軍による戦闘を素材とした作品がどちらかと言えば不在である」理由を、「海をめぐって作家たちが伝統的に共有してきた驚異と神秘の感覚、そして海洋という自然の懐に人間が包み込まれることで自らの姿を見極めたいという願望は、海における戦闘という情景そのものと相容れない」からだと述べたうえで、ハーマン・メルヴィルの『ホワイト・ジャケット』からの有名な一節を引いている。

「ああ、われにいま一度の、漂泊者の命を与えよ！（中略）だが、白いジャケツがここで語る漂泊者の命と、軍艦での人生が同一のものでないことをお断りしておく。そこでの人生は、軍の規則とかその他凡百の悪徳に満ちたもので、自由気儘の無拘束を愛し、誉れを知る漂泊者すべての魂を抉るほどに刺すものなのだ。」

（引用は坂下昇訳『メルヴィル全集　六』による）

「自由気儘の無拘束」に対する「軍の規則と凡百の悪徳」――『ホワイト・ジャケット』から引用したまさにこの一節に着目しながら、ここに個の自由をめぐるファンタジーに対置された国家制度と帝国主義的拡張政策という二項から成る対立の構図を見とるに留めていいのか、と問い返すのは、ジェイソン・バーガーの『アンテベラムの海上にありて――十九世紀アメリカの海洋幻想』（二〇一二）である。ジェイムズ・フェニモア・クーパーとメルヴィルを中心としたバーガーの海洋ロマンス論は、頻繁なラカンの社会心理学の援用がかえって作品分析の手筋を見失わせてしまうもどかしさを感じさせないでもないが、アンテベラム期アメリカ文学において海軍と海軍をめぐる言説が「希薄」に見える事情を逆に研究アプローチの方向性へと転じてくれるかもしれない、有用な示唆を含んでいるように思う。すなわち、国家制度としての海軍と、制度から自由な個の神話化を核としたロマンティックな海洋物語群は、実際には固定された二項対立であるのではなく、流動しつづける歴史過程の中で生成される海軍制度と「平水夫」をめぐる文学幻想との間には相互交渉《ネゴシエーション》と流用の力学が作用している、というのが、ラカン理論の遮蔽幕を取り払って読み直してみたバーガーの立論だといえる。たとえばクーパーの『水先案内人』（一八二四）は、海軍創設者のひとりに擬せられるジョン・ポール・ジョーンズをあしらって独立戦争期のイギリス本土攻撃を素材とした海洋ロマンスであるが、植民地海軍艦船のただ中に開拓地におけるナッティ・バンポのごとくに取り残された下士官トム・コフィンは、神話的ヒーローの輝きを与えられながら、最終的にはプロット展開の早い時点で戦死を遂げることで、ナッティと同様にロマンスの内部から放逐されていく。制度からの自由を体現すべき「平水夫」神話は、デイナの言う「魔力」を発揮し終えるや、建国神話と海軍制度の創出という国家言説の中に回収されていくのである。いまひとつ例示を加えるために、アンテベラム期海洋ロマンスと海軍制度とが基盤の部分で通底しあっている事情を象徴的に体現している人物を求めるならば、バーガーの著書にも複数回言及されている、チャールズ・ウィルクスであるかもしれない。ウィルクスは海軍大尉として一八三八年に始まる国家的事業、合衆国探検遠征隊を率いるべき任を課されるが、その遠征目的はアメリカの支配域拡大にあるとの国命を受け、ウィルクス麾下の探検隊員が残した記録のすべては国家の統制のもとに管理されるところとなる。ひょっとすれば無数の海洋ロマンス・テクスト群を生成したかもしれぬ異界遭遇経験の記録総体を管理しようとする国家・海軍制度の思惑を掻い潜る形で、ジョージ・コトキンの跡付けを受け入れるならば、海軍将官として品行に難ありとして譴責処分を受けもした「悪名高き」ウィルクスはメルヴィルの手でエイハブ船長の造型モデルと転じていく(『もっと深みに潜れ——白鯨との旅路』二〇一二)。これらの回収と流用の事情に、国家と海軍制度そして海洋ロマンスのテクストの間に往還《ジグザグ》的な交渉関係を見とることは難しくない。言い換えると、バーガーは国家制度としての海軍の在り方とその生成過程に対しても、先に用いた表現を反復するならば、「不安定性、変動性、そして逆説性」を措定するべきだという再読行為を呼びかけているのだ。アンテベラム期海洋ロマンスと海軍制度との間に眼を凝らせば両者の間の相互交渉関係が見えてくるかもしれないならば、コーエンの操船技量あるいはブラムの海事労働現場の物質性への着目がそうであったごとくに、海軍と海軍言説に着目することを通してもまた、容易な表象化を拒む海の姿を手繰り寄せてくれる繋留索《ホーサー》を手にすることが可能となるのではないか。本書に『海軍言説とアンテベラムの作家たち』と副題を付した意図もまた、海軍と海軍をめぐる言説をその「不安定性、変動性、そして逆説性」の相のもとに捉え、そうすることを通してアンテベラム期作家が紡ぎだすテクスト群に形を取る海の形象と海軍との間に繰り広げられる相互交渉の動態を見とってみたい、と願うからである。

四

十一編の論考を第一部と第二部に配する本書の構成もまた、海軍制度とアンテベラム作家たちの文学的想像力が描き出す海の形象との間に繰り広げられる相互交渉関係において海洋国家アメリカの姿を捉えてみたい、という私たちの企画に発している。

第一部「海洋国家アメリカと海軍の言説空間」には、海軍の形成とそこから紡ぎだされる言説の在り方をけっして一方向的ではない変動の相と、ときには逆説性をも帯びる生成過程として史的視野から捉えようとする四編の論考を収めている。阿川論文では、北米植民から南北戦争に至るアメリカと海の交渉軌跡を見据えながら、その歴史スパンの中で海軍が軍事情勢上の必要から生み出されながら、しだいに法と制度における正統性を獲得していく過程が精緻に跡づけられる。布施論文は海軍兵学校および海軍大学校の形成過程の綿密な検証を通して、海軍教育制度が涵養すべき資質・能力の所在をめぐる海軍人脈内の言説交換が、やがては同時代の列強各国間との影響関係へと言説空間を拡大していく様を描きだす。佐藤論文は建国期、バーバリー海賊への対抗武力として胚胎した海軍と西アフリカ諸邦との接触過程と、拉致体験の実録および創作作品化というテクスト生産過程、これら両者間の交渉を見とりながら、アメリカ的想像力の中にはらみこまれたイスラム幻想の変容という今日的主題をも炙り出す。林論文はソマーズ号の「反乱」をめぐって繰り広げられた海軍人脈内のポレミークをたどりながら、事実尊重主義と言語指示の真実性の上に立脚した海軍の言語秩序が揺らぎだし、近代性を帯びた感性と言語様態へと変容していく過程を捉える。

第二部「海洋国家アメリカの文学的想像力」には、アンテベラム期の作家たちの執筆行為と作品世界が海軍制度および海軍艦船上の営みと交錯しあうところに織りなされる海の表象に着目し、海洋をめぐる文学的想像力の多様なる様態を論じる七編の論考を配している。大野論文は、海軍艦船と私掠船による二編の航海記録に対して編集を施す過程で、ホーソーンの想像力の中に形を取っていった海の形象と船乗りの像が、『緋文字』において制度に絡めとられることに抗う空間的オルタナティブと転じて想像力を介したイメージ転移がなされている様を捉えている。中西論文は、ホーソーンによるペリー提督のアフリカ艦隊航海記の編纂とペリーが日本遠征記の編纂をホーソーンに打診した史実に着目することで、かたや軍令上の現実、かたや職業作家としての経済的現実を前にして海軍言説を共有しつつ文学的想像力を介して対処した両者の接点に、海軍の制度化と存在意義を唱える士官階層の視点から発信されるナラティヴを読み取る。真田論文は、メルヴィルの『ホワイト・ジャケット』を一般水兵が語る物語ジャンルに定位しながら、テクストに満ちる海軍批判が民主主義の理想化に発しながら愚劣な大衆支配という負の側面をも見据えていると論じ、海軍批判言説がはらみこむ振れ幅にホーソーンとの出会いを通して果たされた思想的深化を見とる。中西論文と真田論文が士官と水兵それぞれが語る物語を読み取ろうとするならば、西谷論文が聞き分けようとするのは、海の記憶と陸の記憶が入れ子構造のごとくに結節しあうメルヴィルの元水夫の物語群にあって、過去と現在のどちらにも身置きを果たせぬ「孤児」状況が醸し出す多層的ノスタルジーであり、その孤立の果てに手繰り寄せられる「言葉によるつながり」の可能性である。入れ子構造の多層性に似通う幻惑を「エンカンターダズ」に見とる橋本論文は、近代の眼差しとまどろみ続ける海洋、航海機器による計測・集積と幻覚をいざなう海市の風景、国家制度と海賊の間に揺れ動き続ける群島の両義性・断片性を混沌のトポスと捉え、メルヴィルのスケッチ群の読解を通して異界の複層性が呼び込む、脱中心化され拡散していく海図を開いてみせる。辻論文はメルヴィルの初期と晩年期の二作品、『ホワイト・ジャケット』と『ビリー・バッド』を軍艦物語とジャンル規定した上で、階級と人種というアメリカにとっての深き問題系《ハードファクト》がたたえる深淵がそれぞれのテクスト内に前景化される構図をソマーズ号事件や奴隷解放運動などのテクスト外文脈と照応させて読み解き、作家終生の取り組みの到達地点を見とる。貞廣論文はホイットマンの「おお船長」をイギリスの伝統的バラッド形式を借りたリンカーン賛歌と読み始めることで、南北戦争を英米という二つの島嶼国家の交渉関係と捉える海洋的射程を設定し、このトランスナショナルな視座のもとに「インドへの道」における大西洋横断電信ケーブル敷設の不在を起点として、新しいインドへの道を探ろうとする再建期の詩人の詩的ナショナリズムを読み取ってみせる。

本書はアンテベラム期という時代限定を背負う企画でもあり、スプリンガーやベンダーの業績に備わる広い史的視野を帯びることは叶わないし、コーエン、ブラムやバーガーの業績を貫いているような方法意識の先鋭化には至りえていないかもしれない。さらには、海洋をめぐる想像力と海軍言説の生成に織り込まれていたであろう経糸緯糸、たとえばジェンダーと人種などに着眼・前景化してはいない点については、黒人水夫《ブラック・ター》や異装の船乗りなどの主題化を期待する読者には物足りなさを覚えさせてしまうかもしれない。しかしながら、先に述べておいたように、本企画は海軍制度をめぐる言説を繫留索としてアメリカ文学における海の記憶を手繰り寄せ、陸土中心発想からの抜錨を試みる企てとして、まだ埠頭をわずかに離れたばかりでしかない。Shin Yamashiro, *American Sea Literature*(2014)など、航路を共とする意欲的な先行研究が描き出す航跡に本企画が目指すところが交わりあい、アメリカ海洋文学研究に新たな波を呼び込むことが出来ればと、執筆者・編者共に願うものである。

引用文献

Bender, Bart. *Sea-Brothers: the Tradition of American Sea Fiction from* Moby-Dick *to the Present*. U of Pennsylvania P, 1988.

Berger, Jason. *Antebellum at Sea: Maritime Fantasies in Nineteenth-Century America*. U of Minnesota P, 2012.

Blum, Hester. "The Prospect of Oceanic Studies." *PMLA*, vol. 125, no. 3, 2010, pp. 670–77.

———. *The View from the Masthead: Maritime Imagination and Antebellum American Sea Narratives*. U of North Carolina P, 2008.

Cohen, Margaret. *The Novel and the Sea*. Princeton UP, 2010.

Cotkin, George. *Dive Deeper: Journeys with* Moby-Dick. Oxford UP, 2012.

Gidmark, Jill B., editor. *Encyclopedia of American Literature of the Sea and Great Lakes*. Greenwood, 2001.

Sekula, Allan. *Fish Story*. Richter Verlag, 1995.

Springer, Haskell, ed. *America and the Sea: a Literary History*. U of Georgia P, 1995.

Yamashiro, Shin. *American Sea Literature: Seascape, Beach Narratives, and Underwater Explorations*. Palgrave, 2014.

林以知郎「海洋冒険物語の復権——もうひとつの小説起源論」『英文學研究　支部統合号』第五巻、二〇一二年、二一三—一七頁。

第一部　海洋国家アメリカと海軍の言説空間

海洋国家アメリカと海軍の創設

阿川　尚之

はじめに

私は荒れ野を見たことがない
海を見たことがない
けれどもヒースがどんな姿かを知っている
波のかたちも知っている

私は神と話をしたことがない
天国を訪れたこともない
それでも私には正確にその場所がわかる
あたかも海図を与えられたように

エミリィ・ディキンスン「海図なき」（大和　二〇〇五を一部筆者が改訳）

一　海の記憶

二十年ほど前、マサチューセッツ州の海沿いの町、ニューベッドフォードを訪れた。一八四一年土佐沖で暴風雨に遭い鳥島へ漂着した日本人漁師五人が、アメリカの捕鯨船「ジョン・ハウランド」に救助された。その一人で最年少の（ジョン）万次郎が、同船のウィリアム・H・ホイットフィールド船長に連れられ、長い航海の後、一八四三年五月にやってきたのが、この港町である。当時はナンタケットとならび、北米最大の捕鯨基地であった。ホイットフィールド船長の家は、アクシュネット川を隔てた対岸のフェアへイヴンの町にあり、万次郎はニューベッドフォードの港から再び海へ出るまで、この家で三年間暮らした。

私がこの地を訪れたのは、ある出版社から万次郎について新しい本を出すので寄稿してくれと頼まれたからである。別の用件でアメリカへ出張した折に、フェアヘイヴンとニューベッドフォードで万次郎ゆかりの場所を歩いて回った。ホイットフィールド船長の家が建つ一角は、「メイフラワー」で新大陸へ渡った約百人のピルグリムの人々の中で最も若かったジョン・クックを含む何人かの植民地人が、地元の族長から土地を購入し家を建て砦を築いた、このふたつの町発祥の地である。

本書の読者には改めて言うまでもなく、ニューベッドフォードは、ハーマン・メルヴィルの小説『白鯨』の主人公エイハブ船長らが捕鯨船「ピークォド」に乗って出帆する港である。今でも一八三二年に建てられたシーメンズ・ベセル、すなわち船員のための礼拝所が、そのまま残っている。十九世紀には捕鯨船の乗組員たちが、出港の前にこの礼拝所へきて祈りを捧げた。映画『白鯨』に登場する船の舳先のかたちで有名な説教台のある礼拝所が階上に、礼拝に参加した船乗りたちに食事が供される「塩の部屋」という名前の小部屋が階下にある。

私が訪れたとき、「塩の部屋」の片隅に、小さなオルガンと一輪の手押し車が置いてあった。案内してくれた人によれば、毎年五月末のメモリアルデイ（戦没将兵追悼記念日）に、町の人たちは一八六六年に製造されたこの古いオルガンを一輪車に乗せて波止場まで運び、その伴奏で賛美歌を歌う。海で命を落とした船乗りの名前がひとりひとり読み上げられ、停泊中の漁船が一斉に鐘をならす。花輪が海に投げこまれる。

豊かな海の幸をもたらす海は、同時に昔も今も危険な職場である。『白鯨』に描かれているとおり、捕鯨は特に危険できつい仕事であった。礼拝所の左右の壁には、海で命を落とした船乗りの墓碑銘が二十数個掲げられていた。今でも漁に出たまま帰ってこない漁師がいて、そのたびにまた新しい墓碑銘がつけ加えられる。

私がニューベッドフォードを訪れたのは冬で、シーメンズ・ベセルを出てしばらくすると日が傾き、港のかなたには暗く茫漠たる海が横たわっていた（阿川、「ジョン万次郎の見たアメリカ」）。

二　すべてにつながる海

アメリカの有名な歴史家ダニエル・ブーアスティンは、ピューリッツァー賞を受賞した三部作『アメリカ人』のなかのひとつ『国民としての経験』の冒頭でニューイングランドの人々を取り上げ、「海は古いイングランドから新しいイングランドへ、バビロンからシオンへ直接つながる道であった」という印象深いことばで物語をはじめる。

海は公平だった。海はあらゆるものを、どこへでも運んだ。丘の上の町を築くために、ピューリタンと聖書と神学の書物を新大陸へ。西インド諸島で酷使され死にいたる奴隷を手に入れるために、ラム酒を西アフリカへ。アヘンをスミルナから中国へと。海の多才さはニューイングランド人の多才さであった。

（中略）

海は空っぽであり、海を行く人々には船上で育んだ文化の他に、文化は何もなかった。それゆえニューイングランドの人々は、故郷を離れることなく世界中どこへでも行けた。ニューイングランドをめざして最初に海を越えたピューリタンたちは海のうえでひとつになり、神と自然の暴威以外には何も恐れなかった。彼らの共同体は海で始まった。メイフラワー誓約は上陸する前に結ばれた。ウィンスロップの「キリスト教の慈善について」など船上で行われた説教は、目的地に到着する前に殖民者の絆を固めた。

（5　筆者訳、以下同じ）

ブーアスティンは、進取の気性に富み、危険をいとわず冒険好きで、海をわたって世界中どこへでも行って、成功を手にするニューイングランド人が誕生した背景を、このように描写する。そもそもニューイングランドは土地が痩せていて耕作に適していなかったので、この地域に住み着いた人々は生きるために海に出るほかなかった。ノヴァスコシア沖の鱈や南太平洋の鯨を捕えるために、あるいは遠く中国の広東やロシアのサンクトペテルブルグで交易の機会を得るために、ボストンやセイラムの港から帆船ででかけていった。

ブーアスティンはこの本で、ニューイングランドの人々がその才覚を生かし、何もないところから富を生んだ例として、十九世紀初頭、氷を売って成功したボストンのフレデリック・チューダーを挙げている。彼は厳冬のニューイングランド各地で池から切り出した氷を、帆船の船底に積んで凍ったままカリブ海、南米、中国、インド、オーストラリアなど世界各地へ運ぶことに成功し、それを高値で売って巨万の富を築く。あのウォールデンの池でも輸出用の氷が切り出されていたことを、ヘンリー・ソローが記しているという（Boorstin 10–16）。

ニューイングランドの共同体は、こうして海を越えた人々によって築かれ、海に守られて成長し、海の恩恵を受けて発展した。ニューイングランドの人々が蓄えた彼らの海の経験と海についての知識は、海を通じて外へつながるアメリカ、海洋国家アメリカの基盤となる。

三　海のくに、山のくに

アメリカ人の祖先は、ほとんどそのすべてが海を渡ってこの大陸へやってきた。唯一の例外は、太古の昔に陸続きであったユーラシア大陸から歩いてやってきたインディアン諸部族の人々だが、あまりにも昔のことで彼らの記憶にもほとんど残っていない。それ以外の人々は、一般人が飛行機で大洋を渡るようになる一九六〇年代まで、さまざまな船に乗って海を渡った。アメリカ人家庭のそれぞれに、祖先がいつどこで船に乗りどこで降りたかの記憶がある。

ニューベッドフォードへ旅をしたしばらく後に、ヴァージニア州のジェイムズタウンを訪れた。一六〇七年にチェサピーク湾から川をさかのぼってきたイギリス人は、初めてこの地での定住に成功し、北米に拠点を設けた。再現された粗末な往時の砦の外に、彼らが乗って大西洋を渡った「スーザン・コンスタント」、「ゴッドスピード」、「ディスカバリー」という三隻の帆船のレプリカが係留・展示されている。もっとも大きい「スーザン・コンスタント」が百二十トン、舳先から船尾までの長さが三十五メートル。もっとも小さいディスカバリーは、二十トン、長さが十二メートルしかなく、東京港や横浜港でみかける水上バスよりずっと小さいこの船に二十一人が乗りこんだという。風と海流だけを頼りに、こんなに小さな帆船で四ヵ月以上もかけて、よくも大西洋を横断したものである。

海を渡ったアメリカ人の祖先たちは、当初北米大陸の大西洋岸に住み着いた。ニューイングランドだけでなく、たとえばジェイムズタウンに入植したヴァージニアの人々は、タイドウォーターと呼ばれるチェサピーク湾沿いの地域に定住する。彼らはほどなくタバコという商品作物の栽培に成功し、大勢の奴隷を使役して収穫した作物をヨーロッパへ輸出して収入を得る、一種の郷紳階級を形成する。大西洋を渡ってきた帆船は、川や水道に面した邸宅の前に停泊した。今でも植民地時代にさかのぼる美しいプランテーションや屋敷が、この地域に点在する。

しかしニューイングランドでもヴァージニアでも、遅れて到着した人々は海のそばに留まらない。人口が増えた沿岸地域ではもはや土地を求めることができず、彼らは次第に内陸へ移住していく。たとえばヴァージニアでは、ジェイムズ川をさかのぼったピードモントと呼ばれる丘陵地帯に、新しい入植地がつぎつぎに生まれた。ブルーリッジ山地の麓、トマス・ジェファソンの故郷シャーロッツビルの町は、そのひとつである。

さらに遅れて来た人々は、新しい土地を求めて山を越え西へ移動し、ケンタッキーからやがて中西部に達する。ミシシッピ川とその支流の左右に広がる肥沃な土地を耕せば、トウモロコシや小麦が豊かに実った。南部では綿花の栽培が繁栄をもたらした。アメリカはやがて世界有数の農業国家となる。まだ手つかずの西部への移動は、大陸という大きな別の海への新たな船出であった。

新しい天地を西に移動して開拓したアメリカ人は、彼らが渡ってきた海のことをすっかり忘れた。本書とは何も関係のない話だが、作家の開高健氏が朝日新聞の特派員としてベトナム戦争従軍中に出会った中西部出身の兵士のことを、本人から直接聞いたことがある。ベトコンの猛攻撃を受け、頭上を機関銃の弾丸が切れ目なく飛び交う塹壕で横になったまま動けず、果たして生きてここを出られるかと開高氏が考えはじめたとき、行動を共にしていた若い兵士が質問したそうだ。「おい開高、おれはベトナムに来るとき、飛行機の窓から初めて海を見た。海は大きかった。あの海の水は塩からいって、本当か?」

中西部はもちろん、タイドウォーターからわずか二百キロほど西のシャーロッツビルの町でさえも、心理的に海は遠く、海を思いだすのは難しかった。大西洋は彼らが背後に残してきた旧世界と新世界を隔てる広大な奈落であって、わざわざ出て行くべきものではない。それよりも、町から見えるブルーリッジの山並みの西にどんな大地が広がり、どんな機会が待っているのかが、彼らの好奇心をかきたてた。アメリカの将来は、山の向こうの広大で豊かな土地にある。アメリカは陸の国であり海の国ではない。それがピードモントのゆるやかな丘陵地帯を愛したジェファソンの直感であった。

こうして十八世紀後半、合衆国誕生の前夜、アメリカは海洋国家としての道を進むべきか、大陸国家としての道を選ぶべきかについての論争が始まる。それは、漁業、商業、工業、貿易で生きていこうとするニューイングランドを中心とする北部と、主として農業に経済の基盤を置こうとするヴァージニアを筆頭とする南部の対立を反映していたし、国際主義と孤立主義の対立の萌芽でもあった。そしてさらに安全保障や国際政治の観点から、海軍が必要か、海軍を創設すべきかどうかについての論争に発展する。

四　独立戦争と最初のアメリカ海軍

アメリカの安全と繁栄のためには海の守りが欠かせないことを初めて実感させたのは、独立戦争である。この戦争は、十三の植民地が共同で設立したジョージ・ワシントン将軍率いる大陸陸軍と英軍とのあいだの、陸の戦いとして記憶されている。しかし戦争の帰趨と独立の実現は、究極的には海を越えてやってくる世界一の実力を誇るイギリス海軍の攻勢をどうやって凌ぐかにかかっていた。

ワシントン将軍もこのことを十分に理解していた。彼は陸軍軍人で、海軍について特別の知識や経験はない。しかし共に対英戦を戦ったフランスのラファイエット将軍にあてた一七八一年十一月十五日付書簡に、「圧倒的な海軍力なしには、われわれは何も達成できない。海軍があれば、全ての名誉と栄光を得ることができる」と記している（Washington 436）。その二ヵ月前の同年九月、ド・グラス提督率いる二十八隻のフランス艦隊がチェサピーク湾の海戦でイギリス艦隊を撃破し、チェサピーク湾の制海権を確保してイギリス陸軍の退路を断った。その結果、優勢な大陸陸軍に囲まれたコーンウォリス将軍麾下のイギリス軍は進退窮まり、十月十九日ヨークタウンで降伏して独立戦争の帰趨が決まった。ワシントンはそのことを述べている。

この経験がもとになったのだろう。ワシントンは、その後も海軍に理解を示し続ける。憲法制定後の一七九四年には、大統領として合衆国海軍創設を承認する。さらに大統領としての任期を終える前年の一七九六年には、「告別の辞」と最後の議会向け一般教書演説で、恒久的な海軍の整備を求めた（阿川、「海洋国家アメリカの夢」四―五）。

アメリカ最初の海軍は、独立戦争を機に発足している。一七七五年十月十三日、大陸議会は二隻の軍艦所有を承認して七人からなる海事委員会（Maritime Commission）を設立し、大陸海軍（Continental Navy）の基本設計を任せる。七人はフィラデルフィアの港に近い酒場「シティタバーン」の二階に部屋を借り、大陸海軍の詳細について検討した。この日は公式に「海軍誕生日」に定められている。

大陸海軍の創設において中心的役割を果たしたのは、のちに第二代の大統領に就任するジョン・アダムズである。アダムズは海事委員会の委員のひとりに選ばれ、新海軍の設計に力を尽くした。ワシントンが象徴的な意味での海軍の父であるとすれば、アダムズはその実際の産みの親であった。彼はボストンに近いブレインツリーの生まれである。土地が痩せ資源に乏しいニューイングランドの人々は、海へ出て貿易や漁業によって生計を立てねばならない。アダムズは海洋の安全が死活問題であることを、よく理解していた。

しかしこうして誕生した新しい海軍は問題だらけだった。士官は一部を除くと、規律、団結心、敢闘精神に欠け、昇進と給料ばかり気にし、けんかと決闘に明け暮れた。海事委員会は十三隻のフリゲート艦建造を許可したが、実際の建艦は大幅に遅れ、完成しても必要な大砲や良質の帆布が不足する。ようやく完成した十三隻のうち七隻がイギリス海軍に捕獲され、残りの四隻は捕獲を避けるために破壊された（阿川、「海洋国家アメリカの夢」五―六）。

弱体の大陸海軍を横目で見ながら独立戦争中活躍したのは、私掠船である。私掠船は、政府から許可を得て敵の商船を襲い当該船や積み荷を捕獲し、競売にかけて売り上げの一部を国庫に収め残りを懐に入れる、いわば政府公認の海賊である。アメリカ海軍最初の英雄として現在も崇敬を受けるジョン・ポール・ジョーンズはスコットランド出身の船乗りで、ヴァージニアに移住し、独立戦争の勃発後発足したばかりの大陸海軍に士官として加わった。正規の海戦ではとてもイギリス海軍に歯が立たなかった大陸海軍だが、ジョーンズは私掠特許状を与えられた多くの商船と共にイギリスの通商破壊活動に携わり成果を上げる。フランスの港を基地としてイギリス本土と商船を何回も襲い、恐れられた。

一七七九年九月、フランスの商船を譲り受けた軍艦「ボノム・リシャール」（ベンジャミン・フランクリンの「貧しきリチャードの暦」から取った）に乗り組み米仏混成部隊を率いて航行中のジョーンズは、イングランド東岸沖でイギリスの船団とそれを護衛する軍艦二隻に遭遇する。すぐに近接戦が始まった。さんざんに砲弾を打ちこまれた「ボノム・リシャール」を見て、英艦「セラピス」艦長が降伏を勧告したとき、ジョーンズは「我いまだ戦を始めおらず」(I have not yet begun to fight) という有名なことばを残す。四時間に及ぶ激しい戦いの末、劣勢を跳ね返してイギリス艦を降伏させたジョーンズは、沈没した自艦から捕獲した「セラピス」に乗り換えフランスへ戻った。

独立戦争後ジョーンズはロシア海軍に雇われるが、やがて失職し、失意のうちに一七九二年パリで亡くなる。フランス革命後わからなくなっていた埋葬場所を一九〇五年、駐仏アメリカ大使が突き止めた。遺骸は海を渡りアナポリスの海軍兵学校に改葬され、彼の墓は海軍の聖地になった。当時はセオドア・ローズヴェルト大統領の任期中であり、ジョーンズの英雄化はアメリカ海軍が大きく発展しはじめていたことと無関係ではなかろう(阿川、「海洋国家アメリカの夢」六―七)。

ジョーンズの活躍にもかかわらず、独立戦争の勝利が確定すると、大陸議会は大陸海軍の解体に踏み切る。ワシントン、アダムズなど先見性のある指導者たちは、独立戦争の経験からアメリカの安全保障にとって海軍の存在が不可欠だと考えていたけれども、戦争の結果巨額の負債を負った新しい共和国に海軍を保有し続ける余裕はなく、残った艦艇はすべて売却された。大陸海軍は戦争の勝利にほとんど貢献せず費用ばかりかかったので、国民は海軍の有用性そのものを疑った。このような状況下で、ワシントンやアダムズは一旦海軍の再興をあきらめる(阿川、「海洋国家アメリカの夢」六)。

五　新憲法のもとでの海軍創設権限

一七八三年のパリ条約締結によりイギリスとの和平が成立すると、独立した十三の旧植民地は早速いくつかの新しい問題に直面する。そのひとつが、この国をどうやって外敵から守りアメリカの海の権益を確保するかであった。

皮肉なことに独立達成は、同時に旧宗主国がもっとも強大な潜在敵国になることを意味した。イギリスは国王に対する旧植民地の謀反を許しておらず、将来の勃興を警戒してもいた。イギリス議会はアメリカの商船を西インド諸島の港から締め出す決議を可決する。西インド諸島との交易停止はアメリカの海運と通商に深刻な影響を及ぼす。加えてイギリスから船舶建造の注文が入らない。大西洋岸の造船業者たちは深刻な不況に襲われた。

独立はイギリス海軍がアメリカの商船隊を守らないことも意味した。大英帝国諸港との交易を禁じられたアメリカ商船は、大西洋から地中海・中東方面へ、ホーン岬をまわって北米西岸へ、あるいは喜望峰をめぐって遠くは中国に達し、新しい貿易ルートを開拓する。しかしもはや、これらの海でイギリス海軍の庇護は期待できず、遠い海への航海は大きな危険をともなった。そのなかでも北アフリカ地中海沿岸地域に本拠を置くいわゆるバーバリー海賊は、アメリカ商船を盛んに襲い、船員を拉致して身代金を求める。

こうした新しい問題に直面したものの、十三の旧植民地はバラバラで、共通の国防政策を考える意図も能力もない。植民地時代に共同で独立を模索した大陸議会を引き継ぐかたちで発足した連合議会も、統一政策を実行する権限と組織を欠き、無力であった。こうした状況を憂慮した指導者たちが構想し、さまざまな経緯を経て実現したのが、合衆国憲法の制定による連邦政府の樹立である。

一七八七年五月、十二の旧植民地代表がフィラデルフィアに集まりアメリカ合衆国憲法制定へ向けた議論を開始する（ロードアイランド州は代表を送らなかった）。彼らは五月から九月まで真剣な討議を重ね、憲法最終草案に合意する。この最終草案が規定する新しい連邦政府のかたちと権限の中に、合衆国陸海軍の設立と維持が含まれていた。

憲法草案の起草者たちは、諸外国からの脅威には十三州一体となって対処せねばならないと考えた。それゆえ草案前文には、憲法制定の目的のひとつに「共通の防衛を提供するために」という文言が加えられる。そして連邦議会が有する立法権限のなかに、陸軍と海軍の編成・創設権限を議会に与える条項が盛りこまれた（第一条八節十二項、同十三項）。また宣戦布告をおこない、私掠復仇特許状を発行し、陸上洋上における捕獲の規則を制定する権限を議会に与えた（第一条八節十一項)。独立戦争中、力不足の大陸海軍に代わって私掠船が活躍したことからも、この条項の重要性がわかる。さらに公海上の海賊行為および重罪、ならびに国際法に違反する行為を定義し罰する権限を議会に与えた(第一条八節十項)。

こうして合衆国憲法の草案に合衆国大統領を最高司令官とする海軍創設の根拠規定が設けられ、合衆国海軍創設への第一歩が踏み出された。

六　ハミルトンの海洋国家・海軍構想

憲法草案第七条は、十三州のうち九州の憲法会議で批准が完了した時点で憲法が発効する旨を定めていた。この規定に従って、草案を受け取った各州では早速批准手続きが開始される。

実は各州に憲法制定への強い反対論が存在した。新しく創設される中央政府による圧政の恐れが、そのもっとも大きな理由である。独立によってイギリス国王の暴政からようやく解放されたのに、わざわざ遠いところへ中央政府をつくり、その統治下に十三州を置けば、一握りの者が人々の自由や権利を抑圧するだろう。連邦軍隊を創設すれば、圧政に用いられるのではないか。各州の憲法会議では反海軍派をふくむ連邦軍創設反対勢力を無視できなかった。

憲法制定反対論が特に強かったのはニューヨークである。反対派はニューヨーク市の新聞紙上で盛んに批准阻止を訴えた。人口と経済力で勝るこの州が批准しなければ、憲法制定そのものが危うい。この事態に危機感を抱いたニューヨークの弁護士であるアレクサンダー・ハミルトンは、同じニューヨークの新聞紙上で批准賛成の論を張ることを決意する。弁護士仲間であるジョン・ジェイ、ならびに憲法制定会議で一緒に働いたヴァージニアのジェイムズ・マディソンを誘い、手分けして論説を執筆、一七八七年十月から新聞紙上への連載を始める。全部で八五篇のこれらの論説は『ザ・フェデラリスト』という題名の論文集として出版された。その名前は、当時憲法制定と連邦政府樹立に賛成する人々を連邦派（Federalists）と呼んだことに由来している。

『ザ・フェデラリスト』はなぜ憲法が必要かを、いろいろな観点から力説したが、ハミルトンは特に「連邦共和国と海洋国家」と題された第十一篇で、海軍創設の必要性について説いた。ヨーロッパ各国は、海洋国家アメリカの伸張をすでに恐れている。「自国の海上交通の支柱であり、制海権の基礎でもある海運業に、わが国が（中略）大きく割りこむことを懸念している」。アメリカ大陸に植民地を有する国々は、「アメリカ諸邦（が）強力な海軍を創設するのに不可欠な環境（を）準備万端整」えているだけでなく、「それに向けてのあらゆる手段を確保しようとしている」ので、「隣接している自分たちの植民地が脅かされる」危険を感じている。彼らはそれを防ぐためにあらゆる手段を用いるだろう。州間の分裂を助長し、アメリカ船舶による交易を阻害するだろう。

もしアメリカがバラバラなままであれば、これらの国々は「ためらいも、うしろめたさもなく」、通商に干渉し、財産を略奪し、「彼らの欲望を満たそうとする」だろう。こちら側の脆弱さを利用し団結して、「われわれの海運業を壊滅させ、われわれを自主権のない通商に封じ込め（中略）、わが国の海運業を妨害するにちがいない」、「弱体なために侮られている国家は、中立という特権すらも失う」。

こうした動きには、連邦を創設し団結して対抗するしかない。「われわれが結合しているかぎり、われわれは、アメリカの繁栄にたいしてかくも非友好的である政策に、さまざまな方法で対抗しうるであろう」。三百万を超える人口を擁し、急速に発展するアメリカ市場の重要性をもとに、共通の禁輸措置や関税免除などの手段を有効に用いれば、ヨーロッパ諸国も考え直すだろう。「単一の活力ある全国的政府」があって初めて、「われわれの発展を抑制しようとしてヨーロッパ諸国（が）団結するのをすべて水泡に帰させ」られる。「通商の発展、航路の拡大、および船舶の増加」が実現する。

大洋をまたぐアメリカの海運だけでなく、「漁業権と西部の諸大湖およびミシシッピ川の航行権」を、海軍によって守らねばならない。「効率的な政府のもとで連邦が継続すれば、遠からず海軍を創設する力をわれわれは備える」だろう。アメリカは「タール、ピッチ、テレピン油などの船舶用資材」、良質の木材や鉄など「すべての必要資源」を南部や中部から求められるし、「水兵の多くは、北部の人口密集地から得られる」ので、海軍創設は「現実的な目標である」(ハミルトン、『ザ・フェデラリスト』斉藤・武則訳 六七―七四)。

さらにハミルトンは、「広大な大洋が、アメリカ合衆国をヨーロッパから引き離してはいるものの、過度の自信や安全感をもたないよう自戒すべき」であると第二十四篇で続けた。北にはイギリス領土が、南にはスペインの植民地が合衆国と境を接しており、加えて西インド諸島でも両国のあいだには、「(競争相手である)アメリカに対する関係について、共通の利害関係ができあがっている」。しかも「航海術の発達のおかげで、交通通信に関していえば、いままで遠隔の地にあった国々も、隣国となってきている」。イギリスとスペインはどちらもヨーロッパの主要海洋国である。彼らが将来手を握る可能性を否定すべきでない。こうした状況下で、遠いところにいるだけで「われわれアメリカが外国からの侵略の危険のまったく埒外にあるなどと思うのは、あまりにも楽観的」である。もしわれわれが通商で生きていくつもりなら、そして大西洋岸の安全を確保したいなら、「早急に海軍をもつべく努めなければならない」。そのためには造船所、軍需工場、そして軍港が必要である。(ハミルトン、『ザ・フェデラリスト』斉藤・武則訳 一一七―一一八)。

ただしハミルトンが『ザ・フェデラリスト』で構想した合衆国海軍は、まだ列国海軍と肩を並べるようなものではなかった。彼はむしろ、海洋国家アメリカとその海軍についての楽観的な予想をいましめる。それでも第十一篇で、遠い将来アメリカが目指す方向について述べずにはおられない。

世界は地理的政治的に「四つの地域に分けられる」が、ヨーロッパは、アフリカ、アジア、アメリカという残りの三つの地域で、「軍事力と外交交渉、強制と欺瞞により」支配を拡大している。その「優越的地位」ゆえに「みずからを世界の女王として鼻にかけ、ほかの人類を自分のために創造されたものと考えがちである」。

こうした情勢は、「アメリカの対外的地位にかかわる体制においてて頂点をめざすようわれわれを促し、急き立て」る。「人類の名誉を守り、尊大な兄弟に節度を教えてやるのはわれわれの役目である。連邦は、そうすることを可能にするであろう」。アメリカは「ヨーロッパの偉大さのための道具であることを恥」としよう。十三の州が「堅固でゆるぎない連邦へと結束し、大西洋の彼方のあらゆる力や影響力の支配にまさる、そして、旧世界と新世界の関係のありようを左右しうる、単一の偉大なアメリカ体制を創設」しようではないか（ハミルトン、『ザ・フェデラリスト』斉藤・中野訳 七〇―七八）。

いつか遠い将来、アメリカがヨーロッパ列強を超える偉大な海洋国家となり、強大な海軍を保有する。パクス・アメリカーナの時代が到来する。ハミルトンはそう予見し、望んでいたように思われる。

今日ハミルトンは建国の父祖のひとりに数えられるが、彼には外国生まれという、他の者と大きく異なる特徴がひとつあった。一七五七年（一七五五年という説もある）英領西インド諸島のニーヴィス島で生を受け、ヨーロッパ列強の勢力が交差する海の環境に育ったハミルトンは、他のリーダーにない独特の視点を有するようになる。ニューヨークへ渡りコロンビア大学で学んだ後、独立戦争に身を投じる。ワシントン将軍の副官として前線にあった際、なかなか決断を下さない大陸議会の優柔不断さに強い憤りを感じた経験を通じて、十三州が独立したままのアメリカ合衆国には滅亡の道しかない、中央政府をつくらねばならないと確信する。

西インド諸島出身のハミルトンに燃えるような野心はあったものの、連合を構成するいずれの州にも特別な愛着がなく、そのため常に合衆国全体の利益を考える傾向があった。憲法制定に力を尽くしたハミルトンは、新しく発足した連邦政府で初代財務長官として大きな役割を果たし、合衆国海軍の創設と発展に助力を惜しまなかった（阿川、「海洋国家アメリカの夢」七—九）。

七　合衆国海軍の誕生

各州憲法会議での審議を経て、合衆国憲法はニューハンプシャー州が批准手続きを九番目に完了した一七八八年六月二十一日に発効する。翌一七八九年三月四日、仮首府の置かれたニューヨークで合衆国議会が開かれ連邦政府が発足した。ただし合衆国海軍はすぐには誕生しない。新しい共和国にはやらねばならぬことが山ほどあり、乏しい財源のなかから海軍再建の資金を支出する余裕は依然としてなかった。

ところが連邦政府成立から四年後、バーバリー海賊の活動が再び活発化し情勢が変化した。背景に、フランス革命政権の打倒をめざす戦争がヨーロッパで勃発し、イギリス海軍の海賊対処が手薄になったという事情がある。北アフリカ沿岸を本拠とする海賊たちは大西洋に出て、アメリカ商船を頻繁に襲いはじめた。

この状況に直面したニューイングランドの商工業や海運業関係者は、商船を守る海軍の創設を強く議会に求める。そこでアダムズが率いる海軍創設に積極的な連邦派（後に「連邦党」（Federalist Party）を結成）が中心となり、議会下院に海軍創設を検討する委員会が設けられた。同委員会は軍艦六隻を保有する合衆国海軍創設を本会議に助言し、海軍法案の審議が始まる。これに対し州権を重んじ内陸の利益を代表するジェファソンが率いる共和派（後に民主共和党（Democratic Republican Party）を結成）が強く反対し、議会で激しい論争が起きた。それでも結局海軍法案は一七九四年三月二十七日に可決され、ワシントン大統領の署名を得て発効する。現在まで続く合衆国海軍はこうして誕生した（Toll 40–43）。

初期のアメリカ合衆国海軍はまだ弱体であったが、それでもいくつか顕著な殊勲を挙げ、英雄を生んでいる。第三代大統領に就任したジェファソンは海軍の創設に熱心でなかったが、バーバリー海賊の脅威に対するために海軍艦艇を北アフリカに派遣し、アメリカ海軍最初の渡洋作戦が実施された。一八〇四年、敵に捕獲された米艦「フィラデルフィア」を破壊せんとしてスティーヴン・ディケーター大尉の指揮のもとで勇猛果敢に遂行された作戦は、アメリカ海兵隊による最初の本格的な戦闘として歴史に残っている（Toll 206–11）。

また米英戦争の折に、エリー湖の海戦で英国艦隊を撃破したオリバー・H・ペリー准将は、座乗していた「ローレンス」が大破し、敵の司令官から降伏を勧められたものの、「船を見捨てるな」という旗旒を掲げながら手漕ぎのボートで弾丸の飛び交うなかを「ナイアガラ」に移乗、戦いを続けて勝利をおさめたことで知られている（Toll 418–19）。

二〇〇〇年代のはじめ、在米日本国大使館で公使をつとめていた時期に、私はペンシルバニア州エリーにある海事博物館所有の「ナイアガラ」復元艦に乗船し、エリー湖を帆走した経験がある。ブリグと呼ばれる二本マストに縦帆や横帆を張った本格的な帆船である。復元艦も原則として風だけに頼って動く。湖上で急に風向きが変わったり、風が強くなったりすると、乗組員総出で帆をたたんだり膨らませたり、めまぐるしく働く。海上で敵艦と遭遇して戦うときには相当巧みな操船をしなければ、大砲を撃つのもままならなかっただろう。

合衆国海軍創設後に建造された六隻のフリゲート艦のうち、もっとも有名なのは「コンスティテューション」である。米英戦争で活躍し、なかでもイギリス海軍のフリゲート「ジャバ」を三時間に及ぶ戦闘の末大破させて勝利を収めて、海軍と国民の士気を大いに高めた（Toll 375–80）。今でも現役の海軍艦艇のひとつとして、ボストンの港に係留・保存されている。一年に一回、艦の片側だけに日光が当たり船体が不均衡に傷むのを防ぐために、港内を帆走して向きを変える。

八　海軍の必要性に関する論争

憲法制定と連邦政府成立を機に発足しバーバリー戦争や米英戦争で活躍した合衆国海軍は、米英戦争が終結した後、南北戦争の時期を除き約百年にわたって比較的小規模な組織にとどまる。大多数のアメリカ国民は建国初期の戦争が終わって平和が戻ると、海軍の必要性と役割について引き続き懐疑的であった。

本論ですでに見たとおり、海軍の必要性についての論争は、大陸海軍創設時、憲法制定時、そして合衆国海軍創設時と二十年間で三度もあり、そのたびに賛成と反対の意見が表明された。その後も現代に至るまで、同様の論争がしばしば起こった。そこには共通する論点が多数ある。

その第一は、海軍保有がアメリカの安全保障に本当に寄与するのかという点である。アメリカで非戦・非武装の伝統は強くない。しかし海軍の存在そのものが戦争の可能性をかえって高めるという主張は、最初から存在した。たとえばヴァージニアの憲法会議でウィリアム・グレイソンは、「アメリカが強力な海軍を創設しようとすれば、西インド諸島に権益を有するヨーロッパ列強が危機感を抱き、アメリカが力をつける前にたたきつぶそうとして戦争をしかけてくるだろう」と主張した（Sprout 23）。

第二は、海軍保有が望ましいとしても、その創設と維持のコストを正当化できるかという点である。ジェファソンは、一七八一年、「ヨーロッパ列強が保有するような海軍を目標とするのは、我ら国民の資源を浪費する馬鹿げた考え」だと断言する。アメリカ大陸に有する自国権益を守るため列強が大西洋のこちら側へ派遣できるのは、彼らの海軍のごく一部のみである。したがってアメリカは「小さな海軍で十分だし、小さな海軍こそが必要なのである」（301）。一七九四年海軍法案の審議でも、反海軍派の政治家は一貫して艦艇建造には金がかかりすぎる、海軍派は海洋権益への脅威を誇張している、と主張した（Toll 42）。

第三は、アメリカが目指すべき国家目標は何か、その実現手段として海軍が有効であるかをめぐる論争である。アメリカは商工業を発展させ海運と通商を通じ海洋国家として繁栄を目指すのか、それとも自立した農民を核とする大陸国家として発展するのか。どちらを選ぶかによって海軍の意味づけが変わる。

前者を代表するのがアダムズとハミルトンであり、ジェファソンとマディソンは後者を選択する。

海洋国家を希求する前者は海軍の創設と維持に熱心であり、ハミルトンの『ザ・フェデラリスト』における論考は、その最も雄弁な表現である。

一方大陸国家をめざす人々は、海軍の創設に否定的、あるいはその有効性について懐疑的であった。大陸国家論者の代表ジェファソンは、「(列強との)戦争の可能性をできるかぎり減らすためには、他国とぶつからざるをえない海洋をいっさい放棄してしまうのが一番いいのかもしれない」、そうすればヨーロッパの列国と取り合うものがなくなり、彼らの脅威を恐れる理由がなくなる、「すべてのアメリカ国民は、土地を耕す農民になればいい」と一七八一年に述べた(300)。

九　海軍の長い眠りと海へのあこがれ

海軍の必要性について論争は続いたものの、平和で安定した海は、ようやく創設されたアメリカ合衆国海軍の存在意義を小さくした。大西洋の制海権を握るイギリスとの関係悪化によって海からの脅威を心配する必要が生じないかぎり、新しい艦艇を建造し、装備を充実させ、人員を増やして海軍の規模を拡大する理由はない。南北戦争のときだけは南部港湾の封鎖など、連邦海軍は顕著な働きを見せてその力を示したものの、戦後は再び急速に縮小された。十九世紀の大半の期間、海軍は眠りについていた。

当然のことながら、そうした状況は初期アメリカ海軍の性格を規定した。トクヴィルが観察したジャクソン大統領時代の平等なアメリカ、規律やルールにしばられず個人が自らの才覚によって機会をつかみ成功を目指す、荒々しくはあるが活気に満ちたアメリカ。それとは対照的に、アメリカ海軍では階級がすべてである。規律にしばられ、個人の自由はなく、しばしば家柄がものをいい、名誉を重んじ、古いしきたりが支配する。一時代前を思わせる貴族的で閉鎖された社会であった。

海軍の人事組織面も古くさかった。一人前の海軍士官を育てるには体系的科学的な教育など役に立たない、海の上での経験がすべてだと信じられていたため、当時の海軍士官は十代で士官候補生に採用されて船に乗り組み、操船術を習得し、海軍のしきたりを叩きこまれた。より体系的な海軍士官養成のために制度改革が何度も試みられたが、なかなかうまくいかない。アナポリスに海軍兵学校の前身が設置されるのは、ウェストポイントの陸軍士官学校創設に遅れること四十三年の一八四五年になってからである。

アダムズやハミルトンがいかに将来の海軍の重要性を説いたとしても、当面拡大の見こみがない初期の海軍では、艦艇が少なく、ポストが限られ、昇進が難しく、活躍の機会がなかった。エリー湖の海戦で活躍したペリーの弟であるマシュー・C・ペリーが日本遠征を目指したのも、兄のように海戦で華々しい活躍をする機会がなかったからだろう。必然的に家柄や縁故がものをいい、それに恵まれない士官に不満がたまり規律が乱れた。若い士官のあいだでは飲酒や買春がはびこり、決闘が絶えなかった（田所 四〇—五四）。

しかし同時に当時の若者の中には、海にあこがれ、海の武人になろうとして海軍に入ってきたものがいたはずである。海には独特の魅力がある。洋上勤務がいかに過酷であろうと、組織がどんなに不完全であろうと、彼ら若者は大きな帆船を操り、冒険を求めて世界の海へ乗り出す。停滞期の海軍にあっても、いやむしろそうであればこそ、帆を一杯に張った帆船で大洋を往くことにロマンを見いだした。当時の捕鯨船や商船の乗組員と海の経験を共有し、海軍の伝統を後輩に伝えた。そうした後輩の中から、やがて二十世紀のアメリカ海軍を率いる優秀な海軍指導者が登場する。

おわりに

一九九一年の元旦に九十四歳で亡くなった元海軍作戦部長アーレイ・バーク大将の葬儀が、一月四日、クリントン大統領も出席して母校であるアナポリス海軍兵学校の礼拝堂で営まれた。太平洋戦争中は敢闘精神旺盛な駆逐隊群司令として、ソロモン方面の海で日本海軍の艦艇を多数沈めた。戦後は九十一人の先任将官をごぼう抜きにして制服組の最高位である作戦部長に就任、異例の三期六年つとめた。また朝鮮戦争中東京の極東米海軍司令部に副参謀長として勤務したおり、旧日本海軍の指導者など日本人との交流を通じて大嫌いであった日本についての認識を改め、海上自衛隊の創設にあたって多くの助言を与え、力を貸した。日本の旧海軍関係者はバークを海上自衛隊産みの親として感謝し、終世厚く遇した。バークも日本との縁を大切にして、葬られる際には唯一日本が贈った勲章の略綬を胸につけていたという（阿川、『海の友情』一四六—四七）。

バーク大将の葬儀は傑出した海の英雄の功績を讃える催しであったが、二百二十年続いてきたアメリカ海軍の歴史に想いを馳せる機会でもあった。また日本人にとっては、ジョン万次郎が海を渡ってアメリカで一歩を踏み出してから一世紀半にわたり続いた、日米の海の絆を象徴するできごとであった。海軍兵学校での厳しい教育と訓練を受け、やがて日本海軍と死闘を繰り広げたひとりの海の男が、戦後かつての敵国日本に友人を得て海の経験を共有した。その物語が幕を閉じた。

バーク大将の墓石には、上半分にイージス駆逐艦「アーレイ・バーク」の写真が飾られ、その下にバークの名前と「合衆国海軍」、「セイラー」という文字、そして生歿年月日が、続けて後に没した夫人の名と「セイラーの妻」という文字が刻まれている（阿川、『海の友情』一四七—四八）。

バーク大将の葬儀で参列者に配られた式次第の最後のページには、イギリスの桂冠詩人ジョン・メイスフィールドの「海の熱情」という詩が印刷されていた。そこには内陸で生まれながら、海を愛し、海で戦い、海を通じて友情を育んだ、ひとりのセイラーの想いが凝縮されている。

我再び船乗りせんとす、寂しき海へ、また空へ
いと高き帆柱、行く手示す星
舵重く、びょうびょうと風歌い
その風に帆はためき
霧立ちのぼり、陽まさに昇らんとす海
そは我が求めるすべてなり

（John Masefield, "Sea Fever"　筆者訳）

引用文献

Boorstin, Daniel J. *The Americans: The National Experience*. Vintage Books, 1965.

Jefferson, Thomas. *Notes on the State of Virginia. Thomas Jefferson: Writings*, Literary Classics of the United States, Inc. 1984.

Masefield, John. *Selected Poems of John Masefield*. Carcanet Press, 2005.

Sprout, Harold, and Margaret Sprout. *The Rise of American Naval Power 1776–1918*. Princeton UP, 1939.

Toll, Ian W. *Six Frigates: The Epic History of the Foundation of the U. S. Navy*. W. W. Norton & Company, 2006.

Washington, George. "Letter to Marquis de Lafayette of November 15, 1781." *Lafayette in the Age of American Revolution: Selected Letters and Papers, 1776–1790*, edited by Stanley J. Idzerda, vol. 4, Cornell UP, 1981, pp. 435–47.

阿川尚之『海の友情　米国海軍と海上自衛隊』、中央公論新社、二〇〇一年。

――「海洋国家アメリカの夢――合衆国憲法の制定と海軍の誕生」『海洋国家としてのアメリカ――パクス・アメリカーナへの道』所収、田所昌幸・阿川尚之編、千倉書房、二〇一三年。

――「ジョン万次郎の見たアメリカ」『ジョン万次郎とその時代』所収、小沢一郎監修、川澄哲夫編著、廣済堂出版、二〇〇一年。

田所昌幸「海軍兵学校の創設――アメリカが求めた軍人像」『海洋国家としてのアメリカ――パクス・アメリカーナへの道』所収、田所昌幸・阿川尚之編、千倉書房、二〇一三年。

ハミルトン、アレクサンダー、ジョン・ジェイ、ジェイムズ・マディソン『ザ・フェデラリスト』、斎藤眞・中野勝郎訳、岩波書店、一九九九年。

――『ザ・フェデラリスト』、斎藤眞・武則忠見訳、福村出版、一九九一年。

メルヴィル、ハーマン『白鯨』（上中下）、八木俊雄訳、岩波書店、二〇〇四年。

大和資雄訳注『American Poems アメリカの詩』、研究社、一九七四年。

十九世紀アメリカ海軍の教育制度

――海軍兵学校の規律重視から海軍大学校の効率重視へ

布施　将夫

はじめに

十九世紀のアメリカ海軍と聞いて、日本人は普通、何を思い浮かべるであろうか。十九世紀半ばにペリー提督が浦賀に来航し、開国のきっかけになったこと。あるいは「国民作家」と呼ばれた司馬遼太郎が『坂の上の雲』で描いたような、十九世紀後半に秋山真之がマハンから海軍戦略を学んだこと等ではなかろうか。しかし、そのアメリカ海軍の教育制度となると、われわれにはほとんど何も思いつかないと考えられる。テレビで時々放映されるアナポリス海軍兵学校の卒業式後の模様で、制帽を天高く一斉に放り投げるシーンを思い出すくらいではないだろうか。この海軍兵学校や海軍大学校は、十九世紀の前半と後半にそれぞれ設立されたものであった。そこでここでは、創設期の両校に注目して、十九世紀アメリカ海軍の教育制度を概観したい。

アメリカ海軍の教育制度の創立期に関する最新の研究で、日本ですぐ読めるものとしては、田所昌幸・阿川尚之編『海洋国家としてのアメリカ――パクス・アメリカーナへの道』(二〇一三)があげられる。なかでも、同書の田所による第二章「海軍兵学校の創設と士官教育――アメリカが求めた軍人像」は十九世紀前半の海軍兵学校の創設期に着目し、同書の北川敬三による第三章「ネイバルアカデミズムの誕生――スティーヴン・ルースの海軍改革」は十九世紀後半の海軍大学校の創設期を検討している(1)。これらの両章を含む同書は、「他に類書のない労作」だと高く評価されるほど極めて優れたものであった(清水 一二五)。ところが、それゆえかえって、同書に続く研究が見当たらない皮肉な現状である。

本論では、田所と北川によるこれらの優れた論文を敷衍しつつ補強する形で、十九世紀アメリカ海軍の教育制度を考察しよう。そうすることで、初期の海軍の教育に関する研究分野の議論を深め(2)、当時の海軍における言説の変化をも解明していきたい。

本論の前半部ではまず、十九世紀前半に各種の名称の変更を経て創設された海軍兵学校を取り上げる。兵学校創設までの時期、海軍では何が重視され、後の時代までどんな問題が残ったのか。このような論点を検討したい。本論の後半部では、十九世紀後半に創立された海軍大学校を取り上げる。兵学校卒業後のコースとなるべき大学校の開設までの時期において、海軍では何が重視されたのか。当時のアメリカ海軍で重視されたものは、帝国主義時代のドイツや日本など、列強各国の海軍にも何か影響を与えたのか。こうした論点を考察の対象とする。

一　十九世紀前半のアナポリスにおける規律維持をめぐって

まず、アナポリス創設までのアメリカ社会と海軍について見ていきたい。前述のようにアメリカの海軍兵学校は、名称の変更を二回経たものであった。一八三九年にペンシルバニア州のフィラデルフィアに設立されたのは、海軍学校（Naval Asylum）で、これが事実上の海軍兵学校の前身となった。同校は一八四五年にメリーランド州のアナポリスへ移設され、同時に拡大されて、海軍学校（Naval School）となる。その後同校は一八五〇年に改称され、アナポリスに敷地をおいたまま、今日と同じ海軍兵学校（Naval Academy）となった（田所 四三、四七、五三）。なお本節では、一八五〇年の時点までを検討の対象とする。

そもそも独立戦争後のアメリカでは、大規模な軍隊は人民の自由の脅威で、まして大規模な軍隊が貴族的な士官団に指揮されることは、民主主義の危機だと考えられていた。このように反軍的で反常備軍的なアメリカ社会では、待遇を改善して士官団の忠誠を確保することなど到底できなかった（田所 三九）。それどころか、後に将軍となるユリシーズ・グラントさえ、中尉であった若かりし頃、ある少年に「いつか働くのかい？」と嘲られたり、レストランや宿屋に軍人の出入りが禁じられた地方があったりしたほど、国民には反軍感情が充満していたのである（布施、「陸軍将校教育」二三七、二四〇）。

そのためか、当時のアメリカ海軍は一流とはいえず、帆船時代の士官は、若い頃から乗船し、そこでの海上経験で操船技術を身につけるしか自己鍛錬の方法がなかった。このような一種の徒弟制度で実地の訓練を受けるには、まず、競争率の非常に高い士官候補生（Midshipman）にならねばならない。ところがその採用は、各艦の艦長や海軍長官、大統領らの裁量によるものだったので、縁故主義がはびこることとなる。それゆえ当時のアメリカ海軍は、社会で嫌悪される半封建的な貴族支配の様相を呈し、チャンスの少ない若者が不満を募らせただけでなく、規律の乱れまで生じた。こうした状況への対策のひとつとして、海軍学校（Naval Asylum）が一八三九年に設立され、海上勤務経験のない士官候補生が、任官のための試験準備をする施設ができたのである（田所 四〇―四三）。彼らの不満の一部はひとまず収まり、陸上の規律の乱れも少しは正された。

では、当時の海上勤務における規律は、どう維持されていたのだろうか。十九世紀前半の艦内は、苛酷で孤立した環境で、数多くの水兵をごく少数の士官が指揮する状況であった。それゆえ規律維持が常に最大の問題で、鞭刑（flogging）など、厳しすぎる刑罰・体罰が伝統になっていた（田所 四五）。なお、「訓練・規律・懲罰（discipline）」がラテン語の *disciplina* から派生した英語圏では、体罰は規律とほとんど同じ意味をもつ。また、語源上だけでなく体罰は、その行使の傍観者をも視覚的に威嚇するので、禁止行為の抑止力となり、規律維持の機能を実際に担ったのだ（片山 五六―五七）。

しかし十九世紀半ばには、これらの体罰や刑罰を世間の常識が許さなくなってきた（田所 四五）。たとえば、一八五〇年には、議会での論争のすえ、海軍で鞭打ちが廃止された。一八六五年に終わった南北戦争後には、見せしめのための鞭打ち柱（whipping post）が一般社会でも廃止されていく（片山 六二―六三、八八）。そして、船上に長期間保存すると腐りやすいため、真水が貴重な頃からの習慣で、刑罰の最大の原因になりやすかった飲酒も、南北戦争中の一八六二年に海軍で廃止された。これらの例に結実する動向を背景として、――士官教育の唯一の場は船の甲板だという根強い伝統、つまり徒弟制度重視などの反論もなお存在したが――、士官教育改善の要望が高まってきたのである（田所 四五―四六）。

こうした世論を背景として、一八四五年にジョージ・バンクロフト海軍長官は、従来の海軍学校（Naval Asylum）の拡大を決意した。なおバンクロフト海軍長官（一八四五年三月〜一八四六年九月、一八四五年五月から陸軍長官代理も兼任）とは、一八三四年に『合衆国史』第一巻を刊行し、歴史家としても成功した「アメリカ史の父」である。ゆえに本質的には、「学者肌の政治家」だと評される（江川 二）。そうしたバンクロフトだが、陸軍長官代理を兼ねていたため、すでに使われなくなっていたアナポリスのセバーン陸軍要塞を譲り受け、そこに海軍学校（Naval School）を設置することができた。彼は、新たな予算を請求せず、新立法に訴えることもなく同校を開設したので、連邦議会の妨害を避けることができたのだ。同校の初代校長には、フランクリン・ブキャナン中佐が起用された（田所 四七）。

ここで、海軍省にいたバンクロフト長官が首都ワシントンDCにいたブキャナン中佐へ一八四五年八月七日に送った手紙をあげておこう。アナポリス海軍学校の開校直前に、同校のあるべき姿を、長官がどう考えていたかが窺われるからである。彼はブキャナンに次のように説く。

今日、陸上で命令を待機中の士官候補生は、常勤職もなく若いものなので、（中略）船上での訓練の拘束から解放されると狂喜しがちである。だが彼らは、教育目的でアナポリスに集められるので、（初代校長の）君は次のような原則で始めるべきだろう。海軍に任命されるためには、従属や勤勉、規則正しさ、節制、任務への根気強い注意深さといった誓約を心に抱くべきだと。みだらで不道徳な自由への言い訳などもっての外だと。（中略）この目的のため、君が、（中略）規律（discipline）上の全権をもつべきだ。（Marshall 21）

バンクロフト海軍長官はブキャナン初代校長にこう力説して、海軍学校における規律維持の重要性を強調したのであった。

以上のようにアナポリス海軍学校では、規律維持が開校時に重視されたが、その実態はどのようなものであったのだろうか。以下では、同校の教育におけるカリキュラムや授業の内容よりも、最大の問題となった学生生活の規律面に注目して、その実態を解明したい。

海軍学校の学生には、海上勤務の経験をすでにもつ「シニア」（十八―二十七歳）とその経験をもたない「ジュニア」（十三―十六歳）の二種類が混在していた。シニアの学生にとって同校は、すでに海上で実地に学んだことを学問的に基礎づける場でしかなく、厳しい海上勤務から解放された休息の場にならざるをえなかった。バンクロフトの憂慮が的中したといえよう。一方、ジュニアの学生は、年長者のシニアとまじりつつ家族から離れて生活し始めるので、「大人」の悪影響を受けやすかった。このような彼らの日程の概要を紹介しておく（田所 四八―四九、五一）。

日程：（禁止事項：無許可での敷地離脱。アルコール持込み。特定の室内での喫煙。）

6h	8h		12h	13.5h	16.5h	18h	20h
起床	朝食	授業	昼食	授業		夕食	夜学習

（hは時刻を示す）

一見、一日で九時間も勉強する厳しすぎる日程だが、実際には規律違反が続出した。たとえば、虚偽申告や無断で外出した後、町で飲酒や買春にふけったことがあげられる。加えて海軍学校の性格自体が、シニアの教育課程かジュニアの導入課程か、つまり学校なのか軍隊なのか曖昧だったため、上官ではない文官教官への反抗がしばしば生じた。こうした規律違反に対し、厳格なブキャナン校長は処分を繰り返したが、学生の間で処分が「一種の武勲」扱いされたため、その効果は薄かった（田所 五一）。なお一般に、学校の体罰や規律維持を正当化する大きな根拠として、教員の「親代わり論（*in loco parentis*）」がある（片山 六四）。だが学校の性格が曖昧な海軍学校では、この理論が実質上機能せず、規律違反は絶えなかった。

規律違反のなかでも一番深刻な問題は、教官と学生の間よりも、学生同士の間で生じた。学生間の問題としては、いじめやしごき（hazing）だけでなく、決闘という生死に関わる重大問題も発生した（田所 五二）。決闘には、単なる喧嘩と違って手順があるので、まったく野蛮な行為だとは即断できない。しかしその悪影響は、徐々に容認されなくなっていくのである。なお当時の決闘は、十歩離れたピストルの撃ち合い（pistols at ten paces）で実施された（Todorich 62）。

もともと決闘は、どんなに些細な個人的侮辱に対しても、名誉回復のために報復を求めた十九世紀以前の人々にとって不可欠なものであった。しかしその結果、一七九八年から一八四八年の間に、三十三人もの海軍士官が、「誇張された名誉心」の類いで生じた決闘で死亡したのだ。たとえば、一八二〇年のスティーヴン・ディケーター対ジェイムズ・バロンの決闘では、トリポリ海戦などで活躍した英雄のディケーターが死んだ。このように惜しまれる被害が増加したが、決闘を理由に大尉三名を解雇したアンドルー・ジャクソン大統領ですら、決闘自体の禁止は拒絶した。なぜなら、「士官の職務は戦うことで、彼らは戦闘準備をするよう訓練を受ける存在」だからである。そして、国家の名誉を守るという海軍の役割と、当時の海戦が近距離戦闘や接戦をよく含んだことを考えれば、この「蛮勇」タイプの士官はむしろ必要であった（Todorich 62）。ゆえに決闘は、「必要悪」として捉えられたのである。

加えて決闘は、決闘者にとって肉体的にも精神的にも抗し難いほど爽快なものであった。なぜなら決闘は成人式のようなもので、挑戦し、実行し、満足するという点で、ほとんど性的な意味合いを含む儀式だったからである（Todorich 62）。この点、ドイツの大学の学生結社間における剣による決闘（Mensur）が、ドイツの結婚式「人生最高の時（Hochzeit）」に例えられるのと似ていよう（菅野 二二〇）。決闘には、少なくとも欧米圏に普遍的な魅力があったと考えられる。

では実際に、海軍学校ではどんな決闘があったのか。一八四八年のふたつの事例を見てみよう。同年五月四日の夕方、学校敷地内でW・クィーンとB・スティーヴンソンの決闘が起こり、クィーンが尻を撃たれた。五月十二日付のジョン・メーソン海軍長官宛ての手紙でジョージ・アプシャー第二代校長は驚きを表明したが、こうも言及する。「決闘は、（中略）いかに非難すべきものだとしても、軍人の間では前例と慣習によって必要悪として（as a necessary evil）認められてきている」と。校長は決闘容認論に近かったが、当該二名の士官候補生は六月十三日に海軍省により書面で叱責され、翌十四日に大統領令で軍務から解雇された。だがすでに同年六月七日の夜には、メリーランド州ブレーデンズバーグで、J・ゲイル対F・ダラスの決闘が生じていた。その経緯は次のとおりである。二年前の夏にダラスは頭部の負傷に苦しみ、一時的な精神錯乱に陥った。ゲイルはこの事件を使って悪い噂を広める。ダラスの恋人のエミリーにまで、彼を「野卑でふしだら」と警告したのだ。ゲイルの非難に対するダラスの無反応に不満をもった約八十人の海軍学校学生の尋問に、ダラスは呼び出される。ここで名誉が傷付けられたダラスはゲイルに挑戦した。アプシャー校長が決闘の可能性に気付いたので、ダラスは六月七日の早朝に学校からこっそり抜け出す。同日の夜八時頃、ダラスとゲイルはブレーデンズバーグで落ち合った。最初の発砲でダラスは右肩に重傷を負う。もう撃てないのに彼は二発目の発砲を望んだが、医者の介入で決闘は終了したのだ。その結果、ダラスやゲイル、後者の介添人ら三名の士官候補生は、大統領令で軍務から解雇された。結局この決闘が、海軍学校最後の決闘であったとされる（Todorich 64–65）。

このように、海軍学校の開校時に規律維持の重要性が強調されたにもかかわらず、決闘という最大の規律違反は一八四八年まで見られた。決闘がここまで容認されたのは、士官たちの名誉心と勇敢さが海軍に必要だと考えられたからである。しかし近代的な軍隊は、国家が制御できる暴力装置たるべき存在でもある。そこで一八五〇年にはアプシャー校長が、教育の年限を延長するなど、最後の学制改革を採用した（田所 五三）。学校の呼称も、海軍学校から海軍兵学校に変わり、アメリカ海軍内部の鞭刑も一八五〇年に廃止された。こうした趨勢のなか、海軍兵学校の学生は同年以降、いさかいの決着方法としてクィーンズベリー・ルールのボクシング（fisticuffs）に訴えるようになった（Todorich 65）。

このような先行研究によれば、アナポリス海軍兵学校は決闘の点で、円滑に近代化したように見える。しかし、決着の手段が、ピストルの打ち合いからボクシングへすぐ移行したという説明には疑問が残る。手段の変化が、一足飛びでありすぎるのではなかろうか。なぜなら、兵学校の教育にはフェンシングが採用されていたし（Todorich 63, 80, 84）、剣を使用した学生の決闘「メンズーア」が、ドイツには近年まで存在していたからである。

それゆえ、サーベルや剣を使った決闘方法も残った可能性や、しごきの陰湿化が決闘に代わって最大の規律違反になった可能性が、今後検証されねばならない。その証拠に、兵学校のしごきは、第一次大戦直後の連邦議会下院における海事委員会の公聴会でも問題になった。インクやヨードチンキなどを飲まされた可能性まで存在したのである（United States Congress 3–5）。一八四五年から続く海軍学校の伝統的慣習のひとつ“running”[3]では、気をつけの姿勢のまま、下級生が上級生にさまざまな質問をされ続けるというものもあった（布施、「陸軍将校教育」二三九）。

もちろん、これらのしごきの伝統は厳罰の対象で、「加害者」は放校・解雇されることになる。しかし、しごきの遂行は、実は兵学校側に発見されにくい。しごきの伝統を、「被害者」の下級生自身が、通過すべき「男らしさ（manliness）」のテストとして支持しているからである。これらに従わないのは、子供じみているとまで評価されていた（United States Congress 4–7）。ゆえに、しごきが潜在化・隠語化した可能性もあるので、今後の検証には注意深さが必要となろう。では、こうした海軍兵学校の卒業後のコースとして南北戦争後に創設された海軍大学校では何が重視されたのだろうか。兵学校と同じく規律維持が強調されたのか、ほかの何かが重視されたのか。海軍内外の言説に注目しつつ次節で考察してみよう。

二　十九世紀後半の海軍大学校における効率の評価をめぐって

十九世紀のアメリカにおける最も苛烈な消耗戦となった南北戦争では、海軍も陸軍とともに大規模化し、海軍の艦艇数は約七百隻に上った。しかし戦後、連邦の陸海軍はともに大幅に縮小し、たとえば一八八〇年の海軍の艦艇数は四十八隻にまで激減した（北川 六六）。こうした海軍の量的縮小は、予算の縮小に起因する。一八九〇年までの海軍予算は通常、年間約二千万ドルにすぎず、海軍と海兵隊の兵力は、士官と兵卒を合わせて平均約一万一千名であった。なお、同時期の陸軍兵力も抑えられ、将兵合わせて平均約二万五千名である。南北戦争中の陸軍の予算は十億ドルを超えたこともあったが、この時期の予算は年平均で三～四千万ドル台を推移した（ハンチントン 二二二）。海軍の総員が一番落ち込んだのは一八七八年のことで、六千人未満というジャクソン政権以来で最低の数字を記録している（北川 六六）。

海軍予算の乏しさは、海軍の質的低下ももたらした。予算節約の名目で、南北戦争後のアメリカ海軍の艦艇は蒸気船から帆船に逆戻りし、海軍士官が艦船にエンジンを使用することはほとんど犯罪視されたほどである。ペリー艦隊に衝撃を受けた日本人にとっては、信じがたい状況であろう。そして、連邦の陸海軍に共通する資金不足で、軍が新しい技術や兵器を実験し、開発することは不可能になった。たとえば、諸外国の列強が大砲をねじ溝砲に転換した後でさえ、アメリカの陸海軍は長い間、滑腔砲を使用しつづけたのである。その結果、一八八〇年までに合衆国海軍は、艦隊活動の不可能な旧式のがらくた船の寄せ集めとなった（ハンチントン 二二二）。世界の列強とくらべ、アメリカの海軍の立ち後れぶりは際立ってきたのである。なお、ロードアイランド州のニューポートに海軍大学校が創設されたのは、こうした状況を経た一八八四年のことであった。

このようにアメリカ海軍は、一八八〇年までに時代遅れの遺物へ退化していた。しかしこの時期にも、海軍の状況を憂えた開明的な士官による海軍改革運動は存在した。当時の軍改革運動の特徴をハンチントンや北川は、次の三つに要約する。①彼ら改革を志向する士官らはおおむね、同時代のアメリカの民間人の影響から切り離されていた。②改革の構想を、十九世紀前半のアメリカ陸軍を中心とする軍啓蒙運動と、十九世紀後半に世界最高とされたドイツの軍事制度から得ていた。③彼ら改革派将校は、アメリカの陸海軍の境界を越えてアイデアを交換しあい、励ましあって職業軍人制度を発展させた（ハンチントン 二二七、および北川 六七）。以上である。本節では、これらのなかでも②の後半と③の側面に注目して検討を進めよう。

当時のアメリカ海軍で改革運動をリードしたのは、のちに海軍大学校の初代校長となるスティーヴン・ルースであった。彼が重視したのは、軍艦を運用する技術尊重主義《テクニシズム》ではなく、戦争を遂行していくために必要な戦略や戦史である（北川 六七、七〇）。ルース大佐の考えは、リチャード・トンプソン海軍長官に宛てた一八七七年八月八日付の書簡に明瞭に現れている。

近年の海戦における革命は、海上作戦におけるより高い能力を求めています。基本的戦術、もしくは単純な艦隊運動は、もはや司令官にとって十分な知識ではなくなりました。蒸気機関と電信の導入は、陸上と海上における軍事作戦の速度を飛躍的に高め、かつては数年かかった戦いが数カ月に短縮されています。このことは、今日を生きる海軍士官は、戦術家(tactician)であるのと同様に戦略家(strategist)でなければ勝利を収めることができないということを警告しています。(北川 七七 英語表記は筆者による)

ルースは、次のようにも考えていた。「今や(一八七〇年代当時)、戦略の原理は常に不変のもので、陸海軍ともに平等に適用されるものです。ゆえに、わが海軍士官には、フォート・モンローの砲兵学校における(ウェストポイント陸軍士官学校)卒業後のコースでわが陸軍将校が教えられているのとまったく同じ方法で、戦争の術(the Art of War)が教えられるべきです」(Gleaves 169)。「戦争の術」という言葉がやや紛らわしいが、北川はこの言葉を今日の戦略論や国際関係論と同じものだと解釈している(六七)。

このように、陸海軍に共通する「常に不変の」戦略、ひいては戦史を重視したルースに対し、前述のテクニシズムだけでなく、従来の軍事的アマチュアリズムも尊重する保守派の士官がこう反論した。アメリカ海軍史上有名なファラガット提督もイギリスのネルソン提督も、「戦争の術」など学んでいなかったではないか。にもかかわらず、彼らは立派な戦績を残したではないか(Gleaves

172)。またアナポリスに海軍兵学校がすでに存在するのに、さらに上級の海軍大学校がなぜ必要なのか。こうした保守派の冷淡な態度に、ルースら改革派士官は悩むことになる（北川 七三）。

しかしながらルースは、先の書簡で指摘したモンロー砲兵学校の理論教育主任であったエモリー・アプトン准将からの手紙で強力に支持され、激励された（ハンチントン 二三〇）。なおアプトンは、一八七五年の夏から約一年半、世界各国の陸軍を調査・研究するため、視察旅行に出ていた。一八七七年秋、彼はこの外遊から帰国した直後で、研究結果を報告書にまとめている最中であった。彼の報告書は、同年末に陸軍省軍務局へ提出され、翌一八七八年に『欧亜の陸軍』（一部邦訳あり）として出版された（布施、「アメリカの陸軍将校」八一―九二）。アプトンはこの報告書のなかで、一八七〇年の普仏戦争における優れた成果を可能にしたドイツ陸軍の参謀システムを模範と見なしている（布施、『補給戦と合衆国』一四五―四六）。このようにドイツ式の軍事組織と手法に傾倒したアプトンは、一八七七年十月十六日にルースへ手紙を送った（北川 七〇―七一）。この手紙には、両者が支持・激励しあったことが如実に表れている。

君の論説を受けとったという通知が遅れたことを許したまえ。だが君の論説は非常に面白かったので、一気に読み終えたよ。これによって私は、陸海軍の戦術の類似性について極めて新しい知識を得られた。またこれにより私は、海軍士官らに、職業上の戦略や戦術を教える手段としての（アナポリス海軍兵学校）卒業後のコースに関する君の計画を完全に理解できた。君の計画は価値あるものだ。だから私は、多くの海軍士官がそれを承認するだけでなく、海軍長官が君の提案を前向きに受けとめたことを聞いて嬉しく思う。誰かがこの計画を始めねばならない。そして君がそれに着手したら、この（アナポリス卒業後の）コースを始め、その大成功に立ち会うことができるかもしれない。心から私はそう願うよ。

私の報告書（おそらく、翌年の『欧亜の陸軍』）執筆作業はのろのろと長引いている。今、私は米墨戦争中のアメリカの政策を徐々に書き進めているところだ。一八一二年の米英戦争では、ランディーズ・レーン（一八一四年七月の激戦地）までほとんどが負け戦で、五十万人招集したものの、首都まで燃やされた。南北戦争では、両軍合わせて五十万人も死者を出した。これらが士官の不勉強の犠牲であることを、私は明らかにしたい。ゆえに私はこう信じる。大量の兵士の死を強要するだけの政策は止めるべきである。将来、あのような流血を避けるためにも、（有能な指揮官を育てる高等軍事教育）機関が必要である。（Gleaves 170–71）

このようにアプトンは、ルースの教育改革計画を手紙の前半で支持・激励し、現在執筆中の報告書の概要を手紙の後半で簡潔に紹介した。ルースと同じく、高等軍事教育機関が必要だと考えたアプトンは、その目的を、戦死者を大量に出さないこと、すなわち「戦争の効率化」に求めている(323)。アプトンが勤務するモンロー砲兵学校の教育をそのまま海軍に導入しようとし、陸海軍に共通の戦略を重視したルースもむろん、「戦争の効率化」をめざしたであろう。したがってルースもアプトンと同様、ドイツ陸軍の参謀本部や、彼ら参謀将校を教育するベルリンの陸軍大学校から多くの着想を得たのであった(Gleaves 5–6)。

以上のように陸軍の改革派アプトンの支持と激励を得たルースは、ドイツの影響を受けつつ、戦争を効率的に遂行できる士官を育てられるような海軍大学校の設立に邁進した。海軍大学校は、アナポリスを卒業したあとのコースとして位置づけられていたので、そこで学ぶ士官学生の想定年齢も高かった。ゆえに、学生の規律維持が重視された海軍兵学校とは異なり、学生の戦争遂行能力の効率化が最終目的とされたのだろう。そうした教育目的をもつ海軍大学校が創設されるころまでの最終段階を概観していこう。

一八八一年末に准将に昇進したルースは、一八八三年四月に学制に関する講演をアメリカ海軍協会でおこなったが、相変わらず冷然と受け止められ、聴衆の熱意も関心も得られなかった(Gleaves 171–72)。以前からの保守派の冷淡な態度に加え、一八八〇年代にはニューポートの魚雷学校(Torpedo School)が、技術的な専門研究課程を海軍士官に提供していたからだ(ハンチントン 二三三―三四)。保守派にすれば、これ以上、なぜ学校が必要なのか、という思いを再び募らせることになった。

しかしルースは、こうした戦略軽視の保守派の存在にもかかわらず、首都ワシントンにD・ポーター大将とJ・ウォーカー准将という二人の強力な味方を得ることができた。彼らの推挙を経てルースは、一八八四年五月三十日にウィリアム・チャンドラー海軍長官により、「海軍士官のために海軍省が設置すべき（アナポリス）卒業後のコースか学校の問題を検討して報告する委員会」、通称「ルース委員会」の委員長に任命されたのである。ルース委員長とW・トンプソン大佐、C・グッドリッチ中佐の三名からなるルース委員会は、同年六月十三日に報告書を提出した。F・ラムゼー海軍兵学校校長が「卒業後のコース（post graduate course）」という表現に失望していたのでこの表現を避けた同報告書は、学生が海戦史研究をする重要性を強調し、士官たるもの、外交や国際法などについてもよく知っているべきだと訴えた。その上でこの報告書は、海軍の戦争学校（the War School）をニューポートに設立すべきだと推奨したのである。

表現に配慮し、海軍内部の無用の摩擦を避けた同報告書が奏功した結果、チャンドラー海軍長官は、一八八四年十月六日に海軍省で一般命令第三二五号を発令した。同命令に基づき、海軍大学校（the Naval War College）がロードアイランド州ニューポートに創設され、ルース准将がその初代校長に任命されたのである（Gleaves 172–77）[4]。ルース校長は開講にあたっての講演で所信を再び表明した。海軍史の諸事実のなかから一般的原則を抽出して、これを科学にまで高めるとともに、比較的よく研究されている陸軍の研究成果も活用すべきだ、と（谷光 四八）。ただし、発足当初の海軍大学校の存立基盤は、まだ盤石のものではなかった。この学校を、同じニューポートにあった魚雷学校と合併するか、アナポリス海軍兵学校の研究科にしようとした士官もなお少なからず存在したからである（ハンチントン 二三四）。

おわりに

本論では、前半でアナポリスの海軍学校（のちの兵学校）に、後半でニューポートの海軍大学校に注目し、各校創立期に何が重視されたのかを検討してきた。アナポリスでは、若い士官候補生が学生であったため、規律維持が重視されたが、多様な形態の決闘や陰湿なしごきが後世に残った可能性があった。一方、海軍大学校では、士官候補生よりも年長の士官が学生であったため規律維持は比較的不必要で、戦略面における戦争遂行能力の効率化が重視された。こうして見ると、アナポリスが設立された十九世紀の前半と海軍大学校が開校した十九世紀後半で、アメリカ海軍の言説が変化してきたことがわかる。海軍の教育制度が時代の流れとともに整理され、時代に合った教育目的や言説がその都度、追求されたと考えられよう。

では最後に、十九世紀後半のアメリカ海軍で必要とされた戦争遂行能力の効率化が、帝国主義時代の列強各国の海軍に及ぼした影響について考えてみよう。ルースに師事し、彼の改革を引き継いだアルフレッド・セイヤー・マハンは、一八八五年に海軍大学校の戦史・戦略の教官となり、一八八七年には海軍戦略に関する講義の原稿を起草した（マハン 五、四〇七）。冒頭で述べたように、このマハンから日本の秋山大尉が戦略を学び、アメリカの海軍大学校から秋山が兵棋演習を日本の海軍大学校に導入したのである（谷光 五五）。[5] 戦争遂行能力を効率化するための手段が、アメリカから日本に輸入されたといえる。

またマハンの考えは、ドイツ海軍のアルフレート・フォン・ティルピッツ海軍大臣にも影響を与えた。マハンによれば、アメリカ海軍の主要な目的は敵海軍の排除であり、制海権を保持するためには何よりも戦艦が必要だというものであった。この考えに影響されたティルピッツは、ドイツ周辺の列強海軍に対抗するため、戦艦艦隊が不可欠と考え、大洋艦隊の実現に尽力したのである（谷光 五四―五五）。沿岸の防衛から制海権保持へという政策転換にともなう戦争遂行能力の新しい構築方法が、アメリカからドイツにもたらされたといえる。

加えて、アメリカとドイツの間の場合、前述の日米海軍間の一方的な影響より興味深いことが想定できよう。軍事思想上、ドイツ陸軍に傾倒したアメリカ陸軍のアプトンから同海軍のルースへ、ルースからマハンへ、そしてマハンからドイツ海軍のティルピッツへと影響が一巡したのである。

本来陸軍国であったドイツでは、強大な陸軍と弱小海軍というように陸海軍の規模がかけ離れていたので、アメリカの陸海軍という媒介を経なければ、軍事思想上の交流が難しかったのではなかろうか。一方、反軍的で反常備軍的なアメリカ社会では、陸海軍の改革派からなる閉鎖的なグループでのみ、海軍言説を交換することができた。こうした言説は、帝国主義時代における軍事思想のトランスナショナルな広がりのなかで、相互に交換され、受容されていったと見て取ることもできよう。

注

（1）田所昌幸「海軍兵学校の創設と士官教育――アメリカが求めた軍人像」、北川敬三「ネイバルアカデミズムの誕生――スティーヴン・ルースの海軍改革」。なお布施は、田所論文を研究会の発表で活用したことがある。布施将夫「一九世紀のアメリカ海軍（兵）学校における規律維持問題――体罰や決闘に注目して――」軍隊と社会の歴史研究会、科研基盤（B）「軍事史的観点からみた一八～一九世紀における名誉・忠誠・愛国心の比較研究」（研究代表者・谷口眞子）共催の第五回科研集会、二〇一五年一月十日（佛教大学で開催）。この発表は、本論第一節の下敷きになっている。また、布施将夫「一九世紀アメリカ海軍の教育制度観をめぐって――海軍兵学校の規律重視と海軍大学校の効率重視――」関西アメリカ史研究会、第五十五回年次大会、二〇一七年十一月五日（キャンパスプラザ京都で開催）の発表の後半を、本論第二節の基礎とした。

（2）アメリカ陸軍の教育制度については、布施将夫「陸軍将校教育の比較史をめぐって――イエルク・ムート著『コマンド・カルチャー――米独将校教育の比較文化史』大木毅訳、中央公論新社、二〇一五年を中心に――」を参照。

（3）この running という隠語のような言葉が、running fire の略語だとすれば、「言葉の集中攻撃」と訳しうる。

（4）チャンドラーもラムゼーに配慮し、an advanced course と命令書の一行目で表現を変えていたのが興味深い。

（5）なお彼の父のデニス・ハート・マハンは、十九世紀前半のアメリカ陸軍における軍啓蒙運動を担った一人で、アプトンを弟子としていた（ハンチントン 二二八）。

引用文献

Gleaves, Albert. *Life and Letters of Rear Admiral Stephen B. Luce: Founder of the Naval War College*. G. P. Putnam's Sons, 1925.

Marshall, Edward Chauncey. *History of the United States Naval Academy, with biographical sketches, and the names of all the superintendents, professors and graduates, to which is added a record of some of the earliest votes by Congress, of thanks, medals, and swords to naval office*. D. Van Nostrand, 1862 (Copyright BiblioLife, LLC).

Todorich, Charles. *The Spirited Years: A History of the Antebellum Naval Academy*. Naval Institute Press, 1984.

United States Congress, H.R. Committee on Naval Affairs. *Hazing at U.S. Naval Academy hearings before the United States House Committee on Naval Affairs, Sixty-Sixth Congress, second session, on Oct. 14. 1919*. U.S.G.P.O., 1919.

Upton, Emory. *The Armies of Europe & Asia: Embracing Official Reports on the Armies of Japan, China, India, Persia, Italy, Russia, Austria, Germany, France, and England*. Griffin & Co., 1878.

江川良一「ポーク政権におけるジョージ・バンクロフトの役割」『聖徳学園岐阜教育大学紀要』第十八号、聖徳学園岐阜教育大学、一九八九年、一―一八頁。

片山紀子『アメリカ合衆国における学校体罰の研究：懲戒制度と規律に関する歴史的・実証的研究』、風間書房、二〇〇八年。

北川敬三「ネイバルアカデミズムの誕生―スティーヴン・ルースの海軍改革」『海洋国家としてのアメリカ――パクス・アメリカーナへの道』所収、田所昌幸・阿川尚之編、千倉書房、二〇一三年、六一―八六頁。

清水文枝「田所昌幸、阿川尚之編著『海洋国家としてのアメリカ――パクス・アメリカーナへの道』」『国際安全保障』第四十二巻、第三号、国際安全保障学会、二〇一四年（十二月）、一二五―一二九頁。

菅野瑞治也『実録　ドイツで決闘した日本人』、集英社新書、二〇一三年。

田所昌幸「海軍兵学校の創設と士官教育――アメリカが求めた軍人像」『海洋国家としてのアメリカ――パクス・アメリカーナへの道』所収、田所昌幸・阿川尚之編、千倉書房、二〇一三年、三五―六〇頁。

谷光太郎『海軍戦略家　マハン』、中公叢書、二〇一三年。

ハンチントン、サミュエル『軍人と国家』(上)、市川良一訳、原書房、一九七八年。

布施将夫「アメリカの陸軍将校が見た明治初期の日本陸軍――エモリー・アプトンEmory Upton (1839–1881) 著報告集『欧亜の陸軍 The Armies of Europe & Asia』(Portsmouth: Griffin & Co., 1878) 邦訳――」『COSMICA』第四十七号、京都外国語大学・京都外国語短期大学、二〇一七年、八一―九二頁。

――『補給戦と合衆国』、松籟社、二〇一四年。

――「陸軍将校教育の比較史をめぐって――イエルク・ムート著『コマンド・カルチャー――米独将校教育の比較文化史』大木毅訳、中央公論新社、二〇一五年を中心に――」『研究論叢』第八十七号、京都外国語大学・京都外国語短期大学、二〇一六年、二二九―四〇頁。

マハン、アルフレッド・T『マハン海軍戦略』、井伊順彦訳、戸高一成監訳、中央公論新社、二〇〇五年。

バーバリー海賊と建国期のアメリカ文学

佐藤　宏子

はじめに

一八〇七年一月二十四日から一八〇八年一月十五日までの一年ほどの短い期間ではあったが、作家としての地位を確立する以前の若きワシントン・アーヴィングは、兄のウィリアムと友人のジェイムズ・カーク・ポールディングとともに雑誌『サルマガンディ』を発行している。ジョゼフ・アディソンやオリヴァー・ゴールドスミスの著作に触発されたスタイルを用い、当時の政治、社会、風俗を風刺してみせたものだが、その中でもっとも興味をひくのが、ムスターファ・ラヴーダブーケーリ・カーンという名のケッチ帆船の船長が、トリポリの首長《バショウ》の宮廷役人アセム・ハゲムに宛てて書いたとされる九通の手紙である。これらの手紙の内容は、アラブ社会と比較しながら、十九世紀初頭のアメリカの社会、政治の諸相を風刺したものである。アメリカの政治の特徴を「言葉による支配《ロゴクラシー》」と定義していること、アメリカ女性の大胆に露出した服装や、男性に対する物おじしない態度などの描写が興味をひくが、本論の視点から、語り手ムスターファの出自に注目したい。

この点について、作者のアーヴィングは、自分が「目新しく風変わりなもの」に興味があり、特に「異邦人の生活様式や会話に興味がある」(46)という説明でさらりと片付けている。また、例えばコロンビア大学版の『アメリカ合衆国文学史』の解説でも、ムスターファについては「外国からの訪問者、トリポリの奴隷船の船長」(Elliott 231)と述べているだけである。何故、十九世紀の初頭のニューヨークに北アフリカのバーバリー諸邦のひとつ、トリポリの船長が滞在しているのか、何故有色のアラブ人に自由な行動が認められているのかは説明されていない。このような点を理解するには、一八〇一年にトマス・ジェファソンが第三代大統領に就任しアメリカの海軍力が増大するとともに、バーバリー諸邦とアメリカの力関係がアメリカに有利に変化したという事態を、そこに至る経過とともに把握しておく必要がある。[1]

独立戦争の終結から十八世紀末までの二十数年間、アメリカはバーバリー諸邦との関係で厳しい立場におかれ、その状況のもとで将来の国家としての方向づけをせざるを得なかった。本論では、建国期のアメリカとバーバリー諸邦との軋轢について、その歴史的経緯を簡略に把握したのち、その歴史上の出来事がアメリカ文学の形成にどのような影響を与えたのかを考察してみたい。

一　アメリカとバーバリー海賊との遭遇

一七七五年に始まる独立戦争の終結後、イギリスがアメリカの独立を認めたパリ協定の締結が一七八三年、憲法制定が一七八七年、ジョージ・ワシントンの大統領就任が一七八九年。これらの経過からも、独立を宣言してからの十数年間、十三の州の集合体であるアメリカでは国家としての組織が整っていない状態が続いていたことが分かる。この間にアメリカが直面した最大の軍事・外交問題が、北アフリカのイスラム教国、いわゆるバーバリー諸邦とよばれるモロッコ、アルジェリア、チュニジア、トリポリの四国との衝突とその解決のための交渉だった。当時、これらの諸邦はオスマン帝国の属領だったが、独立国といってもよい状況で、それぞれ、デイ、パシャ、ベイなどの称号を持つ権力者が支配していた。

イスラム世界と西欧諸国との接触、衝突は十一世紀の十字軍以前から繰り返されてきたものであり、その最大の出来事が一五七一年のレパントの海戦だろう。また、その体験者としてよく知られているのが『ドン・キホーテ』の作者セルバンテスである。彼はその海戦に参加してスペインへの帰国の途中アルジェリアのガレー船に拿捕されて捕虜となり、身代金が支払われるまでの五年間、奴隷として苦難を経験している。(2)

北アフリカの諸邦は、国家の財源を海賊行為による略奪と、人質をとって身代金を要求するという行為から得ていたのである。一方、当時のヨーロッパ諸国、特にイギリス、フランス、スペインは互いに勢力を競い、戦争を繰り返していたので、協力して軍事力でバーバリー諸邦を制圧できるような状況ではなかった。莫大な利益をあげる地中海での交易を守るために、西欧の諸国はバーバリー諸邦とそれぞれ条約を結ぶか、定額の年貢を納めるという契約を結んでいた。大国、イギリス、フランス、オランダは主として条約により、他の小国は年貢によって自国の船舶を守るという形をとっていた。

建国直後のアメリカが直面したのは、このような状況だった。東海岸十三州で形成された弱小国アメリカにとって、地中海諸国は自国の農産物や海産物の主要な市場だった。イギリスの植民地だった間は、イギリスとバーバリー諸邦との条約によって守られ、大西洋、地中海の航行の安全はほぼ守られていたが、独立とともにその保護は失われ、海賊の脅威にさらされることになった。四か国のうちモロッコはフランスに次いで一七七八年にアメリカを国家として承認し、多少の摩擦はあったものの一七八六年に平和条約が締結された。しかし、残りの三カ国との衝突は一八一二年のイギリスとの戦争の後、海軍力を増強したアメリカが二十四隻の艦船からなる大艦隊をトリポリに派遣し、力の圧力で和平条約締結に至るまでの三十年間続いたのである。

アメリカの社会に衝撃を与えた最初の事件は、一七八五年の七月、アメリカの商船二隻がアルジェリアの海賊に拿捕され、二十一人の乗組員が捕虜となったことだった（Lambert 6）。アルジェリア側からは百万ドルの身代金の要求があったが、この船員たちが解放されるのはそれから十年後、アメリカの国家予算の六分の一にあたる六十万ドルの身代金を支払ってのことだった。何故このように交渉が長引いたのかについては高額な身代金の支払能力がなかったなど様々な理由が考えられるが、第一に挙げられるのは軍事・外交について国家としての統一した理念が存在していなかったことである。この点に関しての一例は、当時駐英公使で後の第二代大統領となるジョン・アダムズと駐仏公使で後の第三代大統領となるトマス・ジェファソンとの間の意見の相違である（桃井、『海賊の世界史』二一〇―一五）。穏健で実務的なアダムズは、「地中海貿易における利益や戦争の費用」を考慮して、年貢を納め和平交渉をすすめるという考えを示し、一方ジェファソンは問題の核心は「われわれが名誉をとるか、金銭的な強欲さをとるかの選択である」と主張した。この問題について一七八六年の夏に二人の間で交わされた書簡に示されているように議論は平行線をたどり、結論が出ないまま、まずは年貢方式で和平条約への道を、ついで一七九〇年代半ばから海軍力の増強という形で解決を模索することになった。一七八六年、ジョージ・ワシントンはラファイエットに宛てた手紙の中で、バーバリー諸邦をキリスト教に改宗させるか、この世界から抹殺できるだけの海軍力が欲しいものだと書き送っている。その間も海賊による略奪行為は続き、例えば一七九四年にはアメリカの商船十一隻がアルジェリアの海賊に拿捕されるという事態がアメリカ社会に衝撃を与えている。

このような状況の下、一七九四年には、議会が海軍力の増強を決議してそのための予算を承認、六隻のフリゲート艦の建造が始まった。アメリカ海軍の通史では、この事例をもって独立国アメリカの海軍創設としている。同時に、議会はアルジェリアに対する年貢として八十万ドルの拠出を承認、これによって一七八五年に拿捕され、奴隷としての苦役をしのんできた二隻の商船の乗組員二十一名も十年ぶりに解放された。

十九世紀に入り、海軍力の増強を続けたアメリカとバーバリー諸邦との力関係は大きく変化する。最終的には、一八一五年のスティーヴン・ディケーターを司令官とする二十四隻の大艦隊によるトリポリ湾の封鎖と、トリポリ側の無条件での和平条約の締結、続いてのアルジェリア、チュニジアとの同様の条約締結で決着をみることになった(3)。いわば、力による制圧という現在まで続いているアメリカ的な政策の発端をここに読み取ることが可能であろう。

以上が建国から十九世紀初めまでの十数年間のアメリカとバーバリー諸邦との関係の概略である

が、アメリカの人々に強い印象を与えた一つの出来事について述べておきたい。アメリカの地名にディケーターという名前が多いことに気付かれた方があると思うが、都市の名前でも十個ほど、街路の名前では数えきれないほどである。これは前述の海軍提督スティーヴン・ディケーターに由来するものだが、その理由になった出来事に触れておきたい。彼は一八一五年地中海艦隊の司令官として二十四隻の大艦隊を率いてトリポリ湾を封鎖し、和平条約を力によって締結した人物である。海軍史上では、ほぼ一世紀後の米西戦争時にフィリピンのマニラ湾でスペイン艦隊を壊滅させたジョージ・デューイと並ぶ提督として名をとどめているが（Smith 2）、彼をアメリカの大衆にとって忘れがたい人物にしたのは、一八〇四年の出来事である。

一八〇一年、第三代大統領に就任したジェファソンは、フリゲート艦を含む四隻の艦船をトリポリに派遣する。彼が持論とする力による解決を実行する目的だった。しかし、トリポリのベイは強硬姿勢をつらぬき、艦隊は成果をえないまま帰国することになる。その後、一八〇二年に第二次、その翌年に第三次の艦隊を派遣している。この第三次に派遣された艦隊は七隻の艦船で構成され、その中には当時アメリカ海軍の最新鋭のフリゲート艦フィラデルフィア号が含まれていた。

トリポリに到着するとフィラデルフィア号は海上封鎖を行い、トリポリの船舶の追跡を行っていたが、その途中で浅瀬に乗り上げ座礁してしまった。トリポリ側は直ちにフィラデルフィア号を拿捕。艦長以下三百名あまりの乗組員を全員捕虜とし、捕獲した船体をトリポリ港内に曳航した。最新鋭のフリゲート艦を奪われたことはアメリカにとっては大きな打撃であり、この船をトリポリ側に使われるという事態は避けなければならないことだった。アルジェリアに向かっていた別の艦隊にこの屈辱的な知らせが届くと、フィラデルフィア号を破壊する計画が練られた。

商船に偽装した小型船舶イントレピット号に七十名ほどの兵士が乗り組み、護衛の艦船一隻とともにトリポリに向かい、夜陰に乗じてフィラデルフィア号に近づいて乗り移ると護衛のトリポリ兵を殺害、フィラデルフィア号に火を放ち、直ちに港外へと逃れた。その間、わずか二十分だったと言われている。この奇襲を指揮したのが、若い士官ディケーターだった。この勇敢な行為は大統領ジェファソンから称賛され、人々に強い印象を与えた。

しかし、アメリカ文学との関連で考えるとき、注目すべきことは、すでに述べてきたような歴史上の出来事そのものよりは、それがアメリカ人の意識にどのように影響したのかということである。三十数年間に七百名をこえる軍人、商船の乗組員、あるいは一般人がバーバリー諸邦の捕虜となり、奴隷として苦難を強いられ、中には十年という歳月を過ごした人たちがいたのだが、この経験は彼らが初めて異文化に接した機会でもあったからである。それが人々の意識、特に新しい国家の建設の理念、あるいは、植民地時代から存在したアフリカ系やネイティヴ・アメリカンの人々を奴隷として扱ってきた制度についての認識とどう関わっていたのかを、いくつかの作品の検討を通して考えてみたい。

二　バーバリー諸邦との接触の実録

上記のようなバーバリー諸邦との接触についての出版物には二種類ある。ひとつは経験者の実録であり、もうひとつは、それをもとに想像力によって作り上げたフィクション、文学作品である。建国から間もない時期に、イスラム教国の異文化の世界で奴隷として生活せざるを得なかった人たちの経験に強い関心が寄せられたことは当然のことであった。当時の新聞や教会の説教では、捕らわれた人たちが故国の家族や友人に宛てて書いた身代金を払っての救出を懇願する手紙が取り上げられている。資金調達のための募金も頻繁に行われていた。また、解放されて帰国した人の経験の記録も数多く出版された。煩雑ではあるが、題名そのものが内容を示しているものもあるので、原題のまま記すことを許していただきたい。現在でも入手可能な主な作品は以下である。

James Leander Cathcart. *The Captive, Eleven Years a Prisoner in Algiers* (1799).
Jonathan Cowdery. *American Captives in Tripoli; or, Dr. Cowdery's Journal in Miniature. Kept during his late captivity in Tripoli* (1806).

John D. Foss. *A Journal of the Captivity and Sufferings of John Foss; several years a prisoner in ALGIERS: Together with some account of the treatment of Christian slaves when sick:—and observations on the manners and customs of the Algerines* (1798).

William Ray. *Horrors of Slavery; or the American Tars in Tripoli* (1808).

題名からも内容が想像されるが、いくつかの作品について簡単にその特質を説明しておきたい。最初に挙げてあるカスカートは題名にも十一年間アルジェリアで捕虜だったと書いてあるように、一七八五年にアルジェリアに拿捕された二隻の商船の内の一隻、マリア号に乗っていた人だった。彼は自分の才覚でアルジェリアの支配階級に取り入り、かなりの自由を獲得し、アルジェリアの政治にも関わった人で、解放されて帰国後はバーバリー諸邦への領事として再びこの地域と関わり続ける人なのだが、十年を超える歳月を捕虜として過ごした間に一番強く感じたことは、イギリスの軛からの解放を求めたアメリカ独立戦争に積極的に参加した自分たちをアメリカが見捨てたということだった。この感情は、一七八六年のシェイズの反乱などのアメリカ国内での出来事からも推測できるように、当時のアメリカ国民の間で根強くくすぶっていた不満感と通底するものと考えることができる。

また、これら捕囚の記録を読んで興味深いのは、著者の社会的な位置によって、おかれた状況も異なるし、その捉え方も異なるという点である。題名にもそれが示されている。たとえば、一八〇六年に発表されたカウデリーの『トリポリのアメリカ人捕虜たち』とその二年後に発表されたレイの『奴隷制の恐怖』の違いである。カウデリーもレイもともにトリポリ港で拿捕されたフィラデルフィア号の乗組員だった。ただ、カウデリーは船医、レイは下級の水兵だった。それぞれの身分に応じて身代金の額は異なっていたので、士官待遇のカウデリーは大切な資金源としてトリポリ側も優遇し、デイの宮殿内に宿舎を与えられ、心地のよいベッドやおいしい食事をあてがわれ、行動の自由も認められていた。それに対して、水兵の方は、地面に横になって休息、パンと水といった食事、護岸工事などの重労働といった日々だったと記されている。

書中の記述からも判断できることだが、レイの記録はカウデリーの捕囚記を修正する形で書かれたものだと思われる。この記録は題名の「奴隷（slave）」や「水兵（tar）」という言葉が示すように、一般の水兵がトリポリで経験した辛い苦役の経験の記録なのだが、同時にこの作品の前半は、何故平凡な若者が水兵になったのか、その若者が船上で士官たちから如何にひどい扱いを受けたのかが記されている。後のリチャード・ヘンリー・デイナの『水夫としての二年間』（一八四〇）やハーマン・メルヴィルの『白鯨』（一八五一）などの海洋小説とも共通するものであり、十九世紀初頭のアメリカの状況を映し出している。指摘しておきたいことは、このような苦役をアメリカの軍艦上とトリポリの双方で経験したレイが、自分の経験を「奴隷」と表現しながら、それをアフリカから連れてこられ、アメリカで売られ、すべての自由を奪われて苦役を強いられた人たちには思いをいたしていないという点である。

本論の主題からは外れるが、バーバリー諸邦での捕囚の記録の中でこの問題を取り上げているのは、ジェイムズ・ライリーの『アフリカでの苦難』(一八一七)(*Sufferings in Africa: The Incredible True Story of a Shipwreck, Enslavement, and Survival on the Sahara*)であろう。ライリーの乗った商船がモロッコ沖で難破したのは一八一五年、政治的にはバーバリー諸邦とアメリカとの紛争が解決した後である。人里離れたモロッコの海岸に漂着したライリーは、遊牧民に捉えられ奴隷としてサハラ砂漠を越え、彼の身の上話を信じてくれた親切なイスラム教徒に買い取られてイギリスの領事が駐在する港町まで送り届けてもらい、そこで救出されるのである。この苦難の間、神への信仰を失うことのなかった彼は、帰国後、自分の使命はアフリカ系アメリカ人の解放にあると信じ、生涯をアフリカ系アメリカ人のリベリア帰還運動に捧げることになる。この苦難と信仰の記録は当時ベストセラーとなり、ヘンリー・デイヴィッド・ソロー、ジェイムズ・フェニモア・クーパー、エイブラハム・リンカーンの愛読書になったということだけを記しておきたい。

三　フィクションの中のバーバリー諸邦との接触

初期のアメリカ文学の作品の中で、バーバリー諸邦との接触はどのように扱われているのだろうか。七百名以上ものアメリカ人が、捕虜として北アフリカに抑留されていたという大事件にしては、この問題がアメリカ文学の中で扱われることはそれほど多くはない。理由はいくつか考えられるが、一八一五年のトリポリ港の封鎖に始まり、一八三〇年のフランスによるアルジェリア制圧で終わる一連の武力行使によって、バーバリー諸邦は、欧米にとって脅威ではなくなっていったことが挙げられるだろう（Lambert 15–78）。また、建国期の政治的混乱、屈辱的な経験から目を逸らしたいという心情も働いていたと考えられる。十九世紀の半ばには、アメリカはヨーロッパとの交易の他に、アフリカとの奴隷貿易、東洋との交易など、海洋国家として発展を続けていく。そのような時代の風潮の中で、この建国期の重大事件は、その重みを失っていったように思われる。

たとえば、冒頭に触れたアーヴィングの『サルマガンディ』でも、トリポリからの船長はアメリカに拿捕された船の船長と思われるが、もはや危険な存在とは見なされず、ニューヨークでは自由を与えられているので、ニューヨークの政治情勢や風俗を風刺する異文化の視点を提供しているに過ぎない。あるいは、一八二二年に発表された当時を代表する女性作家、キャサリン・マライア・

セジウィックの『ニューイングランドの物語』では、長い間恋人たちが引き離されていた理由としてアルジェリアによる船舶拿捕が用いられている。

しかし、十八世紀末、バーバリー諸邦の脅威がまだ国家の根幹が定まらない建国当初のアメリカの存在を脅かしていた時期に、この主題を正面から取り上げ、現在でも読まれている三つの作品が発表されている。本論の終結部として、それらの三作品の検討をしてみたい。作品は出版年代順に以下のものである。

Peter Markoe. *The Algerine Spy in Pennsylvania: or, Letters Written by a Native of Algiers on the Affairs of the United States of America from the Close of the year 1783 to the Meeting of the Convention* (1787).

Susanna Rowson. *Slaves in Algiers; or, a Struggle for Freedom: A Play* (1794).

Royall Tyler. *The Algerine Captive* (1797).

作品の主題の関係上、出版年代順とは異なり、ローソン、タイラー、マーコーの順に取り上げることにする。

四　ローソン『アルジェリアの奴隷、あるいは自由への戦い』

この作品は三幕物の戯曲である。作者のローソンは、一七六二年にイギリスで生まれたが、幼くして母親と死別。しばらく親戚に育てられたのち、アメリカに移住していた父親に引き取られることになり一七六九年に渡米。マサチューセッツのナンタケットに居を定めた。しかし、独立戦争期には父親の親英的な政治姿勢が災いして、再びイギリスに戻ることになる。家庭教師や女優などの職業につき、その後、結婚もするが、経済的には恵まれない生活だったようだ。そのような折、フィラデルフィアの劇団から巡業の話を持ち掛けられ、一七九三年に再び生活の場をアメリカに移すことになった。そのフィラデルフィアのチェスナット・ストリート劇場で一七九四年六月三十日に上演されたのが、この『アルジェリアの奴隷』である。ローソンの現存する戯曲はこの作品ひとつであるが、アメリカ最初の女性劇作家という称号は彼女のものである。

主要な登場人物はレベッカ・コンスタントという美しく貞淑な女性である。彼女は裕福な父親と二人で独立前のニューヨークで暮らしていたが、当時駐屯していたイギリスの兵士と恋に落ち、ひそかに結婚したことで父親に勘当され、夫とともにイギリスに渡る。二人の子供に恵まれたが、死の床にあった父親からの許しがあり、介護のために娘を夫の下に残し、赤ん坊だった息子を連れてアメリカに戻る。その間にアメリカ独立戦争が起こり、夫はイギリス兵として参戦、戦死したという知らせがレベッカに届く。父親の遺産を受け継いで裕福にはなったが、それ以降の十数年、行方不明になっている娘のことが片時も彼女の心を離れなかった。一方、夫の方も瀕死の重傷だったが奇跡的に生き延びていた。彼は、戦後妻の消息を求めて手を尽くしたが、父親の死後息子とともにニューヨークを去ったということしか分からなかった。そのような状況で、妻はもう一度夫の消息を確かめようと息子とともにイギリスへ、夫と娘はレベッカの行方を探そうとアメリカへと大西洋を渡っている時に、ともにアルジェリアの海賊に捕らわれたのである。レベッカの美しさに惹かれ欲望を抱くアルジェリアの太守、レベッカの身代金を受け取っていながらそれを横領していたアルジェリアの役人でユダヤ人の棄教者ベン・ハッサンは、ステレオタイプの人物である。一方、ハッサンの娘でレベッカに心酔し、女性の自立に目覚め、ヨーロッパに移住して自分の意思で選択した相手と結婚することを夢見るフェトナは、新しい女性像といえる。幸運な偶然の積み重ねによってコンスタント一家は再会を果たして帰国の途につき、男性の抑圧に抵抗し女性の自由を自覚したフェトナは、太守に見捨てられた父親のもとにとどまる決心をする。どたばたと全てが決着して幕が下りるのだが、この劇のメッセージは明白である。劇の結末でレベッカは次のように言っている。

「キリスト教の法の下では、誰も奴隷にされるべきではありません。それはあまりに卑しむべき言葉なので、口にするだけで恥ずかしくて顔が燃えるような気がします。私たちは自由なのだという特権を主張しましょう。と同時に、私たちが軽蔑してやまないこの軛を、いかなる人の首にもかけることは絶対に許してはなりません」(73)

この戯曲の創作にあたって、ローソンは、セルバンテスの『ドン・キホーテ』から筋書きのある部分は借用したことを認めているが、その他は「純粋に私の想像力から生まれたもの」(6)と「序文」で述べている。しかし、新聞その他の活字メディアや巷で語られる当時の捕囚の体験談から情報を得ていたことも確かなことと思われる。また、「奴隷という軛がいかなる人の首にもかけられることは絶対に許されない」とレベッカに言わせた時、作者は「いかなる人」の中にアフリカ系アメリカ人の存在を含めていたのだろうか、知りたいところでもある。

五　タイラー『アルジェリア捕囚、あるいはアップダイク・アンダーヒル医師の生涯と冒険』

一七五七年にボストンで生まれたタイラーは、いわば植民地時代のアメリカのエリート階級の一員と言ってよいだろう。ハーヴァード大学で教育を受け、独立戦争勃発の年に大学を卒業している。直ちにジョン・ハンコックの率いる軍隊に参加し、少佐の階級まで昇進するが、不首尾に終わったニューポートの戦闘以外、実戦を経験しないまま終戦となる。再び大学に戻ったタイラーは法学部で修士号を取得、一七八〇年にはマサチューセッツ州の弁護士団の一員として認定されている。法律は彼の生涯の職業となった。彼は、ヴァーモント州の政治と深く関わるようになり、十九世紀の初めには、州の最高裁の判事を務め、また、上院議員の候補になったこともある。

しかし、シェイズの反乱の鎮圧に加わった後、その調停のために訪れたニューヨークで劇場の魅力にとりつかれ、自ら戯曲『対比』（一七八七）を執筆、上演された舞台も好評だった。しかし、文筆を本業とするつもりはなく、匿名で詩やエッセイなどを新聞や雑誌に発表しているが、結果的には二足の草鞋を履くことになった。恵まれた家庭環境、教育、社会的地位により、社会の諸相を広い視野でみることができたため、捕囚の体験についても時代に即した客観的な見解を示すことができたと思われる。

『アルジェリア捕囚』は、実話として読まれることを意図して匿名で発表された。作品は二部に分かれ、前半は不器用な生き方しかできない主人公の青年のアメリカでの経験、後半はアメリカでの挫折続きの生活の果てに奴隷船の船医になり、そこで目撃した奴隷商人たちによる奴隷狩りの実態、その後のアルジェリアでの捕囚の体験が書かれている。本論の主題と関わるのは後半だが、実社会の現状からかけ離れた古典偏重の教育の実態などを描いた前半も、当時のアメリカ社会への鋭い批判になっていることは注目すべき点である。

後半のアルジェリア捕囚にかかわる部分で、特に注目すべき点がふたつある。ひとつは、タイラーに体現される十八世紀末のアメリカの支配階級の人々が、アメリカが関わる奴隷貿易の実態について詳細な事実を知っていたということである。アフリカ奥地の村落で平和な暮らしをしていた人々が、奴隷商人の手先となった他部族の人たちの手で海辺まで追い立てられ、そこで家族や隣人から引き離されて奴隷船に乗せられ、詰め込まれた船倉での劣悪な環境で命を落とせば海に捨てられ、病気になれば、沿岸の人里離れた海辺に放置された。この作品の主人公も、船医として病人を浜辺に運んだところをアルジェリア人に捕らわれたという設定になっている。(4)

補足的なことであるが、タイラーの伝記的事実の中で彼が第二代大統領になるジョン・アダムズの娘に求婚したということがある。この間の事情は、アダムズ夫妻の間で交わされた書簡に示されている（Butterfield 327–66）。タイラーの父親がアダムズの知人だったこと、若いタイラーが才気に走って軽率な振る舞いがあったこと、アダムズ夫人の現在はまじめに法律の仕事に励んでいるという好意的な情報に対して、アダムズは「青年期の誤った振る舞いに現れる精神の軽率さというものは、人間から消えることはない」（Butterfield 340）と言って反対している。このような私的な事実を引き合いに出したのは、アメリカ建国の父といわれる人たち——そのうちの何人かは奴隷所有者——が、アメリカ社会の構成員の一部であるアフリカ系アメリカ人の現実を十分認識できる立場であったという事実と、独立宣言に示された美辞麗句と現実の落差の大きさを、タイラーが承知していたことを示していると思われるからである。

もう一点は、イスラム教についての考え方である。主人公のアップダイクは、アルジェリアで奴隷として苦役に服す間に、イスラム教の聖職者と対話をする機会を与えられる。これは、異教徒でもイスラム教に改宗すれば自由が与えられるというイスラム社会の法に従い、アップダイクを改宗させようとする試みであった。五日間、聖職者と対話を交わした後、彼は結局キリスト教を捨てることなく「肉体は奴隷として苦役に服するが、キリスト教の信仰の真実を守って精神の自由を堅持する」(Tyler 131)。しかし、同時に彼は「賢明な人は、それが先祖の宗教だからといって盲目的に従うのではなく、他国の宗教を自分のそれと比較検討した上で正しいと思うものを堅持するのである」(Tyler 132) という考えにも共感を覚えるのである。しかし、この作品も時代の枠を超えるものではなかったことは、作品の最後の言葉が建国の父祖の一人、ジョン・ディキンソンの「団結すれば立ち、分裂すれば倒れる」で結ばれていることが示しているといえよう。

この本は、苦難の記録というよりは、アラブ世界の歴史、その言語、アルジェリアの政治機構、経済活動などにも触れ、アラブ世界についての啓蒙書の感がある。その視点から見ると、時代に合わないマサチューセッツ州での教育を批判した前半部分も奴隷制の現実を取り上げた後半も一貫して新しい時代に向けての意識改革の必要を主張する書として読まれるべきものだったのではないかと思われる。タイラーは一八二六年に亡くなるが、その時、彼は『アルジェリア捕囚』を『マサチューセッツ州出身の少年』(The Bay Boy) という題名で書き直しをしていたとのことだ。それによって、初版の二部に分裂している印象を修正しようとしたのかも知れない。

六　マーコー『ペンシルバニア州におけるアルジェリアのスパイ』

フィクションとして書かれた三冊の著作の中では一番早く書かれたものであり、一七二一年にモンテスキューが『ペルシャ人の手紙』で、また一七六二年にゴールドスミスが『世界市民の手紙』で用いていた書簡体を用いたものである。この書簡体という古い形式には、特に政治的、思想的メッセージの伝播に効果があり、その形式を選択したこと自体の中に作者の意図がこめられていると考えられる。また、発表の年からも明らかなように、この本が出版された時期は、フィラデルフィアでの大陸会議の最中で、国家としてのアメリカの方向が定まっていない時だった。その意味でも、この作品が持つ政治的、社会的、文化的メッセージはインパクトの大きいものである。歴史家のサミュエル・エリオット・モリソンが『オックスフォード版アメリカ人の歴史』の中で「アメリカの事情についての辛辣な風刺」(271) と評し、中東史の専門家マイケル・B・オレンは、アラブ世界とアメリカの接触の長い歴史を扱った本を五冊挙げてほしいという『ウォールストリート・ジャーナル』の求めに応じ、本書をその一冊に選んでいる。

まず、作者について、ついでフィラデルフィアの出版業者ウィリアム・プリッチャードの言葉を借りて、この本の虚構の成立過程を辿ってみたい。著者、マーコーはカリブ海のサン・クロワ島で裕福なサトウキビ農場の所有者の子供として一七五二年（?）に生まれた。ユグノー教徒の子孫である。一七六七年にイギリスのオックスフォード大学進学、古典語を学んでいる。その後、ロンドンで法律家としての教育も受けている。その間、母親が亡くなると、父親のエイブラハムはアメリカ女性と再婚、フィラデルフィアに邸宅を構えた。彼は、フィラデルフィアで最初の民兵隊を組織、独立戦争中はワシントンの護衛も務めたと言われている。息子のピーターは、独立戦争中は財産を所有していたヴァージン・アイランズを管轄していたデンマークの要請で中立を保っていたが、終戦とともにアメリカに戻り、一七八三年にアメリカに帰化している。その後、一七九二年に四十歳の若さで亡くなるまで、『アルジェリアのスパイ』の他は、主として詩人として活躍していた。

では、発行人である出版業者プリッチャードが、この書簡で構成された本の成り立ちをどのように説明しているのかを、冒頭の「出版者からの手紙——読者に宛て」で見てみよう。建国の父たちがフィラデルフィアで秘密の会合を開いて新しい国家の骨格を話し合っていた折、フィラデルフィアの出版業者プリッチャードの事務所の戸口に夕闇にまぎれて手紙の束が置かれていた。それには、未知の翻訳者の手紙が添えられていて、これらの手紙は五年間にわたってアラビア語で書かれたもので、匿名の依頼人は、これらの手紙の出版は「アメリカ合衆国を利するもの」(Markoe 5) だと主張しているとのことだった。この本は、一七八七年に出版されたが、それは、本論の前半で取り上げたバーバリー諸邦によってアメリカの船舶が拿捕され、その対応にアメリカ政府が苦慮していた時期だった。アルジェリアの海賊がアメリカの沿岸に攻撃をしかけ、占拠し、アメリカ人を奴隷にして連れ去る恐れさえ話し合われた。「守ってくれる軍艦など一艘もない」(Markoe xx) という悲痛な叫びも上がっている。

作品は二十四通の手紙で構成されている。第一の手紙から第十四の手紙は、メヘメットというアルジェリアの役人と思われる人物が、新興国アメリカの実情を探ろうとアメリカに潜入する準備のため滞在しているジブラルタルとリスボンからアルジェリアの友人ソリーマン宛に書いたものである。そこには、重大な使命の成功への心の高ぶりと、失敗して太守の怒りを招いたときの死刑も含む恐ろしい処罰への恐怖が語られている。第十六通から第二十通までの五通は、メヘメットからの手紙であるが受取人名はない。内容はフィラデルフィアで見聞したアメリカの社会、政治、文化の報告なので、おそらくアルジェリアの太守宛ての報告書と思われる。例えば、アメリカの軍隊について、「この国では、多くの訓練された兵士や、装備の整った艦隊を常時必要とはしていない。国家が必要とするときには全国民が兵士になるからだ」(92) とか、「独立戦争は、州の連合体であるこの国にふたつの真実を伝えた。ひとつはこの国は他国に征服されるには強大すぎ、もうひとつは他国を征服するには弱小すぎるということだ」(92)といったことが書かれている。また、「権威は人民から生ずるものだ」(107)といった言葉も見え、アメリカの美点が強調されている。第二十一通と二十二通は、友人のソロモンがメヘメットに宛てた手紙で、メヘメットがジブラルタルで世話になったユダヤ人のラビが、彼についてアルジェリアの太守に対して陰謀を企てていると密告し、その言葉を信じた太守はメヘメットを裏切り者と断定、彼がアルジェリアに残してきた財産、家屋、土地のすべてを没収、帰国すれば逮捕、投獄は避けられないことを伝えてきたものである。専制君主政治の恐ろしさが語られている。第十五通と第二十三通の手紙は他の政治的な話題とは異なったもので、メヘメットの結婚生活に関するものでアラブ社会の結婚の実態を示すものであった。彼はアルジェリアに貞淑な妻ファティマを残していた。イスラム教のもとで夫には絶対服従であったが、子供が病死するとファティマは夫への無関心を隠さなくなり、夫がアメリカに行ってしまうと、庭師として雇っていたスペイン人のアルヴァレズという男と相思相愛の中になる。妻の本当の気持ちを伝えられたメヘメットは、妻を解放し、妻はアルヴァレズと彼の祖国スペインへ行き、カトリック教徒となって彼と結婚する。それを夫のメヘメットが容認するという内容である。スパイ行為を通してアメリカ社会を見聞するうちに洗脳されてしまったということだろう。最後の手紙にはこう書かれている。「私はアフリカとヨーロッパとの関わりに終止符を打ち、私の未来の穏やかな生活を自由、正義、友情、信仰を柱に築いていくことにする」(124)。新しい国アメリカの美点の宣伝を手の込んだ形式を用いて描いたともいえるが、バーバリー諸邦の脅威にさらされ、軍事力もなく、憲法制定会議も纏まらない不安定な状態のアメリカ社会に自覚を促すひとつの戦術として、この作品は効果的だったように思われる。

おわりに

建国期におけるアメリカとバーバリー諸邦との衝突は、その後のアメリカとアメリカ人にどのような影響を与えたのだろうか、あるいは与えなかったのだろうか。確かに、独立直後、自国の船舶と乗組員が北アフリカの異教徒に拿捕され、奴隷としての苦役を強いられたという屈辱的な経験が、十九世紀においてアメリカが海洋国家としての歩みを踏み出す発端になったことは明らかなことである。その結果、軍事力で相手を圧倒してしまうと、北アフリカに対するアメリカ人の関心は薄れてしまった。ジェファソンが主張した力による制圧とそれによる存在の誇示という考えが、独立当初から支配的だったということであろう。他者の存在、異質なものに関心を持ち、それを理解しようという知的な好奇心がアメリカには育たなかったということであろうが、視点を変えれば、一国の独立がいかに大変な事業だったかという証拠でもあり、国民の特異性がそれによって形成されたということである。バーバリー諸邦との軋轢は、現在まで続く「巨大な孤島・アメリカ」の出現が始まった時点と考えることができる。

注

（1）ヨーロッパの歴史の研究者の多くは「バルバリア」と表記しているが、本論では英語読みを用いる。引用文献に挙げた桃井治郎『「バルバリア海賊」の終焉』、『海賊の世界史』などを参照。

（2）この問題についての詳細は、前注の桃井氏の二作を参照。

（3）関心のある方は、引用文献の Lambert および Leiner の著書を参照されたい。

（4）タイラーは、アフリカにおける奴隷狩りの事実などの情報の一部を、Olaudah Equiano, *The Interesting Narrative of the Life of Olaudah Equiano, or Gustavus Vassa, the African, Written by Himself* (1787) から得ていたと考えられる。

引用文献

Butterfield, L. H. Marc Friedlaender and Mary-Jo Kline, editors. *Abigail & John: Selected Letters of the Adams Family.* Northeastern UP, 1975.

Elliott, Emory, editor. *Columbia Literary History of the United States.* Columbia UP, 1988.

Irving, William, James Kirke Paulding and Washington Irving. *Salmagundi*. Lippincott, 1871.

Lambert, Frank. *The Barbary Wars: American Independence in the Atlantic World*. Hill and Wang, 2005.

Leiner, Frederick C. *The End of Barbary Terror: America's 1815 War against the Pirates of North Africa*. Oxford UP, 2006.

Markoe, Peter. *The Algerine Spy in Pennsylvania*. Westholme, 2008.

Morison, Samuel Eliot. *The Oxford History of the American People*. Oxford UP, 1965.

Oren, Michael B. "Five Best." *The Wall Street Journal*, 2 June 2007, www.wsj.com/articles/SB118073504137121925.

Riley, James. *Sufferings in Africa: The Incredible True Story of a Shipwreck, Enslavement, and Survival on the Sahara*. Skyhorse Publishing, 2007.

Rowson, Susanna Haswell. *Slaves in Algiers or, A Struggle for Freedom*. Copley Publishing, 2000.

Smith, Charles Henry. *Stephen Decatur and the Suppression of Piracy in the Mediterranean*. Bibliolife, n.d.

Tyler, Royall. *The Algerine Captive or, the Life and Adventures of Doctor Updike Underhill*. Modern Library, 2002.

桃井治郎『「バルバリア海賊」の終焉――ウィーン体制の光と影』、風媒社、二〇一五年。

――『海賊の世界史　古代ギリシャから大航海時代、現代ソマリアまで』、中公新書、二〇一七年。

士官候補生たちの「誤読」
――艦上の読書共同体と「物書く／船乗り」たちのいさかい

林　以知郎

一　ソマーズ号事件を「文学的に」読む

ジャクソン時代の政治レジームを揺るがせる形でタイラー政権が成立した一八四一年に相前後する時期といえば、たとえばミラー派による終末期待や金鉱熱の先駆けとなる西海岸からの鉱床発見の報など、大陸国家としてのアメリカの自己像形成への過程がはらみこんでいたさまざまな形の伏流がこぼれ出してくる、変動の時代でもあった。この時代が帯びる過剰と攪拌のエネルギーが文化創造のダイナミクスへと転じていく様を描き出したデイヴィッド・S・レノルズから引用するならば、「ジャクソンのアメリカという攪乱と過剰の場にあって、（中略）合衆国は、メキシコ戦争における勝利とともに、一八四八年に至るまでに太西洋から輝く大平洋へと広がりゆく（“stretched from sea to shining sea”）」（3-4）。織り込まれているのが「アメリカ・ザ・ビューティフル」の結びの一句であることは瞭然であろうが、その「輝かしき海洋」から陸の世界に向けてひとつの「事件」の報がもたらされ、人々を時代の揺らぎと不安の感覚で突き動かしていくのも、一八四二年の暮れのことであった。いわゆるソマーズ号事件である。折からの海軍改革の一環として北アフリカ沖を巡り母港へと向かう練習航海の帰途にあった、アレグザンダー・スライデル・マッケンジー艦長（Commander Alexander Slidell Mackenzie）率いる海軍艦船ソマーズ号において「蜂起」計画が発覚し、首謀者とされたフィリップ・スペンサー候補生をはじめとする三名の乗組員が非戦争時としては異例な略式手続きにより処刑された、という「反乱未遂」事件である。スペンサー候補生がときのタイラー政権における陸軍長官（Secretary of War）の子息であったこともあいまって、ジャクソン時代後期を生きる人々に衝撃をもたらしたこのスキャンダルであるが、本章では、「反乱」事件とその後日談を「文学的に」読み解いてみたい。すなわち、海軍人脈に連なりながら同時に創作行為にも取り組んだ一群の「物書く／船乗り」たちの間で行き交った「反乱」事件とその後日談をめぐる言説に目を注ぎ、本来的には対象把握の客観性と報告的忠実性を基本的属性とするはずの海軍言説が、時代にはらみこまれていた揺らぎの感覚と奇妙にも共振しあっていく様を捉えてみるこことを試みたい。

ソマーズ号事件をめぐるひとびとの群像伝を書いたフィリップ・マクファーランドの言葉を借りれば、「リンカーン暗殺に至る以前の時期においてもっとも強く人心を捉えた」(24) このスキャンダルであるが、事件と同時代の文学状況との間に接点を読み込んでみることも可能であるかもしれない。手掛かりとなるのは、スペンサー候補生の手持ち品から「発見」された暗号メモが「反乱」発覚の発端となった、という経緯であろう。雑誌編集者として時代の嗜好を知り抜いていたポーの「黄金虫」出版が翌一八四三年であることが示唆するように、暗号とその解読という謎解き行為への関心がこの時期の読者階層に共有されていたことは知られるところであるし (Rosenheim 1–17)、「文学趣味」に染まっていたとされる士官候補生もまた、この「暗号三昧」の風潮と無縁ではなかったと思われる。もっとも、メモは意図的に暗号化されたものではなくギリシャ語文字を連ねたものであったが、正確なギリシャ語法にのっとったものではなかったので、ギリシャ語をいささか解する候補生が判読を試みることで、謀議参加者名が割り出されることとなった (McFarland 115–16; Melton, Jr. 113–14)。「反乱計画のメモ」というテクストから意味を抽出するには、読み書き能力を備えた読者が綴り字法に一定のコードを見出し、このコードに照らして解読をなす必要があった、という読書行為の枠組みがここに浮かび上がってくることに留意しておきたい。

さらには、スペンサー候補生とともに処刑されたサミュエル・クロムウェルの名は、判読されたリスト上には記載されてはいなかった（Franklin 331; McFarland 174)。ここから、書かれたものとその解読、というテクスト解釈の営みとソマーズ号艦上での出来事を次のようにダイアグラム化することも出来よう。

コードによる解読行為 ↓ 対象テクスト ↓ 解釈

不完全なギリシャ語理解による解読 ↓ メモ ↓ 恣意性をはらんだ謀議者特定

対象となるテクスト（メモ）に対して一定のコード（不完全なギリシャ語理解）を参照してなされる解読行為には、限りなく「誤読」ないし「恣意性」（クロムウェルの名の不在を説明しえない）をはらみこむ可能性は避けられない、というわけである。

二　誤読を誘う海賊ロマンス

「誤読」と「恣意的解釈」の不可避性は、スペンサーを「反乱計画」へと駆り立てた動機の特定にも関わってくる。マッケンジー艦長自身は海軍省宛てにみずからの弁明を綴った陳述文書において、ガンズヴォート副官から反乱の兆しを最初に伝えられた際の反応を、こう述べている。

本官は、スペンサー君が海賊物語の類を読んでいて、その勢いでウェールズ水兵と戯れているのだ、との印象を抱いていた。(*Proceedings* 195)

艦長の当初の反応は、事態をまだ子供でしかない士官候補生の「海賊ロマンス熱」にすぎぬ、と受け流すものであったが、事件の報を受けた陸の世界では、「海賊ロマンス熱＝主因説」は膨れ上がっていく。ソマーズ号の母港ニューヨークの新聞記事に散見されるのは、候補生を「反乱計画」へと駆り立てた一因が、ジェイムズ・フェニモア・クーパー(James Fenimore Cooper)の海賊ロマンス『レッド・ローバー』(*The Red Rover*, 1827)に魅了されたがゆえ、という指摘である。

『レッド・ローバー』では海賊暮らしが魅力的な色合いで描かれており、もし若きスペンサーに尋ねたならば、文明社会への挑戦を決断させた最大の要因はクーパー氏の『レッド・ローバー』であると答えるであろうことは疑いえない。(New York *Courier and Enquirer*, Rogin 6より引用)

『クーリエ・アンド・エンクワイアラー』紙がジェイムズ・W・ウェッブの主宰になるホイッグ系新聞であったことを考慮すれば、スペンサーへの質問を仮想しながら「海賊ロマンス＝主因説」へとすり替える筆調に世論誘導の操作性を感じさせないでもない。さかのぼって四年前に自身の小説『祖国の現状』(*Home as Found*, 1838) への中傷の廉でクーパーがウェッブを提訴した事案が係争中であった事情を考えれば、『レッド・ローバー』の読書を主因と断じる論調にウェッブの側の私怨と、この時期にクーパーの宿敵であったホイッグ系メディアの側からの「意図的誤読」によるプロパガンダをみとってもおかしくはなかろう (Franklin 217–23)。

そうではあっても、スペンサーをはじめ年若い候補生や水兵たちが、艦上でクーパーのこの海賊ロマンスを手に取った可能性が高いことは否定しえない。ロジェ・シャルチエの読書行為論を援用して、「書物すなわちモノ」としての航海記やロマンスの類が水夫・海軍将兵にいかに読まれ流通していたのか、いわば「船上での読書のプラチック」考察を試みたヘスター・ブラムによれば、海軍艦船内で将兵の教養向上を意図して設置・奨励されていた図書施設の定番目録には、『レッド・ローバー』が含まれていた (33–35)。艦船内ライブラリという読書行為の場形成および比較的に高い海軍将兵の読み書き能力に支えられた「艦上の読書共同体」(ブラム風にいえば naval reading community 125) の存在を措定してみるならば、この読書共同体において、海軍組織内秩序の維持にとって危惧するところなしとされたからこそ、この海賊ロマンスは艦内ライブラリに配書されていたはずだ。新聞メディアの論調をそのままに受け取るならば、皮肉なことにその海賊ロマンスが、秩序破壊的想像力を駆っていく結果となるわけである。ならば、問われねばならないのは、艦上の読者共同体内への配置を認容されていたクーパーの海賊ロマンスが、出身階層や読み書き能力の洗練度あるいは読書行為への期待の地平に応じて「書かれたものに対して同一の関係を保たない読者により、テクストの読み方を異な」らせ（シャルチエ 一二三）、海軍当局による検閲の眼差しを掻い潜る「テクストの実現化」（シャルチエ 一二一）を派生させていく「誤読のプラチック」の様態、再度シャルチエの言葉を引くならば、読書共同体の内側から多様な読みを形作る「解釈共同体」（四八）が派生していく事情を海軍の言説空間の中で捉えていくこととなるであろう。(1)

『レッド・ローバー』とはどのような作品なのか、物語内容を略述しておきたい。時は一七五九年、フレンチ＝インディアン戦争下、捨て子でありいまはイギリス海軍将校であるハリー・ウィルダーはニューポートの港で見知った船乗りに奇妙に惹かれるが、船乗りは実はウィルダーがその討伐を命じられている、ハイデッガー船長こと海賊王レッド・ローバー。海賊船上での反乱寸前の対立あり、イギリス軍艦との海戦ありの冒険活劇の末、レッド・ローバーは海賊たちとの契約を解き、海賊船からひとりボートで去っていく。ウィルダーはイギリス海軍将校の息子であり、海賊船に拉致されていた婦人はその母と判明、婦人が家庭教師として海賊船で世話していた娘と結ばれる。

二十年後、すでに独立したアメリカ海軍将校となったウィルダーのもとに現れたかつての海賊王は、みずからの正体を婦人の弟すなわちウィルダーの叔父と明かし、海賊行為が祖国の大義への献身ゆえであったことを確認してのち、「ウィルダー、われらは勝利したのだ!」との言葉とともに息絶える。

子供だましのロマンスと思えようが、十代の頃に読んで以来この書物を愛読書としていたハーマン・メルヴィルの手にかかれば、ロマンスは冒険活劇以上の奥行きを呈し始める。メルヴィル評伝の古典となったマイクル・P・ロジンの『反逆の家系譜――ハーマン・メルヴィルの政治学と技巧』の冒頭の章に織り込まれ、「仮装」と「反逆」というこのメルヴィル伝の記述マトリックスを提供しているのが、『白鯨』執筆時のメルヴィルが書いた『レッド・ローバー』への書評「書物装丁考」である(Rogin 3–11)。パトナム社によるクーパー作品の再版刊行を機に『リテラリー・ワールド』紙に掲載された書評は、ロマンス本体を論じたものではなく書物の装丁論議の装いを借りるという、手の込んだ体裁を取っている。メルヴィルが書評の基調としているのは、題名を含めた「モノ」としての書物にはらまれる「仮面劇」的なあやかしである。そもそも、表紙に配された「レッド・ローバー」とは、海賊王の呼び名であるのか、畏れをこめて口にされる海賊船ドルフィン号の船名なのか、それともこの海賊ロマンス本そのものの題名であるのか。ロマンス題名を含んだ外見と中身の乖離、そしてそれゆえの「誤読」への誘いを隠蔽しているがゆえに、内容を歴然とそれと表すように海賊ロマンスにふさわしい扉表紙を配すべきであった、という教育的配慮の背後からメルヴィルのロマンスへの傾倒が滲み出してくる。

わがままな注文を言うならば、『レッド・ローバー』には強烈な赤で、可能な限り極薄の紗のモロッコ皮で設えた、燃え立つような意匠をまとわせて欲しい。そうやって、血なまぐさく捉えようのない題名と装丁がうまく釣り合うように。(276)

メルヴィルは視覚的に手の込んだ「注文」をつけている。「可能な限り極薄」の紗表紙で覆うことにより、手に取った読み手には中身が透けだしてくるような表紙意匠。目を遣るたびに表紙の下に重ねられた幾重もの色模様が次々と浮かび上がってくる、この「わがままな注文」に、表紙装丁の仮面劇を思わせる奇想がみとめられまいか。「海賊ロマンス＝反乱煽動説」の嫌疑をかけられたクーパーのもうひとつのロマンス『ウォーター・ウィッチ』の海賊船と同様に、目をいかに凝らしても認識の網目をすり抜けていくレッド・ローバーのあやかしの姿に、「邪なる書物」『白鯨』の執筆を進めていたメルヴィルが魅せられたのも頷けよう。年若いエリート士官候補生スペンサーは、内容の危うさをくっきりと意匠化した装丁、あるいはそれを隠蔽してしまう実際の装丁、そのどちらに惹かれてこの海賊ロマンスを手にしたのだろうか？

バイロンの長詩『海賊』に触発されて書かれたと言われ（Madison 120）、表題人物が行方不明となるというプロット造作を共有している『レッド・ローバー』は、装丁に欺かれてその反逆性を見失うことなきよう配慮しておくべし、というメルヴィルのレトリックからも見てとれるように、名門家系に連なる十代の若者たちが艦上の大多数集団として少数の大人たちに監督・訓練される練習船（McFarland 52）、という特定の読書行為の場において頁を繰られた場合に、読み手の中の反社会的エネルギーを解き放っていく煽動性をはらみこんでいる。海賊たちによる洋上の饗宴《バッカナリア》といい、黒人水夫《ブラック・ター》や出自不明のウィルダーなど人種と帰属の境界越境、また男装の女性船乗りというジェンダー撹乱、さらにはイギリス海軍将校と海賊王との間のホモエロティシズムを匂い立たせるような分身関係など、「文学趣味」を備えた名門子弟であり、かつ強大な父権を体現する父（たち）への反抗の思いを潜在させていた息子（たち）であるスペンサー／メルヴィルのような読者の逃避願望と架空現実への沈溺を駆り立てる、危険な要素にこの海賊ロマンスは満ちている。しかしながら、皮肉なことに、同様に強大な家長のもとにある息子として自己形成したはずのクーパー自身は、この解釈共同体内に身置きしてはいない。クーパーの思想的・政治的身置きは三十年におよぶ執筆時期の間に変遷していくが、少なくとも渡欧前の時期に書かれた海洋小説群に限定するならば、底流に流れるのは父ウィリアムから受け継いだフェデラリスト的政治体質と士官候補生としての海軍服務によって培われた秩序志向であるように思える。クーパーの海洋ロマンスはバイロン的な反逆への衝動を水面表層下の伏流や引き波として湛えながらも、最終的には婚姻プロットに典型される秩序内回収の身振りとともに閉じられていく。「悔い改めた海賊王」は、ウィルダーの母と判明したウィリス夫人、すなわち海軍将校夫人デ・レーシィ夫人の弟であると自らの出自を明かし、危険な親和性に惹かれあっていた男たちは、それもそのはず、実は叔父と甥の間柄、として近親関係の確認と和解を迎えることで、この海賊ロマンスもまた閉じられる。「海賊の家庭馴化（the domestication of the pirate）」（Mackenthun 73）なる観点から『レッド・ローバー』を論じたゲーザ・マッケントゥーンも、ロマンス終結部での秩序内回収の身振りを次のように指摘している。

> ハイデッガー［レッド・ローバー］の反逆をアメリカの国民国家アイデンティティの形成原理へと転換していくことにより、『レッド・ローバー』は潜在させていた革命的要素を回収し封じ込めていく。（77）

この「海賊の家庭馴化」と家族内和解のプロットは、マクロ的にみるならば、トリポリ戦争における海賊追捕のための対抗武力として萌芽を迎えた事情から、いまだ完全には制度化されきってはいなかった合衆国海軍が、その形成過程にはらみ込んでいた「秩序逸脱的要素」、すなわち人種およびジェンダーにかかわる多様性や非・国民国家的な流動性・雑種性などの攪拌的要素を制度内に回収していく過程、国民国家とその制度形成の過程とパラレルな関係を形作っていたのであるし、そのような「読み」へと善導するとされたからこそ、この海賊ロマンスは艦上の読書共同体内での流通を許されていたわけであろう。海賊ロマンスと国民国家の制度形成との間のメタ・レベルでの共振関係を、デイヴィッド・J・ドライスデールは次のように読み取っている。

『レッド・ローバー』は、海賊がよき国民へと変貌していく展開を、白人男性による同胞紐帯に立脚したアメリカ国民国家の成立と制度化とに連結させたのだった。レッド・ローバーの死に国民国家の樹立をみとることによって、クーパーの小説は国民主体の形成が非・国民国家的かつ人種多様性を包摂した結びつきへの願望を抑圧することで可能となることを示唆している。("Insurgent Sea")

海賊ロマンスの表紙体裁に「燃え立つように赤い」扉表紙を仮想して「誤読」してしまった士官候補生は、家父的権威に抑圧されたみずからの反抗の思いを海賊ロマンスに仮託したのであったのか。あるいはドライスデールが読みとったように、「悔い改めた海賊王」の姿に「非・国民国家的かつ人種多様性を包摂した結びつきへの願望」を切り捨てることを対価として制度化される国民国家像をみとるべきなのか。ふたたびダイアグラム化を試みるならば、こうであろうか。

コードによる解読行為 → 対象テクスト → 解釈

艦上の読書共同体における読書行為 → 装丁を含む海賊ロマンス → 多様なテクスト実現化

いずれを「正読」あるいは「誤読」とするにせよ、『レッド・ローバー』の装丁に表紙の仮面劇を思い描いたメルヴィルは、異なった期待の地平に応じて様々に多様な「読み」「テクスト実現」を果たす「誤読のプラチック」を鋭敏にもみとっていたということは少なくとも言いえよう。

三 「物書く／船乗り」たちのいさかい——第一幕

スペンサー候補生による「誤読」を駆り立てたとされたクーパーであるが、このロマンス作家が事件と相前後する時期にあって満腔の自信をもって世に送り出したのは、『合衆国海軍史』（1839）なる全九百頁におよぶ大部な史書だった。経済的苦境からの挽回をこの歴史書刊行事業によって、というクーパーの目論見は、しかしながら思わぬ展開により挫かれていくこととなる。『海軍史』のうちの十五頁の紙幅で記述されたある事柄が火種となった。一八一二年戦争時のエリー湖における対イギリス艦隊湖上戦（一八一三）において、沈没の危機に瀕した旗艦ローレンス号からボートで移動して僚艦ナイアガラ号を指揮し、戦局を一転させる勝利を導いたオリバー・H・ペリー艦長の英雄的偉功は海軍史に語り伝えられるところである。この戦闘を論じたクーパーの記述に「史的誤謬」を見とって批判を加えたのは、ペリーの庇護のもとで士官候補生となりいまや海軍艦長、また青年期よりワシントン・アーヴィングとの交友により文学的才気を育まれ紀行文作家として人気を勝ち得つつあった、あのアレグザンダー・スライデル・マッケンジーであった。論争点がいずこにあったのか、核心だけを取り出してみる。ローレンス号がイギリス艦隊の攻撃によって操舵不能の状態になっていく戦況において、ジェッシ・エリオット艦長率いるナイアガラ号は、ペリーによる作戦計画内の指示された位置に長時間とどまり続けることとなり、結果的に戦列参加に遅延をきたした。エリオットは旗艦の苦境を認めながら怯懦ゆえに戦線を離脱したのか、それとも立派に作戦遂行に資したのか、という解釈の相違が論争の核心となった（Franklin 300–01）。クーパーの『海軍史』で湖上戦は次のように記述されている。

ペリー艦長のふるまいは終始、称賛に値するものであった。自艦が戦闘不能の状態に陥った時、艦長は戦線から離脱するためでなく、むしろ勝機に転ずるために艦を離れたのであった。その目的は十全に達せられ、その献身は勝利を引き寄せた。（中略）戦闘における軍功により、

ペリー艦長は議会より黄金戦功章を授けられた。エリオット艦長もまた黄金戦功賞を授けられた。（402–4）

両艦長の武勇を称え、事実報告に留めたクーパーの記述は、エリオットの行動を怯懦となじる「ペリー心酔派（the Perryites）」（Franklin 302）にとっては、承服しえない不公平と映った。ここから、かつての士官候補生かつ「物書く／船乗りたち」によるポレミカルな読書共同体、とでもいえるものが形作られるのだが、そこでの攻撃的な読書行為の対象としてあったのは、ウェイン・フランクリンの言葉を借りれば、「エリー湖上の判じもの」（300）とでも呼びうる海軍言説の応酬だった。すなわち、クーパーの『海軍史』に始まり、『北米評論』誌上のマッケンジーによるクーパーの『海軍史』書評（一八三九）、マッケンジーによるペリー提督伝（一八四一）、『海軍史』書評を含めた批判者に対するクーパーからの反駁文書『エリー湖上戦』（一八四三）、ソマーズ号事件ゆえに軍法会議にかけられたマッケンジー公判についてのクーパーの手になる報告書「海軍軍事法廷詳解」（一八四四）などが連鎖していく。

両者の確執の発端となったペリー提督はすでにオリノコ川口で黄熱病により逝去しているのだから、結局、エリー湖上においてなにがどう起こったのかは藪の中におかれたままに、言説の応酬が繰り広げられていったわけである。ペリー自身の手で残されていたのは、海軍長官宛てに提出されたエリー湖上の戦闘をめぐる「作戦後報告」であったのだが、その一節がそもそもの解釈の相違を引き起こす元凶だった。

「二時過ぎ、風が立ち、エリオット艦長はナイアガラ号を勇敢にも敵艦近くでの戦闘へとおもむくべく鼓舞されて／お膳立てされて（enabled）いた。」

(Egan, "Enabling and Disabling" 193)

ヒュー・イーガンが指摘しているように、文中の"enabled"の語がすべての曖昧性の発信源となった（193）。作戦遂行過程で、エリオット艦長は戦闘参加可能な海域まで艦を進めるべく「鼓舞されて」（enabled）実際に砲火を交えたのか、あるいはそのような戦闘行動が「可能になる条件を与えられていながら」（enabled）、危険を回避してしまったのか？ クーパー自身はペリーの言葉遣いの特性としてこの語が他の文脈において「行為の遂行」の意で用いられていることを根拠に、エリオットへの誹謗にペリー信奉者からの「詭弁」をみとっていたのであるが（Franklin 305）、それでもなお、ひとつの動詞がはらむ解釈幅ゆえに、「誤読」と恣意性介在の余地は残り続ける。先に示しておいたダイアグラムを今回のいさかいに対しても反復してみるならば、次のようになるだろう。

コードによる解読行為 → 対象テクスト → 解釈

物書く／船乗りたちの湖上戦記述 → 動詞の意味解釈 → 行為遂行／忌避への解釈相克

四　「物書く／船乗り」たちのいさかい――第二幕

ソマーズ号事件をめぐる海軍軍法会議はエリー湖上戦論争のさなかに設置され、各界の有力者を巻き込んで応酬の最大の場となるのだが、士官候補生の父の政治的影響力ゆえであろうが、「法廷審議詳解」の執筆がクーパーの手に託されることとなる。二百五十頁におよぶ『法廷審議報告』本体は審議ごとの記録を中心にマッケンジー艦長自身の弁明陳述書や法廷の探査結果集録に加えて、クーパーによる八十頁強の「法廷審議詳解」を付帯させた「奇妙な混合文書」（Franklin 342）である。このうちのクーパーの「詳解」と艦長自身の弁明陳述書をつき合わせた検証を試みたイーガンによるファクシミリ復刊版『法廷審議報告』への序文、およびマクファーランドの群像伝記、さらにはフランクリンのクーパー伝にもとづいて、こんどは「ソマーズ号艦上の判じもの」を読み解いてみることが、ある程度可能となるだろう。

まずはマッケンジー弁明陳述書に記された、「首謀者」尋問の顛末である。「共犯者」とされた水兵たちを詰問した際の両乗り組み兵の様は、観相術の実践であるかのように、こう記されている。

クロムウェルは屹立し、筋肉を固め、戦闘用斧をしっかりと握りしめ、顔色は蒼ざめていたものの、その両目は状況を意に介しないかのごとくに、向こうに視線を注いでいた。スモールは全く異なった様で、恐怖におびえた表情で身を左右に揺らしていた。戦闘用斧は左右の手交互に投げられていた。目はどこに視線を定めたらよいのかおぼつかなく、けっして本官のほうを見なかった。この振る舞いは恐怖に発するものと本官は判断した。(*Proceedings* 198)

弁明書のこの記述に加えるクーパーのコメントはアイロニカルである。

疾しさの意識が両者いかに対照的な仕草・振る舞いに現れていることか。この裁判で判断の証拠とされたのがかような類であるということに、痛ましい思いを抱く。(*Proceedings* 281)

マッケンジーの弁明にみられるレトリック特性を、こうまとめうるだろう。すなわち、それ自体意味合いを帯びてはいない出来事やふるまいに、いかにも一定の意味合いを帯びているかのごとくに雰囲気や調子で色づけし、そしてその色づけを通して捉えられたふるまいの細部を、こんどは罪状の「証拠」に転じていく、イーガンの言葉を引けば「創作作家」(Introduction 16)の技法と呼ぶことが出来よう。

もうひとつ例を引くならば、スペンサー士官候補生が甲板に鎖で拘束されることとなった際に、檣頭の修理のために頭上で作業していた水兵たちと候補生の間で無言のやり取りが交わされた、という「事実」が陰謀の存在を確信させた、とする艦長の陳述である。

(檣頭上と甲板に見られる)暗合は危険な陰謀の存在を確信させた。スペンサー君の目はたえず檣頭のほうへ向けられ、本官が気づいていた奇妙に落ちつかぬ視線を遣っていた。(*Proceedings* 198)

この箇所に対しても、クーパーは痛烈にアイロニカルなコメントを加えている。

マッケンジー艦長が見事で記憶に残るべき描写、その絵のような描写ゆえに後の世にも引用されるべき描写で読書界を楽しませてくれたのは疑いない。「奇妙に落ち着かぬ視線」の部分は「的外れな文学的野心」(ill-directed literary ambition)の産物と申せよう。(*Proceedings* 283)

クーパーの辛辣なコメントは、ともにかつてのエリート士官候補生にしていまや文筆業のライバル同士となった「物書く／船乗りたち」が個人的な怨嗟から揶揄し合っているにすぎぬ、と文壇エピソード的に捉えてもよいのかもしれない。しかしながら、この「軍事法廷詳解」におけるクーパーの筆致の冷徹さに対して、クーパー伝作者ジェイムズ・グロスマンが「冷たき正気が生んだ傑作(a masterpiece of cold sanity)(190)」と評して、なにやらホーソーン流の「許されざる罪」を髣髴とさせる言葉で新しい文学的感覚との親近性を見抜いているのは慧眼であろう。確かに、個人的怨嗟を越えて、クーパーは『海軍史』を著した歴史家の手つきによって、海軍士官としてのマッケンジー艦長の判断を冷静な正気をもって検証する姿勢を保っている。クーパーの基本的な記述姿勢は「詳解」中の次の一文が集約しているといえよう。

> 見解ではなく事実、明確で解釈が異なる余地を与えぬ事実にこそ依拠すべし。(*Proceedings* 338 強調はクーパーによる)

観察を通して把握可能な「事実」とそれに対置された「虚偽」、という二項対立的な認識枠組みは、なによりも軍事と軍秩序に関わるあらゆる言説の基盤であったわけであろうし、この事実尊重主義においてはマッケンジー艦長もまた同世代・同業人だった。

海軍省が抱く不安の思いに応えるために、本官は冗長を排し主たる出来事の記述のみに努めた。(*Proceedings* 194)

にもかかわらず、忠実な実証主義者たらんとする両者の基本姿勢にもかかわらず、ことは「文学的な、まことに文学的な」相貌を呈していくこととなる。動かない事実とその把握・評価に立脚した海軍軍事言説の最たるものであるべき軍事法廷内外の言説ネットワークに目を凝らせば凝らすほどに、そこには観察と印象の見分け難さ、内面の情緒によって色づけられた外界の見え方の揺れ動き、事実と想像の境目の入れ交じり、そして事実に言語表象を与える営みの限界性、といったホーソーン、メルヴィル以降の文学的感性と同期しあうものが滲み出していく感を覚えるほどである。「詳解」の後半においてクーパーが記した次の一節は、イーガンが言うように、ジェイムズ風と呼びうる文学感覚から隔たるところ、そう遠くはない(Introduction 28)、という印象を抱かせる。

ねつ造の意図や真実を隠蔽する企てからでもなく、それぞれの見解において、みずから意識することもおそらくなしに、ひとびとが時にあたりの現実に色づけをしてみることをしないとすれば、そのほうがむしろ人間味を欠いているように思える(we think it scarcely human that they should not...sometimes color it.)。(*Proceedings* 286)

クーパーの筆致からは、自らの世代（"we"）が依拠する事実認識の枠組みがけっして一枚岩の基盤としてあり続けるわけではなく、認識の営みが不可避的に帯びる曖昧さとそれに相応じて揺れ動く外界の捉えがたさへと揺らぎだし始めていることへの直感が滲みだしている。認識と言語表象にかかわる揺らぎの感覚は、フランクリンがクーパー伝において掘り起こした興味深い挿話からも感じ取りうる。「詳解」中でクーパーは、事件の根底にある問題はマッケンジーの心的装置の在り方、すなわち、ここは原文を引用するしかないが艦長の "obliquity of mind"（267）にこそ求められる、と記している。フランクリンはこの表現が、エリー湖上戦論争の渦中でペリー信奉派からクーパーの『海軍史』に浴びせられた批判の中に見出される表現、すなわちクーパーの記述姿勢の根底にあるとされた "strange obliquity" なる表現への意趣返しと捉えている（348）。フランクリンが試みたように、ウェブスターの辞書にこの obliquity の語の意味を求めても、「1 傾斜（度） 2 倫理的廉直からの逸脱　3 不適切さ、常なる道筋からの逸脱」のどの定義からも、両者の語使用に正確に対応しているとの感を抱くことは出来まい。まるで双方の論争者が、語の意味内容を正確に限定しないままに、批判されるべき相手の人格的な根幹にかかわる瑕疵としてこの言葉を投げかけ、そしてそれが逆に自身に投げ返されている、意味内実を空洞化させた言葉の行き交いを思い描かないであろうか。ダイアグラムをいまいちど繰り返すならば、こうであろうか。

コードによる解読行為 → 対象テクスト → 解釈

海軍史記述者の主因解明 → 抽象名詞の意味限定 → 意味内容の空洞化

言語がもつ事実指示性への疑いのなさ、とでもいえるものは、ここではすでに揺らぎ始めている。

スコットランド・コモンセンス学派実証主義の影響のもとに教育を受けた世代の中でももっとも事実尊重主義（factualism）に忠実であったとされるのがクーパーであるが（Manning 55）、そのクーパーの文学世代が世代感覚としても、また海軍従事者としても、虚偽ではなく事実のみを、という実証主義の枠組みの中に身を置きながら、彼らが意識していたか否かに関わらず、いさかいを通して露呈していったのは、認識と言葉をめぐるパラダイム的枠組みの変質・失効の過程であったのかもしれない。建国期の文化形成において「正統教義の位置」（Martin 53）を占めていたスコットランド学派の知的枠組み――すなわち「事実」はコモンセンスにより識別しうるし、そこから「明確な意味」は抽出可能であり、そしてその言語化は正確になしうる、という、単純化されていたがゆえに秩序維持のイデオロギーとして機能しえたコモンセンス哲学（Martin 31）は、ロバート・クラークが跡づけたように、クーパーの世代からホーソーン、メルヴィルの世代への推移のいずれかの時点で、より直感と想像力を志向する新しい認識の枠組みへと取って代わられていく (Clark 37; Martin 20)。この新しい文学的感覚への傾斜、とでも言いうる変動に垣間見ることが出来るのは、チェーザレ・カザリーノが「モダニティの萌芽」と捉えたものにほかならない。

十九世紀の海洋をめぐる物語りにおいては、古き表象形態の中に新しきヴィジョンが孵化し、ついにはそれを内側より破砕 (explode) させていく。(6)

注

そもそもは海軍言説の「真正性」―戦闘の記述と海軍史、また提督伝といった、事実の正確・厳密な記述を旨とするテクスト群の真正性をめぐる応酬であったポレミークのただ中から、海軍人脈に連なる作家たちが結果的に新しい時代の文学的言葉と感性を引き寄せていった、と捉えることが出来るとしたならば、この「物書く／船乗りたち」のいさかいもまた、エドマンド・ウィルソンが「発見の衝撃」(the Shock of Recognition) なる表現で捉えた、文学の新しさの意識を共有する一八四〇年代の始まりを飾る、「文学的」反乱事件であった、といえないだろうか。

（1）ロジェ・シャルチエは『書物の秩序』において、読者共同体を「書物に対して同じ読み・読書行為を共有するひとたち」と前提しているが、訳者である長谷川も指摘するように、この概念の「輪郭がもう少し鮮明」であれば、という感は抱く（「訳者解題」一八五―八六）。「読者共同体」は同じ読みのコードを一様に共有する均質・同質的な場として固定的に受け取られる危惧があるからである。むしろ「読者共同体」は多様な読書行為に開かれたプロセス、すなわち読書の場が置かれたさまざまな基盤条件（リテラシーの向上、新しい読者層の参入、書物商品購入の資力獲得など）の変動に応じて「テクストの実現化」のありかたを多様化していくプロセスとしてとらえられているはずである。「多様な期待・関心の間の対比。同一の知的用具を持たず、書かれたものに対して同一の関係を持たない読者により、テクストの読み方が異なる。つまり読み方は、読む行為を支配する期待・関心という決定要因に依存するからである」（一二三）。ここからエッセイ「読者共同体」の結末に付された「読書共同体をそのまま『解釈共同体』」（スタンリー・フィッシュの表現）として構築すること」（四八）という方向性が浮かび上がってくるし、本論では読書共同体から解釈共同体の派生へ、という枠組みで論じている。

引用文献

Blum, Hester. *The View from the Masthead: Maritime Imagination and Antebellum American Sea Narrative*. U of North Carolina P, 2008.

Casarino, Cesare. *Modernity at Sea: Melville, Marx, Conrad in Crisis*. U of Minnesota P, 2002.

Clark, Robert. *History, Ideology and Myth in American Fiction, 1823–52*. Macmillan, 1984.

Cooper, James Fenimore. *History of the Navy of the United States of America*. Lea and Blanchard, 1989.

——. *The Battle of Lake Erie, or Answers to Messrs. Burges, Duer, and Mackenzie*. Phinney, 1843.

——. *The Red Rover, A Tale.* Edited by Thomas and Marianne Philbrick, State U of New York P, 1991.

——. "Review of the Proceedings of the Naval Court Martial." *Proceedings of the Naval Court Martial in the Case of Alexander Slidell Mackenzie*, 1844.

Drysdale, David J. "Insurgent Sea: Piracy in the Antebellum American Literature." *Moby Diction*, 5 Dec. 2013, "davidjdrysdale.wordpress.com.Accessed 17 Apr. 2016.

Egan, Hugh. "Enabling and Disabling the Lake Erie Discussion." *The Early Republic and the Sea: Essays on the Naval and Maritime History of the Early United States*, edited by William S. Dudley and Michael J. Crawford, Brassey's, 2001, pp. 193–206.

——. Introduction. *Proceedings of the Naval Court Martial in the Case of Alexander Slidell Mackenzie.* Scholar's Facsimiles, 1992.

Franklin, Wayne. *James Fenimore Cooper: The Later Years*. Yale UP, 2017.

Grossman, James. *James Fenimore Cooper*. William Sloane, 1949.

Mackenthun, Gesa. *Fictions of the Black Atlantic in American Foundational Literature*. Routledge, 2004.

Madison, Robert D. "Cooper's *The Wing-And-Wing* and the Concept of the Byronic Pirate." *Literature and Lore of the Sea*, edited by Patricia Ann Carlson, Rodopi, 1986, pp. 120–32.

McFarland, Philip. *Sea Dangers: The Affair of The Somers*. Schocken Books, 1985.

Mackenzie, Alexander Slidell. “Cooper’s Naval History.” *The North American Review*, vol. 49, no. 105, Oct. 1839, pp. 432–67.

Manning, Susan. *The Puritan-Provincial Vision: Scottish and American Literature in the Nineteenth Century*. Cambridge UP, 1990.

Martin, Terence. *The Instructed Vision: Scottish Common Sense Philosophy and the Origins of American Fiction*. Indiana UP. 1961.

Melton, Buckner F. Jr., *A Hanging Offense: The Strange Affair of the Warship Somers*. Free Press, 2003.

Melville, Herman. “A Thought on Book-Binding.” *Literary World*, vol. 6, 6 Mar. 1850, pp. 276–77. (melvilliana.blogspot.jp/p/melvilles-magazine.html.) Accessed 20 Mar. 2016.

Proceedings of the Naval Court Martial in the Case of Alexander Slidell Mackenzie. Vol. 21, Oct. 2009, (archive.org/details/proceedingsofnav00mackrich.) Accessed 18 Mar. 2016.

Reynolds, David S. *Waking Giant: America in the Age of Jackson*. Harper, 2008.

Rogin, Michael P. *Subversive Genealogy: The Politics and Art of Herman Melville*. Knopf, 1984.

Rosenheim, Shawn James. *Cryptographic Imagination: Secret Writing from Edgar Poe to the Internet*. Johns Hopkins UP, 1997.

シャルチエ、ロジェ『読書の秩序』、長谷川輝夫訳、ちくま学芸文庫、一九九六年。

第二部　海洋国家アメリカの文学的想像力

ホーソーンが編集した二つの航海記の海軍言説と『緋文字』

大野　美砂

はじめに

これまでの研究でほとんど注目されることがなかったが、ナサニエル・ホーソーン（Nathaniel Hawthorne）は一八四〇年代に二つの航海記を編集している。一つは、ホーソーンの友人ホレイショ・ブリッジ（Horatio Bridge）が海軍の艦隊でアフリカ西海岸を巡航した航海の詳細を記録した、『アフリカ巡航日誌』（*Journal of an African Cruiser*, 1845）である。ブリッジが一八四三年春にマシュー・C・ペリーのアフリカ艦隊旗艦サラトガ号の主計官に任命されると、ホーソーンは渡航中の記録を自分が編集して雑誌に掲載する計画をブリッジに提案した。一年半後にブリッジが帰国したとき、本の形で出版することが決まり、一八四五年に初版が編者としてのホーソーンの名前のみで出版された（Brancaccio 24–31）[1]。もう一つは、セイラムの民主党員として活躍し、郵便局長も勤めたベンジャミン・フレデリック・ブラウン（Benjamin Frederick Browne）[2]が、一八一二年の戦争で私掠船員として海軍の活動に関わった経験を描いた「ダートムーア老囚人の手記」（"Papers of an Old Dartmoor Prisoner," 1846）である。ホーソーンは一八四五年から四六年にかけてブラウンの記録を編集し、それが一八四六年一月から九月まで七回にわたって『デモクラティック・レヴュー』に連載された。手記は、ブラウンが若い頃、一八一二年の戦争で私掠船に乗り、大西洋上で何隻もの船を拿捕した後、イギリスに捕えられ、バルバドスとイギリスのダートムーアで服役した時のことを描いている。その後二十世紀になって、ホーソーンの次女ローズ・ホーソーン・ラスロップが持っていた書類の中に、『デモクラティック・レヴュー』には掲載されていない、ブラウンのバルバドス滞在に関する新しい原稿が含まれていることがわかり、ローズから原稿の提供を受けたクリフォード・スマイスが、『デモクラティック・レヴュー』の手記に新しい原稿を加えて、一九二六年に『ヤンキー私掠船船員の物語』（*The Yarn of a Yankee Privateer*）というタイトルで、一冊の本の形で手記を出版した（Smyth x–xv）。

　ベルガーが論じているように、十九世紀前半、独立したばかりの若い国家であるアメリカの発展にとって、海は重要な意味をもった。本土が急速に西へと広がっていった時代に、アメリカは海においても航路を拡大し、商業活動を発展させる可能性を模索する必要があった。一七九四年に創設されたアメリカ海軍は、海域を統合し、海におけるアメリカの権益を確保しようという国家の目論みを実現するために、大きな役割を果たすよう期待された（57–58）。ホーソーンが一八四〇年代に編集した二つの航海記は、海軍と深く関わる航海の記録であり、その活動がアメリカの拡張に大きく寄与したことを記す海軍言説になっている。しかし同時に、これらの航海記は、海が海軍の力によっても統合できない空間であり、海軍言説の枠組みをはるかに越える状況が生じる場所であることも示している。

本論ではまず、十九世紀前半に海がどのような場所だったのか、またホーソーンが海をどのように捉えていたのかを探る手掛かりとして、『アフリカ巡航日誌』と「ダートムーア老囚人の手記」に注目したい。その後、『緋文字』（*The Scarlet Letter*, 1850）に登場する船乗りや海の描写に、ホーソーンが編集の過程で知った十九世紀前半の海が反映されている可能性を検討し、海という空間と海軍をめぐる言説を射程に入れて『緋文字』を読んでみたい。

一　『アフリカ巡航日誌』における海軍言説と奴隷貿易

ペリーのアフリカ艦隊は、一八四二年のウェブスター・アシュバートン条約でアメリカとイギリスが奴隷貿易を取り締まるためにアフリカ西岸に海軍の艦隊を派遣することを決めたのを受けて、第一の任務として奴隷貿易監視を命じられた。また、アフリカ沿岸におけるアメリカの商業的権益を確保し、貿易を保護する助けをするよう委任された（Canney 29–58; Van Sickle 120–22）。ブリッジの日誌は、艦隊がアメリカの商業活動の促進に大きく貢献したことを示すのに、多くのページを割いている。ブリッジがリベリアに到着した時、西アフリカには二つの重要なアメリカ植民地があったが、(3) 艦隊は駐屯中、これらの植民地の知事たちと常に連絡をとり、連携を構築したうえで、機会を捉えては外国商船の船長や現地で活動する外国の商人と会い、友好関係を強化する努力をしている。ヴァン・シックルによると、一八一六年のアメリカ植民協会設立後、西アフリカに植民地が建設され、商業ネットワークが形成されていったが、アメリカ政府の植民地に対する公式の立場がはっきりしなかったために、ヨーロッパの商人は植民地の権威を無視し、貿易や植民地経営に介入してきた。艦隊の派遣によって公式のアメリカの存在が明白になってからは、植民地の運営や沿岸での貿易が妨害されにくくなった（117–30）。ブリッジたちの外国の商人との交流は、アフリカにおけるアメリカの商業活動を守ることにつながった。

日誌にはまた、艦隊のメンバーが知事とともに現地部族と交渉し、植民地と現地人の様々な事件や問題を調停する場面が何度も出てくるが、これらはアメリカの貿易を円滑に進めるために使われている。例えば、第八章に記載されている、現地人がアメリカ商船の船長を襲った事件に関する交渉では、交易がアメリカの商人に有利になる条件を部族に認めさせる（65）[4]。艦隊は、武力を行使することも躊躇しない。部族がセイラムの商船メアリー・カーヴァー号の乗組員を殺害し、船荷を略奪した事件の交渉では、報復として事件に関わったと思われる五つの村を焼き討ちし、このような方法には「この話が黒人たちの言い伝えの中で記憶され、多くの交渉において然るべき重みをもつ」（84–85）効果があると考える。ブリッジの一行は、ときには武力を使って海軍の威力を見せつけることで貿易の障害になるものを排除し、アメリカの商業的権益が増すように状況を整えていったのだ。ブリッジの日誌は、艦隊がアメリカの商業活動を守るという使命を果たしたことを強調する海軍言説の記録になっている。

一方で、奴隷貿易取り締まりについては、艦隊は思うような成果を上げていない。それどころか、ブリッジの奴隷貿易についての記述は、海軍の力を用いても統制できない混沌としたアフリカの海の様子を浮き彫りにする。エルティスとリチャードソンによると、ヨーロッパの国々は一七九二年にデンマークが奴隷貿易を違法とし、一八〇三年にそれが発効された頃から、奴隷貿易廃止のための行動を起こし始めた。アメリカとイギリスでは、一八〇八年に奴隷貿易を禁止する法が発効され、大西洋地域で最後に奴隷貿易を廃止したポルトガルも、一八三六年には禁止を決定した（二七一）。しかしブリッジは、アメリカの艦隊が巡航した一八四〇年代以降も、アフリカに来るヨーロッパの商船が秘密裏に奴隷貿易に加担していることを記している。イギリスやフランスの商船の船長と食事をし、沿岸地域の通商について議論する場面では、会話の内容から同席したフランスの商人が奴隷貿易と関係をもっていると推測する（50）。商人たちは海岸沿いの至るところに自分の取引相手をもち、多くの「裏取引」をしている。そこでは「完全な秘密が保たれ」、乗組員が「船長の行動について情報を与えることがないように、めったに上陸する許可を出さない」船もある。そのような状況下で、利益が得られるのに奴隷商人と取引をするのを躊躇する者はほとんどいない（108）。ハワードが言っているように、外から見ると、奴隷船と商船はまったく同じだった。スクーナー船、ブリグ型帆船、バーク型帆船、シップなど、様々な種類の船が奴隷船にも商船にもなり、大きさもデザインも様々で、新しいものも古いものもあった（1）。日誌の第二十二章には、「アフリカ沿岸の奴隷貿易の拠点に行くという契約で」アメリカ船が売られた例が出てくる（177–78）が、このの例のように商船が売られて奴隷船になることもあった。また、ローリーによると、奴隷貿易では奴隷船として奴隷運搬用に造られた船だけでなく、一般の商船がしばしば他の様々な商品とともに船荷の一部を奴隷の運搬に充てた（216–17）。アフリカ沿岸の海で、合法の商船の活動と非合法の奴隷貿易の境界線を明確に区別するのは困難なのだ。[5] 実際、艦隊は巡航中に奴隷船を一隻も捕えていない。ブリッジは日誌の最後で、「我々の巡航日誌に奴隷船を捕獲したという記録がひとつもないことに、読者も気づいているだろう。我々の船も、アメリカ艦隊に属する他のどの船も、奴隷船を捕獲していない」と認めている（177）[6]。

ブリッジの日誌はまた、商船が奴隷を運んだり、直接奴隷商人と取引をしたりしていない場合も、アフリカ沿岸で貿易をする限り、不可避的に奴隷貿易に加担してしまう状況を明らかにしている。第七章と第十四章は、アフリカ西岸における商業活動の詳細を説明している。現地の奴隷売買ではほとんどお金が使われることはないが、奴隷船は商品を積まずにお金のみを持ってアフリカに向かい、アフリカ沿岸で商船から銃、ラム酒、タバコなどの商品を買い、それらの商品を奴隷の支払い用に持って下船し、奴隷を獲得する（54）。商品の価格は奴隷の価格と連動している（51）。アフリカの海岸には、様々なアメリカの港から定期的に商人がやって来て、食糧の他、「家具や靴、木製時計などのあらゆるアメリカ製品」、「ニューイングランド産のラム酒、葉タバコ、火薬、銃、大きな真鍮鍋、綿生地」といった商品を運んでくる（110）。これらの商船は、奴隷船と同じ経済システムの中で動いていて、軍艦も、このシステムに加わっている。艦隊の乗組員も、アフリカ沿岸にいる商船から商品を買う。現地に長期で滞在している軍艦の乗組員との取引では、アメリカで日常的に使われている品物がない環境で、「商品の欠乏の度合いに応じて商人が値段をつけるので、時として法外な価格になる」（115）。アフリカ沿岸では、商船も艦隊も非合法の奴隷貿易と分かち難く絡み合っていて、艦隊が奴隷貿易を取り締まるという一番の使命を果たすことを不可能にする。このように、奴隷貿易に関する日誌の記述は、アフリカの海が海軍の力では統制できない空間であることを示し、海軍の活動の成功を強調する海軍言説の安定を脅かす。

ホーソーンは『アフリカ巡航日誌』を編集する際、ブリッジが書いた事実に依拠しながらも、文章にかなり手を加え、単なる編集以上の役割を果たしたようである。レノルズは、ニューヨーク公立図書館に残っているブリッジの原稿の一部をホーソーンの編集後の日誌と比較し、ホーソーンがブリッジの粗雑で無骨な文章を修正したり、艦隊の現地人に対する暴力的行為に関する記述を変更したりしたことを明らかにしている（*Devils* 142–45）。ホーソーンはこのような編集作業の過程で、ブリッジの記録を注意深く読むことになり、十九世紀前半のアフリカの海について多くを知ったはずである。また、初版から非常によく売れた『アフリカ巡航日誌』[(7)]は、当時のアメリカ人の多くにアフリカの海のイメージを与えた。

二　「ダートムーア老囚人の手記」と海軍言説の枠組みを越える私掠船の活動

一七九四年にようやく正式に連邦海軍が誕生したアメリカでは、十八世紀半ばから私掠船のシステムが発展し、海軍に代わる役割を担ってきた。独立戦争では、大陸議会が大陸海軍の創設を承認し、十三隻のフリゲート艦を建造したが、その大部分がイギリス海軍に捕獲されるか、捕獲を避けるために破壊された。それに対して、大陸議会の拿捕許可状を得てイギリス船を襲った私掠船は、著しい効果を上げた（阿川　五―六）[8]。一八一二年の戦争においても、誕生したばかりの海軍は強力な組織ではなかった。開戦直後から議会は私掠活動を奨励し、大西洋岸の港から次々と私掠船が出航して成功を収めた。ブラウンも手記の冒頭で、一八一二年の戦争開戦直後から、セイラムの商人がそれまで商船として使っていた船を私掠船にして、戦争に加担していった様子を描いている（3）[9]。

私掠活動は、軍事行動において海軍力を増強させるという以外にも、国家に様々な利益をもたらした。私掠船が拿捕した船舶と積荷は、私掠船の所有者と乗組員の収益になったが、一部は認可料や税という形で国庫に入った。大西洋やカリブ海を航行する商船はたいてい貴重な商品を大量に積んでいて、それが捕えた側の個人や国の利益になると同時に、船や商品を奪われた敵国は経済的に大打撃を被ることになった。さらに、私掠活動の成功や船が持ち帰った積荷は敵国が苦戦していることの証拠になり、ナショナリズムの高揚につながった（コーディングリ　三三七、三五九）。ブラウンはイギリスに捕えられるまでに、すぐにセイラムに引き返した二回目の航海を含めて、合計四回私掠船で出航している。一回目の航海では、セイラムを出てから二十日後くらいに、ブラジルからロンドンに向かうイギリスのブリグ型帆船を拿捕する。その船は綿、砂糖、染料といった貴重な船荷を大量に積んでいたので、船長はイギリス船の乗組員を自分の船に移動させ、拿捕船回航指揮官にイギリス船を積荷ごとセイラムに向かわせるよう命じる(4–6)。その三日後には、大量の綿を積んでいる別のイギリスのブリグ型帆船を拿捕。その船も、積荷と共にアメリカに送る(7–8)。三回目の航海では、数日のうちに十隻以上のイギリス船を拿捕するが、空荷だったり積荷に魅力がなかったりしたため、乗組員を移動させた後、船を燃やしている(27)。貴重な商品や船舶を獲得し、ときには船舶を燃やすことで敵国に打撃を与えたブラウンの航海は、単に海軍を補強するというだけでなく、アメリカの安定や拡張に大きく寄与するものでもあった。

一方で、ブラウンの手記に描かれる私掠船の活動は、多くの点で海軍言説の枠組みから外れる。船乗りたちは、合法と非合法の微妙な境界線上で活動している。正当な私掠船による活動と非合法な海賊行為を区別するのは、拿捕許可状の有無だけなのだ。拿捕許可状があれば、敵船への襲撃は私掠行為になるが、それがなければ海賊行為として罰せられる。ブラウンが最初に乗った船は拿捕許可状を得て一八一二年九月半ばにセイラムを出航し、二隻のイギリス船を捕獲するが、これらのイギリス船は拿捕許可状を与えられていない、大西洋交易を行う民間の商船であるうえに、乗組員はアメリカとイギリスの間で戦争が始まったことを知らない(6–7)。拿捕は、ブラウンの船にとっては「正当な」私掠行為であるが、イギリス船の乗組員からみれば、海賊行為にほかならないのである。

私掠船が航行する海では、船の国籍を示す国旗も信用できないものになる。ブラウンの船の船長は、海上で敵国の船らしいものを見つけると、戦略的に自国の国旗を降ろして他国の国旗を揚げたり、国旗を示すことを拒否したりして、相手の様子を伺う。ブラウンが最も尊敬するフロリック号の船長は、海上で船を見つけると、巧みに国旗を変えながら相手の船の国籍を賢明に判断し、次々と敵船を捕えていく。四回目の航海で、スペインの国旗を揚げて近づいてくるイギリスの軍艦に拿捕された時も、それ以前に「違う国の国旗を揚げる場面にさんざん遭遇してきたので、我々は国旗に騙されることはなかった」(64–65)が、軍事力において勝っている軍艦から逃れることができず、捕獲されてしまう。

ブラウンの手記で、拿捕のために大西洋やカリブ海を航行する船を次々と乗り換えることを余儀なくされる乗組員たちは、トランスナショナルで脱国家的な船乗りのイメージをもつ。ブラウンが言っているように、イギリスでは、私掠船が拿捕した船の船員全員を捕虜として自国の管理のもとに収容し、軍事行動に加わる要員を減らすことで、敵国の海軍力を弱める方針をとったが、アメリカの私掠船は船舶や船荷の獲得を重視したので、機会を見つけて捕獲した船の乗組員を解放した(8)。ブラウンの一回目の航海では、二隻のイギリス船を拿捕し、乗組員をブラウンの船に乗せるが、その一週間後、ブラウンの船の船長は洋上でリスボンからニューヨークに向かうポルトガルの船に会った時に、イギリス船の乗組員全員を解放し、彼らがポルトガルの船でニューヨークに向かうよう手配する（8）。このとき、大部分が「イギリス人ではなく、イギリスに忠誠を示すこともない」（7）拿捕船の乗組員は、短期間のうちにイギリス船、ブラウンの乗るアメリカ船、ポルトガル船を移動したことになる。また、四回目の航海でブラウンの船が臨検したブリグ型帆船は、ポルトガル船として航行していたが、沈みかけているアメリカ船の乗組員を乗せた後、イギリスのフリゲート艦によって、ポルトガルの国旗を揚げたアメリカ船だと疑われて拿捕され、その後さらにブラウンの船と遭遇する。四回目の航海では、そんな船の乗組員がブラウンの船に加わる。ブラウンの描く私掠船の乗組員は愛国心に燃えて私掠活動をしているわけではなく、海軍のような戦略的見地をもって行動しているわけでもない。彼らの目的が何よりも金銭的報酬であることが、何度も強調されている。ブラウン自身、「特に海の生活に関心があったわけではなく、体も小さくて弱かった」が、戦争でセイラムの商業が滞り、他に生活の手段を得る方法がなかったので、私掠船に乗る決心をする（3）。ブラウンの描く船乗りはとにかく酒が好きで、拿捕されて敵国の船に乗せられても、酒を飲むと上機嫌になり、敵船の乗組員になることを希望したりする。私掠船の船内は、そんな船乗りたちが、国家の境界を越えたつながりを形成する空間なのである。

また、当時軍艦や商船が規律や階層関係に縛られ、船長や上級士官は指揮下の乗組員に無条件の服従を要求したのに対して、一般に私掠船には厳しい規律や上下関係がなく、船上での生活は自由で平等なものだった（コーディングリ 三四七）。ブラウンが乗る船も、厳しい規則や上下関係から解放された自由で民主的な世界をつくっている。ブラウンの二回目の航海では、出航直後から乗組員が船の安全や船長の方針に不満をもち、船長に交渉し、船の所有者に前渡金を返すことを条件にセイラムに戻ることを決める。手記の第三章には、三回目の航海の様子が描かれている。船長は仕事では厳格で有能だが、ワインを飲むと陽気になり、冗談を言い続ける。ブラウンは頻繁に船長の食事に招待され、それは船上で最も楽しい時間の一つになる（37–38）。そこには厳格な階層秩序はなく、中尉、少尉、船医、ブラウンの士官室の仲間など、みなそれぞれの個性を尊重しながら船の生活を楽しんでいる。ブラウンはそんな航海を振り返って、「我々はいつも笑っていた」（37）と言う。レディカーは、海賊船の船乗りたちに、権力からの抑制に抵抗する姿を見出している。海賊たちは軍艦や商船の抑圧的な体制を否定し、自由や平等の理想をもっていたので、乗組員全員が参加する会議で代表を決め、自分たちで船上の秩序を考案し、船の組織を民主的な方針で編成しようとした（79–108）。ブラウンの船は海賊船ではないし、乗組員が権力に対して抗議の意思を示しているわけではないが、自由で民主的な私掠船員の世界は、既成の枠組みの外にある新しい共同体を形成していく可能性をもっている。そのことは、ブラウンが捕虜となって収監されたダートムーア刑務所で、多くは私掠船員だった囚人たちが不条理な要求を突きつける看守たちの支配に苦しみながらも、選挙で自分たちの中から選んだ委員を中心に、刑務所内の自治を確立しようとしたことにも表れている。ブラウンの手記は、私掠船が航行する十九世紀前半の海が、船乗りたちに国家の思惑をはるかに越える経験をさせる場所であり、海軍言説に収まらない空間だったことを明らかにしている。

ホーソーンは子どもの頃、父親の航海日誌を好んで読んでいたが、息子ジュリアン・ホーソーンによると、その中でもホーソーンが特に関心をもったのが、一八〇〇年十一月三日から四日のページに書かれている、フランスの私掠船との戦いについての記述だった。ホーソーンは、イギリス船がフランスの私掠船に攻撃され、父親の乗っていたヘラルド号がその私掠船を反撃した時の記録を繰り返し読んだ(Luedtke 5–6)。「ダートムーア老囚人の手記」の編集で、ホーソーンがブラウンの原稿にどのくらい手を加えたのかを正確に知ることはできないが、手記に強い興味をもったことは確実であるように思われる。少なくともホーソーンは編集の過程で、私掠船が行き交う十九世紀前半の海について詳しく知ることになった。

三 『緋文字』とオルタナティヴな海

アーリン・ターナーは、ホーソーンが『アメリカ有用娯楽教養雑誌』の一八三六年三月号から八月号までの編集者として執筆した記事を集め、『編集者ホーソーン』という一冊の本にまとめて出版している。その序文でターナーは、この雑誌で取り上げられている素材の多くがホーソーンの後の文学作品の中で形象化され、編集で得た着想が創作の下敷きになっていると主張している（10–14）。ホーソーンが一八四〇年代に編集した『アフリカ巡航日誌』と「ダートムーア老囚人の手記」も、その後の創作、特に『緋文字』の海や船乗りの描写に大きな影響を与えている。この二つの航海記の編集を通して知った十九世紀前半の海の中でも、海軍言説に収まらない、その枠組みから外れる海の状況や船乗りの活動から、ホーソーンは『緋文字』創作のイマジネーションを得ているように思われるのだ。(10)

『緋文字』後半でヘスターとディムズデイルがピューリタン社会から逃亡する決心をする頃、ボストンの港には一隻の船が停泊している。

こういう選択を実行に移すのに好都合なことに、たまたま一隻の船が港に錨を下していた。当時にあっては珍しいことではなかったが、例のいかがわしい巡航船の一隻で、海におけるまったくの無法の存在ではなかったが、かなりの無責任さを発揮して海上をうろついていた。この船はさきごろ南米北岸からついたばかりで、三日以内に、ブリストルへ向かう予定であった。ヘスター・プリンは――（中略）船長や船員と顔なじみであったので――諸般の事情から秘密保持が絶対に必要であることを条件に、おとな二人と子供一人を船に乗せてもらう話をつけることができた。(11)(215)

物語の結末に近いニューイングランドの祝日の場面には、この船の乗組員が登場する。

彼らは粗野な顔つきのならず者で、日焼けした顔にひげをぼうぼうと生やしていた。彼らはだぶだぶの短いズボンをベルトで腰のあたりでとめ、なかにはベルトに粗仕上げの金の留金をつけている者もいたが、きまって長いジャック・ナイフか剣をさげていた。ヤシの葉であんだ広つばの帽子の下からは、機嫌よく笑っているときでさえ、一種の動物的な獰猛さをおびた両の目がぎらぎらと輝いていた。彼らは、遠慮会釈なく、他のすべての人をしばっていた行動の規範を破った。町の人なら一服ごとに一シリングの罰金をとられるところを、町役人のすぐ鼻の下でタバコを吸い、また、ほしいままに、ワインやブランデーのたぐいをポケットびんからがぶ飲みして、唖然としているまわりの群衆に気まえよくすすめたりもした。これらは明らかに当時の道徳律の不完全さを証明するものであって、厳格だったとはいいながら、船乗りたちについては、陸地におけるぶしつけな行状ばかりか、彼らの本拠である海上におけるもっと不埒な行為も大目に見られていたのである。(232–33)

ホーソーンが描く『緋文字』の海には、「まったくの無法の存在」ではないが「いかがわしい」船が航行していて、ヘスターはこの船と秘密裏に乗船の契約をすることができる。しかも、このような船が海や港に現れることは珍しくないようだ。「いかがわしい巡航船」の船乗りたちは、新総督が任命されるニューイングランドの祝日にも、広場に集まるピューリタンたちの中で「ほしいままに」酒を飲む。彼らは、常に酒を飲み、しばしば酒が原因の不祥事を起こす『アフリカ巡航日誌』や「ダートムーア老囚人の手記」の乗組員を思わせる。[12] 彼らが携帯する武器や「動物的な獰猛さをおびた」目は、ときに暴力を使ってアフリカの村を制圧した艦隊や戦闘行為を行った私掠船の乗組員のイメージをもつ。また、「いかがわしい巡航船」は、南米北岸を出発してボストンに寄港した後、イギリスのブリストルに向かうが、南米北岸からイギリスの主要奴隷貿易港だったブリストルに至るその航路は、船が航海中にどこかで奴隷貿易と関わりをもつ可能性を示唆する。[13]「宗教と法律がほとんど一体をなし」、小さな違反も等しく「死刑にも劣らない厳粛な思いをもって」(50)対処されたピューリタン社会で、船乗りにだけは規律を破る行為が認められていて、そんな船乗りは、「その気にさえなれば、陸地ではただちに堅気で敬虔な人間になることもできる」(233)。合法と非合法の微妙な境界線上で活動していた『アフリカ巡航日誌』や「ダートムーア老囚人の手記」の船乗りのように、『緋文字』の船乗りは社会の内と外の境界に属する存在で、海はそんな船乗りが活動する場所なのである。

『緋文字』の海はまた、ピューリタン社会の枠組みを越えることを可能にする空間でもある。入子は、『緋文字』の海が「陸の規則に縛られない不法という闇を特色とする故に、逆説的にアメリカの自由の光を包含しうる領域であった」と指摘している（五二）。ヘスターが暮らす小屋には、それがピューリタンの居住区から離れた海辺にあるために、「大西洋の向こう側では当然であった思想の自由」が海を渡ってやってきて、彼女はピューリタンたちが「緋文字によって烙印を捺された罪よりもなお恐るべき罪悪」だと考えるような考えを抱くようになる（164）。ヘスターとディムズデイルがピューリタン社会から逃亡するには海が必要であり、ヘスターは緋文字を「大海原のまんなかで、手でもぎ取って、永久に沈めて」しまおうと思っている（211）。

『緋文字』では、「見る者に否でも応でもヘスター・プリンが胸につける定めの、かのしるし」を思い出させ、「もうひとつの緋文字」とか「生きている緋文字」と言われるパール（102）と海の親和的な関係が繰り返し強調される。他に遊び仲間のいないパールが、浜辺で海の生き物や海草で遊んだり、樹皮で小舟をつくったりしている間はまったく退屈しない。彼女は何度も海鳥にたとえられる。ニューイングランドの祝日の場面では、「いかがわしい巡航船」の船長と結びつけられる。パールは広場に集まる群衆の中で、船乗りたちの中に飛び込んでいく。

こういう船乗りたちのひとり——まさしくヘスター・プリンに話しかけたあの船長は——いたくパールの姿に心ひかれて、くちづけをしてやろうと、彼女をつかまえにかかったが、彼女に手をふれるのは、空を飛んでいるハチドリをつかまえるようにむずかしいことがわかり、こんどは帽子に巻きつけてあった金の鎖をはずして、子供に投げかけてやった。パールはそれをすぐさま首や腰に巻きつけてみせたが、その手ぎわがまことに巧みで、いったん身につけると、それはたちまち彼女のからだの一部になってしまい、それを身につけていないパールを想像するほうがむずかしくなった。(245)

また、船長の上衣を飾る「おびただしい数のリボン」、帽子についている「金色のレース」や「金のくさり」(233)は、ヘスターが「奇抜と言ったほうがよいような創意をこらして」作った(83)、きらびやかで豪奢なパールの衣装を思わせる。物語の最後でディムズデイルが罪を告白した後、パールはヘスターと共におそらくボストン周辺を航行する「例のいかがわしい巡航船」のうちの一隻に乗ってボストンを去り、[14] 海を越えた「どこかよその国の住人」(262)になる。そして、ピューリタン社会とは関係のない場所で結婚し、「いかがわしい巡航船」の船長の服を思わせるような「金糸をふんだんにあしらった絢爛豪華な衣装」をまとった子供(262)を残す。

ホーソーンはピューリタン社会の周辺に海を描くとき、『緋文字』執筆の直前に編集した海軍と深く関わる二つの航海記の中でも、海軍言説の枠組みから外れる海の状況や船乗りの活動から創作のイマジネーションを得て、海軍言説のオルタナティヴになる海を作り上げている。物語の結末では、「もうひとつの緋文字」であり、作品の主要人物の中でただ一人次世代を担うパールを、そのような海に送る。ホーソーンは『アフリカ巡航日誌』と「ダートムーア老囚人の手記」という二つの海軍と深く関係のある航海記を編集して、その仕事はセイラム税関の職を得る道を開いた。[15] しかし作家としてのホーソーンは、海軍言説には収まらない、それゆえに既存の枠組みを越えて行く可能性を秘めた海に惹き付けられていて、『緋文字』においては、航海記の海軍言説からこぼれ落ちるオルタナティヴな海を描いたように思われる。

＊本論は、科学研究費補助金・基盤研究（C）「ホーソーンのトランスナショナリティ」（研究課題番号17K02540）の助成を受けて行われた研究の一部である。

注

（1）『アフリカ巡航日誌』が一八五三年に重版されたとき、はじめてブリッジの名前がタイトルページに印刷された（Reynolds, "Transatlantic" 1–2）。

（2）ブラウンの生涯については、一八七五年に『エセックス協会歴史コレクション』に掲載された「ベンジャミン・フレデリック・ブラウンの思い出」に詳しい。

（3）アメリカ植民協会が建設し、ジョゼフ・ジェンキンズ・ロバーツが知事をしていたモンロヴィアの植民地と、メリーランド植民協会が建設し、ホーソーンとブリッジの大学の同窓生でもあるジョン・ブラウン・ラスワームが知事をしていたケープ・パルマスの植民地。

（4）本論では、『アフリカ巡航日誌』からの引用には一八五三年にパトナムが出版したものを使用し、本文中では括弧内にページ数のみを記載する。

（5）ブルックスは、十九世紀前後のアメリカと西アフリカの貿易については確実な資料が乏しく、正確な実態を明らかにしにくいことを強調したうえで、西アフリカ沿岸では一七八三年頃から奴隷貿易が合法の貿易と区別されるようになり、合法の貿易は、綿花やラム酒、銃、タバコ、食糧などのアメリカ品、獣皮やパーム油、象牙、砂金、染料などのアフリカ品の取引を意味したと言っている（3–6, 14）。

（6）アメリカ海軍のアフリカ艦隊は、二十年の派遣期間を通して、合計で三十六隻しか奴隷船を捕えることができなかった（Canney xiii）。

（7）『アフリカ巡航日誌』の初版の二千部はすぐに売れ、千部が増刷された（Simpson vi）。

（8）ホーソーンの祖父ダニエル・ホーソーンは独立戦争で私掠船の指揮官として活躍し、「甲板を歩いた最も容赦なき男」と言われた。ランダル・スチュアートは、作家ホーソーンのある種の容赦なさはダニエルから受け継いだものかもしれないと推測している（三、五）。

（9）ブラウンの手記からの引用については、一九二六年に出版された『ヤンキー私掠船船員の物語』を使用し、括弧内にページ数のみを記す。一九二六年版では、『デモクラティック・レヴュー』には掲載されていないバルバドス服役中の手記が加わり、いくつかの章のタイトルが雑誌掲載時のものから変更されているが、それ以外は『デモクラティック・レヴュー』とほぼ同じ内容である。

(10)入子は、十七世紀前半のボストンの海事に関する詳細な資料を参照しながら『緋文字』の船や船乗りの描写を分析し、作品の新たな解釈を展開している。本論では十九世紀前半の海というコンテクストに焦点を当てるが、分析の過程で入子論文を参考にした。

(11)『緋文字』からの引用にはオハイオ州立大学版を使用し、本文中では括弧内にページ数のみを記した。翻訳については八木敏雄訳に依拠したが、適宜修正を施した箇所がある。

(12)たとえば『アフリカ巡航日誌』第四章には、酩酊して、頭の傷から血を流しながら街の中をわめいて回っている捕鯨船の乗組員の話が出てくる(23–24)。また、「ダートムーア老囚人の手記」のブラウン四回目の航海では、西インド諸島からノヴァスコシアに向かうスクーナー船を拿捕し、船長が乗組員にその船を焼くよう命じるが、乗組員がスクーナー船に積まれたラム酒を自分たちの船に運び込むという誘惑に抗しきれず、事故を起こしてしまう(58–59)。

(13)拙論「ホーソーンと船乗りたち――環大西洋奴隷貿易との関連をめぐって」では、『緋文字』に描かれている船が奴隷貿易と関わりをもっている可能性について論じている。大野二二六―二二八参照。

(14)作品には、ヘスターとパールがいつ、どの船でボストンを去ったのか書かれていないが、ピューリタンの誰も二人の消息について正確な情報をもっていないことから、二人は秘密のうちに出港したと思われる。

（15）ブリッジは、『アフリカ巡航日誌』出版直後にホーソーン一家をポーツマスの海軍工廠に招き、彼を民主党の有力政治家に紹介した。それは、ホーソーンがセイラム税関の検査官に任命される道を開いた(Brancaccio 40)。また、オハイオ州立大学版ホーソーン全集に収録されている、ホーソーンのダイキンクへの手紙に付された注によると、ホーソーンが「ダートムーア老囚人の手記」の編集をしていた頃、ブラウンはポーク大統領に手紙を書き、ホーソーンをセイラム税関の検査官に推薦した（140)。

引用文献

Berger, Jason. *Antebellum at Sea: Maritime Fantasies in Nineteenth-Century America*. U of Minnesota P, 2012.

Brancaccio, Patrick. "'The Black Man's Paradise': Hawthorne's Editing of the *Journal of an African Cruiser*." *New England Quarterly*, vol. 53, no. 1, 1980, pp. 23–41.

Bridge, Horatio. *Journal of an African Cruiser: Comprising Sketches of the Canaries, the Cape De Verds, Liberia, Madeira, Sierra Leone, and Other Places of Interest on the West Coast of Africa*. Edited by Nathaniel Hawthorne. 1845. George. P. Putnam, 1853.

Brooks, George E., Jr. *Yankee Traders Old Coasters and African Middlemen: A History of American Legitimate Trade with West Africa in the Nineteenth Century*. Boston UP, 1970.

Browne, Benjamin Frederick. *The Yarn of a Yankee Privateer*. Edited by Nathaniel Hawthorne, Funk & Wagnalls, 1926.

Canney, Donald L. *Africa Squadron: The U.S. Navy and the Slave Trade, 1842–1861*. Potomac Books, 2006.

Hawthorne, Nathaniel. *The Letters, 1843–1853. The Centenary Edition of the Works of Nathaniel Hawthorne*, edited by William Charvat et al., vol. 16, Ohio State UP. 1985.

——. *The Scarlet Letter. The Centenary Edition*, vol. 1, Ohio State UP, 1962. 『緋文字』、八木敏雄訳、岩波文庫、一九九二年。

Howard, Warren S. *American Slavers and the Federal Law 1837–1862*. U of California P, 1963.

Luedtke, Luther S. *Nathaniel Hawthorne and the Romance of the Orient*. Indiana UP, 1989.

"Memoir of Benjamin Frederick Browne." *Historical Collections of the Essex Institute,* vol. 13, no. 2, 1875, pp. 81–89.

Rawley, James A. *The Transatlantic Slave Trade: A History*. U of Nebraska P, 2005.

Reynolds, Larry J. *Devils and Rebels: The Making of Hawthorne's Damned Politics*. U of Michigan P, 2008.

——. "Transatlantic Visions and Revisions of Race: Hawthorne, Joseph Jenkins Roberts, and the Editing of *Journal of an African Cruiser*." *Nathaniel Hawthorne Review*, vol. 42, no. 2, 2016, pp. 1–21.

Simpson, Donald H. Introduction. *Journal of an African Cruiser*. Dawsons of Pall Mall, 1968, pp. v–x.

Smyth, Clifford. Introduction. *The Yarn of a Yankee Privateer*. Funk & Wagnalls, 1926, pp. ix–xviii.

Turner, Arlin. Introduction. *Hawthorne as Editor: Selections from His Writings in the American Magazine of Useful and Entertaining Knowledge*. Louisiana State UP, 1941, pp. 1–14.

Van Sickle, Eugene S. "Reluctant Imperialists: The U.S. Navy and Liberia, 1819–1845." *Journal of the Early Republic*, vol. 31, 2011, pp. 107–34.

阿川尚之「海洋国家アメリカの夢——合衆国憲法の制定と海軍の誕生」『海洋国家としてのアメリカ——パク

ス・アメリカーナへの道』所収、田所昌幸・阿川尚之編、千倉書房、二〇一三年、三―三三頁。

入子文子「『緋文字』をとりまく十七世紀の海」『水と光――アメリカの文学の原点を探る』所収、入子文子監修、開文社出版、二〇一三年、二七―五六頁。

エルティス、デイヴィッド、デイヴィッド・リチャードソン『環大西洋奴隷貿易歴史地図』、増井志津代訳、東洋書林、二〇一二年。

大野美砂「ホーソーンと船乗りたち――環大西洋奴隷貿易との関連をめぐって」『アメリカン・ルネサンス――批評の新生』所収、西谷拓哉・成田雅彦編、開文社出版、二〇一三年、二一五―三一頁。

コーディングリ、デイヴィッド『海賊大全』、増田義郎・竹内和世訳、東洋書林、二〇〇〇年。

スチュアート、ランダル『ナサニエル・ホーソーン伝』、丹羽隆昭訳、開文社出版、二〇一七年。

レディカー、マーカス『海賊たちの黄金時代――アトランティック・ヒストリーの世界』、和田光弘他訳、ミネルヴァ書房、二〇一四年。

ホーソーンとペリーが共有した海軍言説

——イマジネーションと現実の接点

中西　佳世子

はじめに

独立戦争時に結成された大陸海軍が解体された後、中央政府が強力な軍隊を持つことを懸念するアメリカでは正規海軍の創設への道は遠かった。しかし、バーバリー海賊の被害が増大する中、一七九四年に海軍の設立が議会で承認されて次々と海軍工廠が増設される。(1)海軍不要論は根強く残るものの、十九世紀中葉にアメリカ海軍は発展する。ナサニエル・ホーソーン（Nathaniel

Hawthorne）が創作を行い、マシュー・C・ペリー（Matthew C. Perry）が日本遠征を行ったのはこの時代であった。日本開国の後、ペリーはリヴァプールのホーソーンを訪ねて日本遠征記録の編纂を打診する。両者が会見したのは一度きりであったが、海軍を通してその関係性に注目すると、同時代の言説で構築された政治的、文化的接点が見えてくる。本論では、作家ホーソーンと提督ペリー(2)に共有された、海洋国家として発展するアメリカの海軍言説、そして、イマジネーションと現実の境界に窮地からの活路を見出したメンタリティという観点から両者の接点を考察したい。

一　ホーソーンと海軍との関わり

ホーソーンはピューリタンの先祖との繋がりで語られることが多いが、船長であった父祖から受け継いだ船乗りとしての資質にも目を向ける必要がある。船長を父に持つホーソーンは、長じて、大学時代の友人であるホレイショ・ブリッジやフランクリン・ピアス、またジョージ・バンクロフトなどとの交流を通して、海軍との関わりを持つ。本節では、海への愛着を抱き、そこから創作のイマジネーションを得ていたホーソーンと海軍との関わりについて見ていきたい。

ホーソーンの故郷のセイラムの港は、船乗りの父や祖父を思い描く彼の記憶の原風景を形成した。

ホーソーンは一八〇八年に父を亡くすが、船乗りの家庭で四歳まで育てられ、港町で成長した彼に、その気質が刻まれていても不思議はない。(3) ストッダードはホーソーンの先祖について次のように述べる。

ホーソーンの先祖達は数世代に渡って船乗りであった。それは彼らが生まれながらに引き継ぐ遺産であり、父と息子が同じく共有するものであった。海の男の精神は彼らに染みついており、それから逃れることなど思いもよらないものであった。(684)

作家もまた『緋文字』で、船乗りの家系を次のように描いている。

父から子へと百年以上にわたり海へと出て行った。それぞれの世代で白髪頭になった船長は後甲板から家に戻り、一方で十四歳になった男児がマストの前に立ち、彼の父にそのまた父にも荒々しく降りかかった塩水の波しぶきに立ち向かう仕事を引継いだ。(I, 10–11)(4)

ここには自身も船乗りになっていたかもしれないというホーソーンの思いが見てとれる。

ホーソーンの父は航行中の自由な時間は全て読書にあてていたという (Stoddard 684)。船上では航海の知識を得たり余暇を過ごしたりするための読書が不可欠であり、船上の識字率は一般よりも高く、商船も軍艦も船内図書館を持ち、雑誌が購読され、寄港地で本の交換が行われた（Blum 26–7）。限られた船内で限られた書物を読む人々は、その内容と時間と空間を共有することとなり、いわばそこに洋上の「読者共同体（reading communities）」（20）とも言うべきものが存在したのだが、ホーソーンの父はその一員であったといえる。そして父の航海日誌を繰り返し読んで（Luedtke 6–7）、想像力を育み、創作を行ったホーソーンもまた、仮想世界を通してその洋上の知識や時空を共有したという意味で、読書共同体のメンバーであったといってもいいかもしれない。「父の読書の趣味を受け継いで、目にするあらゆる本をむさぼり読んだ」（Stoddard 685）ホーソーンの作家としての資質には、こうした船乗りの血が受け継がれているのだ。

長じて、ホーソーンは大学時代の人脈で海軍との繋がりを持つようになるが、この時期は一八一二年戦争後の平和時に、商船保護や外交も担うようになったアメリカ海軍の拡大期でもあった（Schroeder, "Antebellum Precursor" 3）。そして、一八三〇年代にはペリーによる蒸気船の導入が本格化し、列強に比肩する海軍を目指すアメリカは海軍工廠の充実を図る。こうした時代を背景に、海軍士官や政治家の友人を持つホーソーンは海軍工廠をしばしば訪れており、ボストン海軍工廠で海軍将校との船上ディナーや軍艦見学を楽しんだり（VIII, 71, 73）、また散歩の途次に立ち寄ったりもしている（J. Hawthorne 204）。ホーソーンの南北戦争視察記「主に戦争のことに関して」では軍艦や潜水艦の詳細な描写が成されているが、海軍工廠をよく訪れた作家にとって軍艦は馴染みのものであったといえる。ブリッジの勤務するポーツマス海軍工廠も作家がよく訪れた場所であった。海軍工廠は殺風景な軍工場というだけではない。後にローズヴェルト大統領の仲介による日露講和条約の締結の場として選ばれたのがポーツマス海軍工廠であったように、海軍工廠は美しく整備された将校などの住居区域やパーティ用広間なども有する社交、外交の場でもあったのだ。

ホーソーンが海軍関係の友人の尽力によって得た政治職はいずれも港湾での仕事であった。たとえば一八三九年に就いたボストン税関のホーソーンの業務は入港船の石炭や塩の詰まった大樽を計量することであったが、彼は時にはスクーナー船の船室でビスケットの樽に腰かけてお茶を楽しみ、時には船長と乗組員の諍いの仲裁もしている（Meltzer 54–55）。ホーソーンは妻にこの仕事の愚痴をこぼす一方、「一面の泡をかき分け、波に乗って船が行く様子をみるとうきうきした気分になった。周りの活気の中にも大いに楽しみを見出した」（XV, 434）とも書いており、船や活気ある港の様子に心を弾ませていたことが分かる。ホーソーンは税関職でなければボストン海軍工廠のポストを受けるつもりでいたが（XVI, 147）、それも実現していれば港の仕事であった。

ホーソーンは文筆活動で、時の海軍と関わるチャンスに生涯で三度遭遇する。最初がウィルクス合衆国探検遠征に同行する話、二度目がペリーのアフリカ艦隊に同行したブリッジの航海記編纂の話、そして最後がペリーから打診された日本遠征記編纂の話であったが、こうした海軍の艦隊記録に関わることは作家としての地歩を築くひとつの手立てでもあったようである。たとえば、一八三七年、南太平洋から南極を探検するウィルクス合衆国探検遠征に、"mission historian" として同行する話がホーソーンに持ちかけられた時、すでに文壇で名を成していたクーパーとアーヴィングも候補にあがっていた（Blum 159）。彼らは海軍史や海軍提督記なども手掛けているが、海軍と接点を持ち、その航海記の編者や著者に指名されることは作家としてのキャリアに関わるものであったことが窺われる。海軍では艦上の図書館だけでなく、海軍工廠にも図書館を併設していた。(5) その蔵書は専門書、英雄物語、ナショナリズムに訴えるもの、航海指南書、法律書、禁酒パンフレット、文学作品とさまざまで、アーヴィングやクーパーの作品も読まれ、士官や水兵が書く航海記は政治家や一般の陸上の読者も獲得した。十九世紀のニューイングランドで、「洋上の読書共同体」に関わることは政治と文壇に近づく機会を得ることでもあったといえる。

ホーソーンはウィルクスの遠征隊への同行に乗り気であったものの（Bridge 82）、諸般の事情でこの話は実現しなかった。父の航海日誌で空想の船旅を楽しみ、現実の航海でも「船酔い知らず」（Fields 507）のホーソーンにとって、この話は魅力的であったに違いない。一方で『トワイス・トールド・テールズ』（一八三七）で実名デビューを果たし、ソファイアとの交際も始まっていた作家にしてみれば、数年に及ぶ遠征への参加に躊躇する気持ちもあっただろう。結局、ホーソーンはボストン税関職に就くことになった。

さて、前述したようにホーソーンが海軍の航海記に関わる第二と第三の機会はいずれもペリー艦隊の記録である。後者は実現しなかったが、作家が二度までもペリー艦隊の記録と関わる立場にあったことに注目したい。ホーソーンとペリーの接点や、言説や文学的想像力といった観点からその関係性が論じられることは少ない。拙論「浦賀の『流星』とプロヴィデンス―ペリーとホーソーンと日本開国」ではプロヴィデンス言説を中心に両者の接点を考察したが、本論では、ホーソーンの『アフリカ巡航日誌』編纂の手法を考察し、さらに軍楽隊や艦上劇を日本遠征の「文化的兵器(cultural weapon)」(Yellin 260)と位置付けたペリーの文学的関心へと論を進め、作家と提督が共有した海軍言説、そしてイマジネーションを駆使して、現実の窮地を切り抜ける活路を見出した両者に共通するメンタリティを明らかにしたい。

二　『アフリカ巡航日誌』と海軍言説

ブリッジは一八四三年から四五年にかけてアフリカ艦隊でペリーの旗艦船サラトガ号に同行したが、ホーソーンの編纂によるブリッジの『アフリカ巡航日誌』は好評を博した。そしてブリッジは民主党議員が集うポーツマス海軍工廠のパーティーにホーソーン夫妻を招待し、評判の航海記の編纂者として作家を紹介し、彼が税関職を得られるように便宜を図った。しかし、この航海記はたまたま人気を博したのではない。ホーソーンが艦隊記録に求められる言説に適う編纂を行うことで、いわゆる「洋上の読者共同体」に繋がる政治家や海軍関係者の心をいかに掴んだのか見ていきたい。

一八四三年、ホーソーンはブリッジがアフリカ艦隊の任務に就くことを聞くと、編纂を請け負う約束で、彼に出版を前提にした航海日誌をつけるように勧める。ホーソーンの思惑のひとつはこの仕事で政治職に就く機会を得ることにあった。一八四一年、ソファイアとの結婚を控えて生活基盤を得る必要のあった作家は、四月から半年ばかり、社会改革を標榜するユートピア共同体のブルック・ファームに参加した。しかしその計画は頓挫し、さらに社会改革運動による奴隷制廃止運動を警戒する民主党内の不評を買う結果となった。数年後、経済的な窮地に立ったホーソーンは政治職を望んだが、その為にはブルック・ファームへの参加で託った不評を払拭する必要があり、民主党の政策であるリベリア植民地に関わるペリー艦隊の航海記を手掛けることで、作家は民主党側に立つ自らの政治的立場を明確にしようとしたのだ（Brancaccio 24)。

さて、そのペリー艦隊の任務は、リベリアの視察と交易保護、奴隷船拿捕、そしてアメリカ商船を襲った原住民への懲罰などであった。しかし、ブリッジの報告によると、リベリア植民地の展望は芳しくなく、最重要任務である奴隷船拿捕では全く成果が挙がらなかった。原住民の処罰と交易保護では、ある程度、功績を上げたものの、こうしたあまり都合の良くない艦隊の状況を民主党の意に添うナラティヴに再構築することが編纂者であるホーソーンに求められた。さらに海軍不要論も根強く残る中、海軍言説に即した記述を行うことも必要であった。そもそも編纂とは構成に関わる作業であるが、これまでの『アフリカ巡航日誌』の批評は、人種問題や暴力的表現などの個別の問題を論じるものの、全体構成への視点が欠けているように思われる。(6) また海軍との接点を機に政治的立場を有利にしたい作家の目的に鑑みると、これまで注目されてこなかった海軍言説への視点も必要となるだろう。

ホーソーンは『アフリカ巡航日誌』の編纂において「自分の役割はあまりに作品本体と融合していて、明確にどの部分を担ったかその境界を説明できない」と述べており（XVI, 86）、いわばゴーストライターのような役割（Brancaccio 24）をしているが、序文は編纂者としての彼の手に成るものである。ブラムは海洋ナラティヴの序文のパターンとして、未熟な文体への弁明、執筆目的の表明、信憑性の担保が成されることを指摘しているが（39）、ホーソーンの序文もこのパターンを踏襲している。たとえば、「修正を加えたものの、日誌の元の文体を残しており、それはブリッジの文学的修行と構成力不足に見合うもので、つつましい作品にふさわしい」と未熟な文体への弁明を行っている。また「とりわけリベリア植民地を扱う箇所に注目を願いたい」とその目的を明記し、「党派的偏見」のないブリッジは「それなりに真実を感知」して「率直に」伝えることができる（Bridge v–vi）と内容の信憑性を担保する。このようにホーソーンは航海記のパターンに即して序文を構成するのだが、一方、成果の挙がらなかった奴隷船拿捕には一切触れず、読者の注意をその問題から逸らせている。

そして本体部分では、ホーソーンは読者の関心を引く格好の題材として、海軍による村の焼き討ちと殺戮に関するブリッジの報告に手を加える（Brancaccio 34–35）。ホーソーンは、その行為の残忍性を薄めて冒険譚に仕立て、ペリーの断固とした態度とその成果をアピールし、アメリカ船を襲撃した原住民への報復行為を海軍言説へと回収させるのだ。しかし一方で、「呵責の念ではなく、正義の行使という有難い充足感で破壊欲が自由に発揮されることほど楽しいことはない」、「こうした問題のもっと良い解決法はプロヴィデンスによって見出されると思われる」（Bridge 83）という、作家一流の日和見的言及で批判をも忍ばせる。(7)

さて、肝心のリベリア植民地の視察であるが、ブリッジの報告内容自体は、原住民と植民黒人との不和、低迷する経済、白人宣教師への批判など、あまり将来性が見込めそうなものではない。しかし、ホーソーンは事実の提示方法に工夫を凝らしてポジティヴな印象を与えている。全二十二章からなる航海記も終わりに近づいた第二十章で「艦隊は、他に成果はないにせよ、少なくともリベリアの繁栄のために不可欠な役割を果たすだろう」、「良い結果を強く信じる」といった海軍の重要性を主張する内容が配置され、黒人が平等に扱われないアメリカに比べれば、リベリアはまだ「黒人の楽園」（163–64）となる将来性がありうるという、アメリカ植民協会のポリシーが提示される。

そして第二十一章では九ページに渡り、リベリア同様に黒人奴隷の送還地として設立されたイギリス領シエラレオネの失敗例が列挙される。そして、イギリスは「リベリアをシエラレオネと比較して、自らの慈愛に対する不信感を抱くことになることだろう」(172)と、航海記の最後でシエラレオネを貶めることで、相対的にリベリアの展望に対する印象を良く見せる終わらせ方をするのだ。

続く三ページ足らずの最終章で、「この航海記に一隻の奴隷船拿捕の記録もないことにお気づきでしょう」と序文で回避した奴隷船拿捕の問題への言及が成される。そして、この件でイギリスが唯一成果を挙げているのは有利な法律によるものであり「我々の艦隊の不振とのあまりに不公平な比較によって、イギリスの成功が時に大げさに取り上げられている」(177)とアメリカ海軍を擁護する。さらに「これまで、提督の命令のもとで全般的な活動をしてきたが、彼は職務に徹した紳士であり、その冷静かつ賢明で断固たる性格は、任務の内外でよく知られている」(178)という上官ペリーを称賛するブリッジの言葉を導入して、海軍士官としてのブリッジの立場を担保し、海軍遠征は国益に利するという文言で航海記は閉じられる。

このようにホーソーンは、『アフリカ巡航日誌』の編纂において、不都合な事実の提示の順番や分量を調整し、イギリスとの相対化によって、リベリア植民地の展望にポジティヴな印象を与え、奴隷船拿捕不振への批判をかわす手法を用いている。そしてペリーを称賛し、海軍の有用性を主張することで海軍言説に沿うナラティヴを再構築し、海軍士官であるブリッジの面目を保つのだ。作家は海軍の方針や民主党の政策に対して無条件に賛同するわけではなく、海軍言説という観点からすれば「誤読」を誘いかねない批判的な言及も行っている。しかし、その批判はホーソーン特有の曖昧性に包まれており、メルヴィル（Herman Melville）が『ホワイト・ジャケット』で展開するような、水兵の視点による痛烈な海軍批判に向かうことはない。ホーソーンはあくまで海軍士官の立場から海軍の「正統的」言説へとナラティヴを回収させるのだ。

さらに、ホーソーンはブルック・ファームへの参加で託った自身の不評を払拭する工夫もぬかりなく行っている。獰猛なアフリカ蟻とその巨大なアリ塚をフーリエ主義やその「ファランクス」と対比させてブルック・ファームへの風刺（159）を行う箇所は明らかにホーソーンのものである。フーリエ主義を標榜するブルック・ファームでは「ファランクス」と呼ばれる共同体を構成して会員相互で労働や物を調達することで社会的調和を達成するとしていた。アフリカ蟻の塚や集団が「ファランクス」より優れているとする風刺によって作家はブルック・ファームに対する批判的立場を表明するのだ。そして、このブルック・ファーム批判に加え、マデイラワインの蘊蓄（89–90）、禁酒運動批判（91）、「回復期の患者にとっては、まるでそれに苦しんだことも、倦んだことも無かったかのごとく、人生というものが素晴らしく前途有望であるように思える」（153）というブリッジの熱病からの快復、などのテーマやモチーフは、『ブライズデイル・ロマンス』で再現されることになる。

『アフリカ巡航日誌』はアフリカ植民協会の良書リストに加えられ（Brancaccio 39）、ブルック・ファーム参加で損なわれたホーソーンの不評も払拭され、前述したように、作家はブリッジによる紹介でセイラム税関職を得る。『アフリカ巡航日誌』の編纂は、作家にとって政治職を得るためのやっつけ仕事であったとは言い切れない。父の航海日誌で磨いた空想力を活かした編纂で税関職に就き、経済的困窮を脱した作家は、それを父からの遺産のように思ったかもしれない。いずれにせよ、ホーソーンは腕を振るって『アフリカ巡航日誌』のナラティヴを編纂し、イマジネーションと現実の接点に経済的窮地からの活路を見出したのだ。

三　ペリーの文学的関心

さて、『アフリカ巡航日誌』では娯楽としてのペリー艦隊の楽隊や艦上劇が描かれているが（Bridge 4, 102–03）、約十年後の日本遠征では、音楽や劇は単なる息抜きではなく「文化的兵器」として特別の役割を果たす。本節では、ペリーが音楽や劇が想起するイマジネーションを日本開国という極めて現実的な任務に適用した背景に、彼の文学的関心があったことを考察したい。

ペリー家は一六三九年頃にプリマスにやって来たクウェーカー教徒を祖先とする由緒ある家柄だ

が、その後ピューリタンの迫害を逃れ、ロードアイランドで一族の基盤を築く。そして、私掠船の船長となった四代目に当たるペリーの父は後に海軍に入り、ペリー家は提督を輩出する海軍の名家となる（Morison, "Old Bruin" 4–7）。独立戦争で名を馳せた兄のオリバー同様、海軍で身を立てる決意をしたペリーは十三歳でニューヨークのブルックリン海軍工廠に入り、その後、地中海艦隊に従事した後、アフリカ艦隊、メキシコ戦争、湾岸艦隊の提督を歴任し、その実績により、東インド艦隊の日本開国の任を負う。こうした艦隊での任務に加え、ペリーは海軍教育改革や蒸気艦船の導入にも尽力したが、ここでは彼の文学素養と海軍教育改革との関連に注目する。

ペリーは、不衛生で士気が低く、喧嘩や反乱が絶えない艦上の環境改善の必要性を痛感し、適切な訓練、教養教育、厳格な規律を取り入れる海軍教育改革に取り組んだ。その一環として一八三三年にブルックリン海軍工廠のライシーアム創設に尽力したペリーは二代目館長を務めた。併設された図書館には航海向けの専門書に加え文学作品も所蔵されたが、クーパー、アーヴィングなどの作家や、アンドルー・ジャクソンなどの政治家も図書館の登録会員であった。またペリー自身の編集による『海軍雑誌』には、天文学や地理学、海流学などに関する実用的な記事に加えてフィクションも掲載された（Schroeder 68–71）。

このように海軍士官教育に教養を取り入れたペリー自身、幼い頃より文学教育を受けていた。ペリーの伝記を手掛けたグリフィスは、ウィリアム・ウォレス卿の直系を出自とするペリーの母親が子供達の「愛国の情熱」、「武功への渇望」に火をつけ、「厳格な美徳」、「文学への愛好心」を育む訓練を行っており、ペリーの「英文学の古典に対する愛好」は「母親の膝に抱かれている時に育成された」と指摘している。また『日本遠征記』の出版に際しては、「イギリスの古典文学を精読し、文章の練習のために写本すること」を慣習としていたペリーは、無駄のない明瞭な英語の文体を会得していたという（433）。

ちなみにペリー一族の故郷ニューポートには、アメリカで最も古い民間図書館のひとつであるレッドウッド図書館がある。ここにはペリーの兄、オリバーの一八一七年の図書館への出資証が残されており、現在も展示されているイギリス製の地球儀と天空儀はペリーの娘婿の寄贈によるものだ（Dexter 87–88）。また、慶応大学で英文学の講義を行ったペリーの甥の子息、トーマス・S・ペリーはこの図書館に毎日のように通っていたという（Harlow 10）。ペリー一族とニューポートの図書館との繋がりは深く、海軍で初めての海軍工廠図書館の設立に尽力したのがペリーであったことも頷ける。リヴァプールでペリーと会見したホーソーンは「ペリーは当世の文学にもいくらか知識があるようだ」（XXI, 147–48）と記しているが、その文学的素養は生育環境によって涵養されたものであったのだ。

四　日本遠征と艦上劇

さて、ペリーが日本遠征の任務を命じられた時期、海軍教育は大きな変革期を迎えていた。海軍不要論が根強く残るアメリカでは、海軍における制度も組織も脆弱な状態が続き、種々の問題を抱えていた。そして、ペリー、エリオット、ロジェーズといった海軍の名門一族が支配的な立場を占め、士官候補生の採用が縁故主義で行われる中で組織は停滞し、海軍の規律は乱れがちであった(田所 四一)。海軍教育改革は一八二〇から三〇年代に進むものの、若い士官の起こす不祥事はしばしば問題となり、中でも一八四二年のソマーズ号事件は一大スキャンダルとなった。この事件を機に、時の海軍長官バンクロフトが海軍教育問題の解決にあたり、ようやく一八四五年になって後にアナポリス海軍兵学校に発展する教育機関が設立される。

こうした海軍改革による民主化の流れの中、一八五〇年に商船、軍艦を問わず、船上における非人道的な鞭刑が廃止される。しかし、鞭刑に代わる規律維持システムは確立されておらず、時には千人を超える乗組員を率いて何年にも及ぶ航海を指揮する艦隊の提督にとって、艦上の規律の維持をどう図るかは喫緊の課題であった。実際、鞭刑が廃止された翌年、ペリーは「海軍の現在の規則の下」での遠征には気のりがしないと不服を漏らしている (Morison, "Old Bruin" 272)。一方、一八五三年からリヴァプールでアメリカ領事を務め、船の乗組員の訴えに対応していたホーソーンも、「多くの他の例と同様、博愛運動が行き過ぎて鞭打ちを禁じてしまった」ために却って無秩序で悲惨な暴力が船上で横行していると告発し、船内での鞭打ちの合法化が必要だとの考えを示している（スチュアート 二三五）。

こうした状況下で日本遠征の命を受けたペリーは、艦隊の士気と秩序を維持するひとつの手段として艦上劇や音楽を導入する。アフリカ艦隊の際もペリーは乗組員の士気を維持するための娯楽を重視しているが、日本遠征における音楽や艦上劇は単なる娯楽という以上の意味があった。ひとつは鞭刑に代わる規律維持システムとしての役割であり、さらに「日本との条約締結の成功はエンターテインメントの成功にかかっている」（Yellin 266）という信念を持つペリーは、当初から日本人に対する「文化的兵器」としての音楽や劇を想定していた。さらに、旧大陸の列強が失敗を重ねてきた日本開国を新たな方法で成功させることで、新国家アメリカの存在を世界に知らしめるという意義もあったのだ。

ペリーは日本開国の任を受けるとすぐさま、それまでの失敗例や日本に関する文献を集めて対策を練る。(8) 提督は、権威や礼儀を重んじる日本に対しては、徹底的に儀礼的態度で接することが重要だという結論に達するのだが、それにはまず艦隊に規律と秩序を浸透させる必要があった。そして、航海中の船員の健康や士気を維持するために海軍教育改革に心を砕いてきたペリーは、その一環として日本遠征艦隊での劇上演を計画する。この劇は停泊港で観客を招く本格的なものであり、ペリーは艦隊の積み荷に印刷機を加えることを強く要求する。航行海図や公文書の印刷に加え、艦上劇に船外の客を招待するためのビラを大量に印刷することを計画したのだ。結局、印刷機は一八五二年の出発には間に合わなかったのだが、一八五四年一月、日米和親条約の締結の交渉の為、二度目に江戸湾に向かう直前に、停泊していた香港に届くことになる（Morison, "Japan Expedition Press" 35–36, 以下 "JEP" と略記する）。

さて、印刷機の到着前に行われた香港におけるサスケハナ号艦上の第一回劇公演は評判となり、次のポーハタン号の上演も盛況であった。印刷機が届くと、顔を黒く塗った白人の水夫や黒人の船員が演じるミンストレルショーのプログラムが印刷されたビラがまかれた。普段は男性ばかりの船上に、この時は着飾った婦人客も訪れる。甲板に舞台を設置したり軽食を供するのも、女性役を演じたり、歌や演奏を行うのも乗組員である。彼らは任務のない時に劇の練習に励むのだが、印刷した台本が配布されると練習にいっそう熱が加わる。乗組員による演技レベルは高く、香港の新聞もペリー艦隊の艦上劇を称賛している（Morison, "JEP" 38–39）。そして、特に人気を博したショーが日本での艦上劇の演目に選ばれる。

ペリーの「文化的兵器」としての音楽や劇は日本で大いにその威力を発揮した。一八五三年の久里浜上陸の際にペリーは水兵の埋葬許可を幕府に要求する。ペリーは自分の楽隊は海軍随一だと豪語しているが（Yellin 263）、その軍楽隊を伴う荘厳な葬送の儀式に日本人は深い感銘を受ける。そして、一八五四年に日米和親条約の締結が決まり、横浜、下田、函館で披露されたポーハタン号での艦上劇は大いに日本人を沸かせる。中でも人気を博したのは香港で評判を呼んだミンストレルショーであった（Morison, “JEP” 40）。これらの演奏や演劇が日本初のアメリカン・エンターテインメント・ショーとなった。また、明治維新後の音楽教育でいち早く導入されたのが、ペリーがニューポートで受けたのと同じ音楽教育メソッドであったという（Yellin 270）。日本が開国時に接したのは、この時期特有の政治、文化、社会言説を体現する、海洋国家として伸展するアメリカの海軍であり、海軍言説に即して演出されたアメリカであった。

艦上の規律に関して言えば、ペリー艦隊の規律がいかに正しく保たれていたかを示す例として、日本遠征を通して現地民への暴行事件が一件のみであったことが挙げられる。日本側でも「今回の米国人は、英国人や他の国の者とは確かにどこか違っていた。誠実で正直なところが見受けられた。聞くところによれば、軍の規律も整然とし、礼儀もきちんとわきまえているとのこと。これからの日本は米国と友好を結んだ方が良いだろう」という老中の言葉が残されている（Morison, “Old Bruin” 397, 338）。

艦隊の規律がすべて楽隊や艦上劇で維持されたものでないにしろ、一定の効果があったことは間違いない。ペリー艦隊の艦上では「日本遠征出版局」が設置されており、ある船員は「乗船している友人二人がイベント記録を印刷し、『ピックウィック・ペーパーズ』にあるチャールズ・

ディケンズの有名な選挙キャンペーンのスタイルを用いて、罵倒しあって編集を楽しんでいる」(Morison, "Old Bruin" 43) と記している。ここには、艦上の秩序維持に文学的想像力が奏功した様子が見てとれるが、イマジネーションを現実問題の対処に用いたペリーの発想自体が文学的想像力の産物であることに気づかされる。

一八五二年、アメリカの日本遠征の計画を知った『ロンドン・タイムズ』が、中国に対するイギリスの戦略、すなわちアヘン戦争に倣うことを奨励したのに対し、『ホイッグ・レヴュー』はアヘンと武力を使うイギリスのやり方はアメリカが本質的に備えている "purity" と相入れないと反論する ("Japan—the Expedition" 512–13)。当時、アメリカ商人もアヘン貿易で利益を得ていたが、国是としてペリーは日本とのアヘン貿易禁止を打ち出していた。結果的に江戸幕府は「超大国」イギリスより「新興国」アメリカに親近感を抱き、自らアメリカとの関係を模索した (加藤 一三七)。楽団や艦上劇がその親近感の醸成に寄与したことは間違いないだろう。士気の維持に艦上劇を用いる方式をイギリス海軍も称賛しており (Morison, "JEP" 43)、ペリーはその意味でアメリカ方式を世界に示すことに成功したといえる。

ペリーはアフリカ艦隊では鞭刑も焼き討ちも行っている。鞭刑が許されておれば行使したであろうし、日本の対応次第では強硬手段も辞さなかっただろう。しかし、音楽や劇によって喚起されるイマジネーションが持つ力——芸術的・文学的想像力——が、鞭刑や砲弾に代わり得る可能性を知るペリーは、旧来の海軍言説を更新して日本遠征という大事業を成功させたといえる。

おわりに

ホーソーンは、アメリカへの帰路に『日本遠征記』編纂の依頼で訪れたペリーについて「提督ほど直ぐに打ち解けて話のできる人に会うことはまれである」(XXI, 147) と記している。由緒あるニューイングランドの家系に伝わる倫理観や船乗り気質に加え、ホーソーンとペリーには、現実問題に文学的想像力で対処するバイタリティを有するという共通点がある。その両者が海軍艦隊という極めて現実的な国家事業で二度までも接点を持ったのだ。

ペリーの艦上劇は艦隊の秩序の固定化を図る手段であり、海軍士官の任務を全うする手段であった。一方、ホーソーンも初版の『アフリカ巡航日誌』の表紙に「海軍士官による」と印刷することを要求したように、時には海軍言説からの逸脱の可能性を忍ばせつつも、最終的に海軍士官のナラティヴに回収することを怠らない。『ホワイト・ジャケット』が、水兵の視点から非民主的な艦上環境を鞭刑で批判し、イマジネーションが秩序を崩壊させる例として艦上劇を描くのとは対照的である。

リヴァプールで会見したホーソーンとペリーの会話の内容は推測するしかないが編纂の依頼という用向きから、『アフリカ巡航日誌』に話が及んだであろうことは想像に難くない。かつてペリー艦隊の業績不振を弁護したホーソーンに、ペリーは日本遠征の成功話を存分に聞かせたであろう。また友人ピアス大統領の「発砲禁止令」を遵守し、「陳腐ならざる」(XXI, 148) 日本を「文化的兵器」で開国に導いた提督の手腕に作家も興味を持ったに違いない。ペリーのアフリカ艦隊記録『アフリカ巡航日誌』編纂で経済的窮地からの活路を見出したホーソーンと、日本開国という難事業をイマジネーションの力を用いて成功に導いたペリーが意気投合したのも頷ける。海軍が制度化へのプロセスをたどるダイナミズムの中で、アメリカを代表する作家と提督は、海洋的想像力、現実に対処するプラグマティックな感覚、そして海軍士官の視点による海軍言説を共有したのだ。

＊本論は、ＪＳＰＳ科研費 17K02567 の助成を受けたものである。

注

(1) ジェファソン政権下で一八〇一年に、ニューヨーク、ポーツマス、ワシントン、フィラデルフィア、ノーフォークの五つの海軍工廠の建設が進められた (Bartelstone 11)。

（2）日本遠征時のペリーの階級は"commodore"で本来は「准将」だが日本側のオランダ語通訳が「提督」と誤訳したとされる（田所 五八）。本論では通称である「提督」を用いる。

（3）フィールズは「永遠に航海を続け、陸にはあがりたくないものだ」というホーソーンの言葉を紹介し、作家の「海への愛着は情熱的な崇拝」に達していたと述べている（507）。

（4）本論でホーソーンの作品や書簡に言及する際にはオハイオ州立大学版を使用し、本文中で巻数と頁数を添える。

（5）スカーラップ（Harry R. Skallerup）の *Books Afloat & Ashore* に軍艦図書館の蔵書リストが掲載されている。

（6）『アフリカ巡航日誌』についてはブランカッシオとレノルズの論文を参照。レノルズの"Transatlantic Visions and Revisions of Race"では、ブリッジが『アフリカ巡航日誌』の改訂版を考えていたことを明らかにしている。

（7）ブリッジは上官ペリーの方針に批判を挟むつもりはなく、ホーソーンの手に成るこの箇所を改訂版で変更することも考えていた（Reynolds, "Transatlantic Visions" 5）。

（8）マクファーレンの『日本１８５２――ペリー遠征計画の基礎資料』を参照。

引用文献

Bartelstone, John. *The Brooklyn Navy Yard*. Power House Books, 2010.

Blum, Hester. *The View from the Masthead: Maritime Imagination and Antebellum American Sea Narratives*. U of North

Carolina P, 2008.

Brancassio, Patrick. "The Black Man's Paradise: Hawthorne's Editing of *The Journal of an African Cruiser*." *New England Quarterly*, vol. 53, 1980, pp. 23–41.

Bridge, Horatio. *Journal of an African Cruiser: Comprising Sketches of the Canaries, the Cape De Verds, Liberia, Madeira, Sierra Leone, and Other Places of Interest on the West Coast of Africa: By an Officer of the U.S. Navy*. Edited by Nathaniel Hawthorne, George P. Putnam, 1853.

Dexter, Lorraine and Alan Pryce-Jones, editors. *Redwood Papers: A Bicentennial Collection*. The Redwood Library and Athenaeum, 1976.

Fields, James T. "Our Whispering Gallery." *Atlantic Monthly*, vol. 162, 1871, pp. 504–12.

Griffis, William Elliot. "A Typical American Naval Officer." *Magazines of American History*, vol. 8, 1885, pp. 417–35.

Harlow, Virginia. *Thomas Sergeant Perry: A Biography and Letters to Perry from William, Henry, and Garth Wilkinson James*. Duke UP, 1950.

Hawthorne, Julian. *Nathaniel Hawthorne and His Wife: A Biography*. No. 1, Haughton, Mifflin and Company, 1884.

Hawthorne, Nathaniel. *The American Notebooks. The Centenary Edition of the Works of Nathaniel Hawthorne*, edited by William Charvat, et al., vol. 8, Ohio State UP, 1972.

——. *The English Notebooks, 1856–1860. The Centenary Edition*, vol. 21, Ohio State UP, 1977.

——. *The Letters, 1813–1843. The Centenary Edition*, vol. 15, Ohio State UP, 1984.

——. *The Letters, 1843–1853. The Centenary Edition*, vol. 16, Ohio State UP, 1985.

——. *The Scarlet Letter. The Centenary Edition*, vol. 1, Ohio State UP, 1962.

"Japan — the Expedition." *American Whig Review*, vol. 15, 1852, pp. 507–16.

Luedtke, Luther S. *Nathaniel Hawthorne and the Romance of the Orient*. Indiana UP, 1989.

Meltzer, Milton. *Nathaniel Hawthorne: A Biography*. Twenty-First Century Book, 2007.

Morison, Samuel E. "Commodore Perry's Japan Expedition Press and Shipboard Theater." *American Antiquarian Society Proceeding*, April, 1967, pp. 35–43.

——. *"Old Bruin" Commodore Matthew Calbraith Perry, 1794–1858*. Little, Brown and Company, 1967.

Reynolds, Larry J. *Devils and Rebels: The Making of Hawthorne's Damned Politics*. U of Michigan P, 2008.

——. "Transatlantic Visions and Revisions of Race: Hawthorne, Joseph Jenkins Roberts, and the Editing of *Journal of an African Cruiser*." *Nathaniel Hawthorne Review*, vol. 42, no. 2, 2016, pp. 1–21.

Schroeder, John H. "Matthew Calbraith Perry: Antebellum Precursor of the Steam Navy." *Captains of the Old Steam Navy: Makers of the American Naval Tradition 1840–1880*. Edited by James C. Bradford, First Naval Institute P, 1986.

——. *Matthew Calbraith Perry: Antebellum Sailor and Diplomat*, Naval Institute P, 2001.

Skallerup, Harry R. *Books Afloat & Ashore*. Archon, 1974.

Stoddard, R. H. "Nathaniel Hawthorne." *Harper's New Monthly Magazine*, vol. 269, 1872, pp. 683–97.

Yellin, Victor Fell. "Mrs. Belmont, Matthew Perry, and the 'Japanese Minstrels.'" *American Music*, vol. 14, no. 3, 1996, pp. 257–75.

加藤祐三『幕末外交と開国』、筑摩書房、二〇〇四年。

スチュアート、ランダル『ナサニエル・ホーソーン伝』、丹羽隆昭訳、開文社出版、二〇一七年。

田所昌幸「海軍兵学校の創設と士官教育」『海洋国家としてのアメリカ――パクス・アメリカーナへの道』所収、阿川尚之・田所昌幸編、千倉書房、二〇一三年、三五―五九頁。

中西佳世子「浦賀の『流星』とプロヴィデンス――ペリーとホーソーンと日本開国」『アメリカン・ルネサンス――批評の新生』所収、西谷拓哉・成田雅彦編、開文社出版、二〇一三年、三六三―八八頁。

マクファーレン、チャールズ『日本1852――ペリー遠征計画の基礎資料』、渡辺惣樹訳、草思文庫、二〇一六年。

船乗りの民主主義
——合衆国の理想と現実

真田　満

はじめに

捕鯨船を下りた後ハワイで暮らしていたハーマン・メルヴィル（Herman Melville）は、一八四三年、軍艦ユナイテッド・ステイツ号に一般水兵として乗船し、翌年、ボストンに帰還した。世間の非難もあり、アメリカ海軍が教育改革に着手し、海軍学校が拡大されたのが一八四五年。アメリカ海軍が腐敗し問題視されていた時期に、メルヴィルは軍艦に勤務していたのだ。

この体験が、後に第五長編『ホワイト・ジャケット』（*White-Jacket*, 1850, 以下 *WJ* と略記）に活かされた。副題は「軍艦の世界」である。白色の帆布から上着を自作し、それを常時着用するためホワイト・ジャケットと呼ばれる主人公の成長物語と、「たとえ些細なものであっても、どんなものでも書き落とさないようにしよう」（282）という意気込みで、アメリカ海軍と軍艦について詳細に記述する語りの部分より構成されている。本作執筆の動機は、意欲的な第三長編『マーディ』が不評であり、容易に評判を得ることが可能な海洋体験ものを出版する必要に迫られたことである。それゆえ商船での平水夫体験を基にした『レッドバーン』に続き、一般水兵を語り手とする『ホワイト・ジャケット』を刊行した。このため作品に対する作者の評価は低く、妻の父に宛てた一八四九年十月六日の書簡において、自分が満足できる評価をこの二冊は与えてくれないだろうと述べるが、同時に、思うままに書いた、とも告白している（*Correspondence* 138–39）。一見矛盾する表明だが、『ホワイト・ジャケット』は自分が書きたかった種類の本ではないが、アメリカ海軍の腐敗を十分報告することができた、という意味だと理解できる。ホーソーンがメルヴィルのために任官を試みたが失敗に終わった事実に関し、「『ホワイト・ジャケット』において合衆国海軍の野蛮な習慣を怒りにまかせて暴露したことが原因となり、ワシントンで反対の声が上がったからかもしれない」（スチュアート 二一六）という推論を容易に引き出すほど、メルヴィルは海軍を厳しく非難している。

以下、まず『ホワイト・ジャケット』の主題である海軍批判を概観する。次にメルヴィルが、水兵および平水夫体験を基に記した民主主義礼賛を考察し、最後に民主主義に対し揺れ動くメルヴィルの思いを、一八四九年から一八五一年にかけての三年間に限定し、『ホワイト・ジャケット』の前後に書かれた『レッドバーン』、「ホーソーンと苔」、そして『白鯨』を含めて考察する。

一　メルヴィルの海軍批判

『ホワイト・ジャケット』アメリカ版の序文には、「私の軍艦での経験と意見がこの書に織り込まれている」(ix) とある。メルヴィルが経験したアンテベラムの海軍の大きな問題点のひとつが、厳然とした階級の区別である。イギリスより独立して七十年ほどしか経ていないアメリカにおいて、これは容認し難い制度のひとつであろう。この制度を典型的に表すひとつの歌がある。作者不明の十九世紀の海軍歌「若い士官候補生」である。「俺《おい》らの名誉に汚れや傷なし／誇らかに歩く後甲板／前檣員は俺らの言い成り／だって俺らはイケてる若い士官候補生」(Karsten 23)。メルヴィルは身長が五フィートに満たない士官候補生が「ある高徳の六フィートの身長がある船主楼船員を怒りの目で見上げながら、水兵の間では言語道断で憤慨に耐えない罵り言葉で悪態をつき、侮辱している」のを合衆国の軍艦で「ときどき見る」（*WJ* 218）と報告する。海軍歌「若い士官候補生」は、民主主義の理念をもつ合衆国に海軍という独自の社会が存在し、軍艦には強固な階級が存在したことを雄弁に示している。

アンテベラムの船舶では、階級によって場所が厳然と区分けされていた。船長ら上級船員は後甲板、平水夫はマストの前、前部に位置した。軍艦も同じく、後甲板を士官階級が占め、前部は水兵の場所であった。海軍では士官という貴族的な特権階級と、水兵という従属階級がそれぞれの場を占めていた。

海軍歌「若い士官候補生」が表す特権意識が生まれる原因は、海軍改革以前のオールド・ネイヴィー時代の徒弟制である。ハンチントンによると、「海軍の士官は海軍精神よりも船員気質をより多くもってい」（一九〇）た。[1] 若い頃から船に乗り込み、身体で習得する徒弟制だった。「初期においては、船員魂に重点がおかれた。（中略）海軍には、士官教育の唯一の場は船の甲板であるという根強い伝統が存在した」（一九四）のだ。それゆえ、「特殊技能を家業とする少数の海軍軍閥が支配」（田所四二）することになった。

メルヴィルは『ホワイト・ジャケット』で、このエキスパート化による徒弟制と少数の軍閥支配に触れている。海軍において悪癖が存続してきたのは、国家の高官たちが海軍の仕事内容について「まったく技術的すぎる上に神秘的すぎるために、陸の人間には理解できない」と考えていたからであり、それゆえ「海軍には世代を重ねてもほとんど手がつけられず、問題にもされず、まるで海軍の規則が誤りなど微塵もなく、政治家による改良の余地のない完成品であるかのようだ」(231)。海軍が貴族的になる理由がこれである。

それゆえ『ホワイト・ジャケット』では、当時士官がそう形容されていたように、貴族という表現が使われる。「士官室の男爵たち」が「貴族的なかたちの鼻をしている」のは、いつも低い身分の者たちを命令することに慣れているためであり、そのため「彼らの鼻は薄く、尖り、鉤鼻のような、貴族的な軟骨性になった」のだ(48)。このような海軍組織が、縁故主義を含め、様々な弊害を生む。

海軍の昇進について、メルヴィルはユーモラスに書く。尉官たちの肩が少し傾いているというのだ。「多くの海の尉官たちが、大佐の地位を得て両肩のバランスをとってくれるふたつの肩章をつけることなく年を取って老いぼれる」(*WJ* 48–49)ためである。昇進に長い時間が必要だったのだ。「退官制度がなく、尉官たちは最高位が空くのを、死の使いに頼るしかなかった」(Langley 23)。そのため多くの若い士官が海軍を去り、他のキャリアを選択した。縁故主義の悪影響もあり、優秀な人材が海軍から流出する。皮肉にも、海軍に残った優秀な人材が改革を行う原動力がこれである。しかし、能力的にその地位にふさわしくない士官たちが海軍に増えたのも事実だ(Langley 25)。

メルヴィルは、能力のない海軍士官を批判する。あるとき、軍艦が強風に遭遇した。対応策として艦長と大尉が正反対の指示を下す。身分の低い大尉の対処が正しかったのだ。「しかし、この勇敢なアメリカ海軍に能力のない士官などいるのだろうか？　アメリカ人にとって、この質問はありがたい性質のものではない。私はこの問題に対し、再びはぐらかさなくてはならない」（*WJ* 112）。加えてメルヴィルは具体的な数字を紹介する。「一八四九年の最新版の海軍名簿によると、アメリカ海軍には現在六十八名の艦長がおり、全体として国庫から年間およそ三十万ドルが支払われている。九十七名の指揮官には約二十万ドル、三百二十七名の尉官には約五十万ドル、（合格した士官候補生を含む）四百五十一名の士官候補生にはおよそ五十万ドル近い額が支払われている」のだが、士官の中にはまったく、あるいはほとんど海に出ない者が存在した。それゆえ「上に述べた百五十万ドルの少なくない部分が、毎年、海軍で働くことなく暮らしている、偽装の年金生活者に支払われているといっても言い過ぎではない」。これは「たくさんの役人を雇っている巨大な国家の体制があるところ、人民は妥協して多くの能力のない人を支えなければならない」ことを示しているのだ。「これらの組織の近くには常に縁故主義や親族重用主義があるので、常に無能な者が採用され、ふさわしい人物が排除されるのである」（*WJ* 113–14）と続く。

以上、『ホワイト・ジャケット』におけるメルヴィルの海軍批判から代表的なものを選んだ。「軍艦の世界」という副題に見られるように、作者は可能な限り海軍と軍艦を詳細に描こうとする。もちろん、メルヴィルが水兵として腹立たしく感じた実体験を描こうとしたためだけではない。イギリス版序文では、この作品は特定の軍艦や人物を描き出すのではなく、海軍一般の普遍的な事象を提示すること、そのためにも法律や慣行については事実を述べる、とある（487）。海軍の悪しき慣行のひとつが、貴族的な組織運営である。この硬直した組織形態が生み出す恣意的な鞭刑のような堕落した慣行が、民主主義の理念に反した行動を表しているのだ。『ホワイト・ジャケット』は、合衆国海軍の実態、腐敗の様相を訴える書物でもある。

本作を合衆国海軍全体への代喩とする工夫は、語り手が乗船する軍艦の名前に反映されている。小説の舞台となる軍艦名ネヴァシンク（Neversink）は主計官を表す仮名である。たとえば訴訟において男性当事者の本名が不明である場合、法律文書ではジョン・ドウ（John Doe）という仮名を使用するが、海軍記録などの事務処理手続きで使用する主計官の仮名がネヴァシンクである（Cohen xvi）。この軍艦名からも、小説の舞台であるネヴァシンク号がアメリカ海軍の縮図であることが分かる。

船がニューヨーク港に入る際、ニュージャージー州のネヴァシンク・ハイランズ（Neversink Highlands）の丘が目印となる（Cohen xvi）。『レッドバーン』では故郷アメリカへの帰港は、次のように描写される。「船は柔らかく静かな海のうねりにのって、おだやかに進んでいた。（中略）ヨーロッパ、アフリカ、インド、そしてペルーの船の様々な長い航跡がここで一本の線に収束し、すべてを一本に編んでゆく。正午の暑さと中空の中で、ニュージャージーの緑の丘が私たちの真正面で揺れ動き、ダンスしているようであった」(298)。アレンはこの個所に注目し、船でイギリスへ上陸する際の象徴がドーバーの白い壁であるように、様々な船籍の船の航跡がひとつになるアメリカではニュージャージーの緑の丘、ネヴァシンク・ハイランズがその象徴になると述べる(47)。これにより、軍艦ネヴァシンク号を合衆国の象徴として読むことが可能となる。

『ホワイト・ジャケット』に限らず『白鯨』や『信用詐欺師』も、捕鯨船や蒸気船など、舞台は船である。メルヴィルは船に乗る種々雑多な人々を描くことで、社会一般や世界、特に合衆国の縮図を描き出そうとするからである。『ピエール』には合衆国に「草の葉のような多くの家族があるにしても、少ない数だが樫のように立つ家族もある。そのような家族は腐敗するどころか、毎年新しい支脈を出す」(9)とある。この階級問題が、『ホワイト・ジャケット』では貴族的な士官と庶民の水兵という身分で描かれていると捉えることもできる。先にも述べたように、アンテベラムの軍艦は士官と水兵に明確に二分されていた(Allen 43)。

厳然とこれらふたつの階級が存在したため、軍艦の乗組員たちが書く物語も当然、士官の物語と水兵のそれとの二種類に分かれた(Allen 32)。士官の物語のひとつにE・C・ワインズ著『海軍での二年半』がある。ジェノバにて貴婦人が彼の軍艦を訪れ、「これはまたなんと素晴らしいのでしょう。まるで小さな都市ですね」と称賛したという(Allen 33)。もちろん、『ホワイト・ジャケット』にこのような挿話はない。リオ停泊中にドン・ペドロ二世がネヴァシンク号を訪問するが、語り手が皇帝と言葉を交わす場面などない。この作品が水兵の物語だからである。次に、水兵の物語としての『ホワイト・ジャケット』を掘り下げて、本作が民主主義礼賛の衣を纏う様を検討する。

二　水兵の民主主義礼賛

水兵の視点を使ったメルヴィルによるアンテベラムの海軍批判は、民主主義の理念を裏切る合衆国を映し出す作業でもある。商船や捕鯨船においても、厳然と身分の区別は存在する。それゆえ、水夫や水兵が民主主義を代表しうるのだ。民主主義的であるべき合衆国の海軍が貴族社会である事態が反アメリカ的であることを先に見たが、もうひとつの例を鞭刑に見て、水兵の民主主義礼賛を考察する。

『ホワイト・ジャケット』は、アメリカ社会で非難が高まっていた軍艦の規律維持方法、鞭刑を告発する。残酷な鞭刑の真の問題は「本質的な罪のためではなく、恣意的な法律によって罪だとされているもののため」に刑が執行されることだ（138）。ここに海軍の堕落が最もよく表れている。「合衆国憲法の真髄に反対する三つのことがあるとすれば、それは司法の無責任、行政の際限のない自由裁量の権限、そして無責任な司法と制限のない行政権をひとりの人間のうちに統合すること」(143)だ。そして戦時条令こそが、この恣意的な鞭刑の原因である。戦時条令三十二条には「海軍に属する人物によって犯されたすべての犯罪は、三十一条以前の条項に明記されていないものの場合、海上での事情に応じ、法律や慣習に従って処罰されねばならない」(143)とある。それゆえ「この条項により、艦長は立法者に加え、裁判官と執行官にもなる。この事態に関する限り、この条項は次の決定を艦長の裁量に絶対的にゆだねることになる。つまり、何を犯罪とするのか、どんな刑罰にするのか、艦長によって罪を犯したとされた被告が有罪を宣告されるのかどうか、どのように、いつ、どこで刑罰が科されるのか」(143–44)という問題が発生する。当時の軍艦社会には民主主義は存在せず、艦長による君主政治が軍艦を支配していたのだ。海軍の規則は「それを制定する国の政治制度の精神に従うべきだ。その規則は、自由の国の海軍で働く市民を奴隷にしてはならない」(144)と一般水兵の語り手が書くのは、海軍組織が合衆国憲法の真髄を、民主主義を辱めていると訴えるためだ。

第七十一章でメルヴィルは「[戦時条令]はどこから来たのか? 第一の民主主義者トマス・ジェファソンの独立宣言に基づく政治制度に固有の発展ではありえないだろう。戦時条令は海外、イギリスからの輸入品であり、この法律をアメリカ人は専制的なものとして放り出しておきながら、その最も君主的なものは保持したのだ」(297)と訴える。ここに旧世界イギリスと、新しく独立した民主主義を理想とする新世界アメリカの対比が表れている。

鞭刑を非難する『ホワイト・ジャケット』の四つの章の最終部で、語り手の水兵が過剰なまでにアメリカの理念を謳いあげる。

> 多くの点で「過去」は人類の敵であり、すべての点で「未来」は私たちの友人である。「過去」には希望がないが、「未来」には希望と結実の両者がある。「過去」は専制君主の教科書だが、「未来」は「自由人」の聖書だ。（中略）できるならば、私たちは過去の世代の徒弟ではなく、子孫にとっての教師になってみせるべきだ。（中略）私たちの種族から生まれる偉大なことや、私たちが魂の中に感じている偉大なことを、神は予定され、人類は期待している。他の国々はすぐにでも、私たちの後に続くに違いない。私たちは世界のパイオニアだ。私たちは新世界の未踏の道を切り開くため、まだ試されていない事々の荒野に遣わされた前衛部隊だ。私たちの若さには力があり、私たちの未経験には知恵がある。（150–51 強調は筆者）

「私たちの種族から生まれる偉大なこと」や、「私たちが魂の中に感じている偉大なこと」とは、共和制の理念に基づく民主主義や平等の精神であると考えるのが自然であろう。

非難されるべき海軍の慣行は、昇進基準の曖昧さという側面にも表れている。ハンチントンによれば、「一般に認められた専門職業上の能力を判定する基準が欠けていたため、勲功によって昇進を決めるという方式を発展させることは不可能」（二〇一）だった。とはいえ、アメリカ人なら誰でも大統領を目指すことができる、それゆえ、「アメリカ人水兵は皆、自由に、軍艦の艦隊を指揮する抱負をもつことができる地位に就くべきだ」（*WJ* 114）とメルヴィルは訴える。平等や民主主義の理念が合衆国の特徴だが、アンテベラムの海軍はこれらの理想を裏切る組織である。

水兵が語り手の『ホワイト・ジャケット』は、当時の民主主義礼賛の水兵の物語に納まっているように見える。アンテベラムの「水兵（水夫）の物語の本文の調子や主題は、専制に反対する民主主義の抵抗を表す」（Allen 44）特徴をもっているからだ。鞭刑は「人間の本質的な尊厳」に反するものであり、圧政的で、不平等で、合衆国の「民主主義の諸制度の精神に完全に矛盾」していると、語り手の水兵を含めた「私たちは主張する」（*WJ* 146 強調は筆者）。

評判を呼ぶ小説を書く必要に迫られたメルヴィルは、水兵の物語『ホワイト・ジャケット』で民主主義というアメリカの理念を称えるが、同時にこの作品には反民主主義的な言葉が織り込まれていることを無視できない。ネヴァシンク号上で詩人水兵のレムズフォードと檣楼長のジャック・チェイスが会話を交わすシーンがある。

ジャックが言った。「陸に上がれば、俺自身も大衆（the public）のひとりさ。」

「恐縮ですが、ジャック、あなたはそうではありません。あなたは陸でも人民（the people）のひとりです。このフリゲート艦上でもそうであるように。ジャック、大衆と人民は異なるものです。」

「お前の言うとおりだ」とジャックは言った。（中略）「大衆と人民か！　そうだな、一方を嫌って、もう一方には忠実でいような。」（192）


語り手は、詩人水兵やカモンイスの『ウズ・ルジアダス』の一部をポルトガル語で暗唱する教養溢れるジャック・チェイスの仲間であることが誇らしい。上陸する際は「ジャック・チェイスと数名の思慮深く紳士然とした檣楼員と一緒」（226）と書くほどである。レノルズは「理屈では、語り手のホワイト・ジャケットは水兵たちを平等に受け入れ、抱擁している。しかし、実際は水兵たちを軽蔑しており、社会的にも知的にも他とは異なる少数の選り抜きの人たちと自分を結び付けている」（15）と分析する。これでは語り手は水兵一般を代表しているとは言えない。「ネヴァシンク号の『モブ』よりも」、つまり「人民」と区別される「大衆」よりも語り手が「上位にいるという意識をもたない表現を、メルヴィルはほとんどしていない」（Reynolds 21）のだ。

『ホワイト・ジャケット』はアメリカの理念に関して一貫性のない、破綻した作品なのだろうか。この点に関し、次に一八四九年から五一年の三年間という密度の濃い時期に書かれた他の作品に触れながら考察する。

三　民主主義の動態《ダイナミクス》と人間性の瑕疵

「民主主義はメルヴィルにとって、ひとつの意味のみもつのではなかったろう。（中略）メルヴィルにとっての民主主義の意味と機能を調べるために、読者はその最良の面と最悪の面、その変化する様や矛盾に取り組まねばならない」（Greiman 38）とある。『ホワイト・ジャケット』以外の作品も参照し、メルヴィルの民主主義観を考察するのがよいだろう。

前述のように、人気を得ることとの可能な作品の必要性に迫られたメルヴィルは、一八四九年の春から夏にかけて、『レッドバーン』と『ホワイト・ジャケット』を連続して執筆した。それゆえ『レッドバーン』においても、平水夫が民主主義的なアメリカの理念を謳いあげる個所がある。アメリカへ向かうためリヴァプールに寄港しているドイツ移民たちを見ながら、語り手の平水夫が熱く語る。「世界中の国の人びとが移住しているため、どんな国民もアメリカを自分たちのものだと主張できる」がゆえに、「私たちの血はたくさんの気高い流れから構成され、ひとつに注がれるアマゾンの洪水のようなものである」（169）。それゆえ、合衆国にとって民主主義が重要なのだ。そして民主主義を支える理念が平等である。しかしこの平等という理念は、視点によって実態を変える。

『レッドバーン』で語り手は、「このヤンキーのジャクスンは［ティベリウス］と同じくらい厳しさに満ちているため、歴史に残る壮大なティベリウスの絞首台に乗せられるに値する」と考える。一介の平水夫がティベリウスと同等の悪人であるために、メルヴィルは「地獄は極悪人の民主社会であり、そこでは誰もが平等だ」（276 強調は筆者）と書く。民主主義を支える平等の理念は、視点の変化により恐るべき結果をもたらす。無名のジャクスンとティベリウスを平等に扱う民主主義のもうひとつの悪例が、大衆による専制的な権力の発生と支配である。

『ホワイト・ジャケット』は『レッドバーン』に続き、一八四九年九月半ばに書き終えられた。この時期、メルヴィルに大きな変化が起きる。ホーソーン文学との出会いである。メルヴィルはこの連続する二冊の執筆時期、一八四九年七月二十日（あるいは二十日以降）に編集者のダイキンクから『トワイス・トールド・テールズ』を借り出している（Sealts 258）。メルヴィルが受けた影響の大きさは、『ホワイト・ジャケット』執筆時辺りに読んだホーソーンの名に作品中で触れることからも分かる。船倉の真水をポンプで汲み上げるスカトル・バットを説明した後、メルヴィルは次のように締め括る。

五百人の男たちがこのスカトル・バットへ水を飲みにやってくる。召使たちは士官たちが身繕いする水を得るために、当直のコックたちはコーヒー・ポットに水を入れるために、また船の食事班のコックたちはダフのための水を得るために、スカトル・バットを取り囲むので、これを船における町のポンプと呼ぶこともできよう。だから、我が国の素晴らしい人物、セイラムのホーソーンが若いころに軍艦で働いていたならば、彼はスカトル・バットからの一本の細流（a "*rill*"）を書いてくれただろう。（283 強調は筆者）

『トワイス・トールド・テールズ』において、一本の細流の名をもつ短編作品はひとつである。その上ポンプについての作品なら、メルヴィルの念頭にあったのは、ポーが「もっとも少なく称賛に値する」（103）と評した「町のお喋りポンプ」（"A Rill from the Town Pump"）だ。「町のお喋りポンプ」と『ホワイト・ジャケット』は、アメリカの共同体が舞台であることが共通点である。相違点は、ポンプが喋る、というメルヴィル作品には見られないストーリーテリングの技法をホーソーンが用いていることである。

カザリーノはこのスカトル・バットについての段落最後が「以下のようであればいいのに」と締めくくられていることに注意を向け、「このパッセージ中で惜しむように訝する声は、次のごとく言っているようだ。つまり、ホーソーンが私の代わりに船乗りとして船に乗り、このページを書いていてくれたならなあ。ホーソーンは私にはできないやり方で書くことができただろうから」と述べる。『トワイス・トールド・テールズ』は『物語作家』（*The Story-Teller*）と題される予定であったことから、カザリーノは「タイトルと作品そのものから判断して、ホーソーンが自身の作家としての地位や自分の作品が、長年に渡って積み重ねられてきたストーリーテリングの口承の伝統内にしっかり位置すると考えているのは明白だ」（56）と考察する。アドラーは『ホワイト・ジャケット』を構成する海軍ドキュメンタリー部分と語り手本人の物語部分は互いにとっても作品全体にとっても必要な部分だが、これら本質的に異なることのない部分同士が「不器用に縫い合わされている」（30）と述べる。メルヴィルはホーソーンから効果的な作述法を学ばねばならない。

海軍についての長編を書き上げておよそ一年を経たころ、メルヴィルはホーソーンに直接会う機会を得る。この偉大な物語作家がアメリカに生まれたことに興奮し、多大な尊敬の念を示した評論「ホーソーンと苔」においてメルヴィルは、ホーソーンを肯定することは、合衆国の未来を肯定することだと論を進める。

「ホーソーンと苔」において、アメリカ人がシェイクスピアを絶対的に崇拝する様をメルヴィルは嘆き、「『文学』だけでなく『生活』にも共和制の進歩主義を持ち込まねばならないアメリカ人には、これはなんという信仰なのか？」（245）と続ける。イギリスから独立し、共和制の理念の下に国づくりを行ってきた「アメリカ人に一人の人間のように書かせてみよう。確かに一人のアメリカ人のように書くだろう」（248）と評者は綴る。この主張を考慮に入れると、「ホーソーンの苔」

が「ヴァーモント州で七月を過ごすヴァージニア人」という匿名の署名をもつ効果が明らかになる。自由州のヴァーモント州に対し、ヴァージニア州は過去の価値観を維持する、反民主主義的な奴隷州である。それゆえ、時代遅れの奴隷制が問題となっているときに、共和制の進歩主義を文学だけでなく生活にも持ち込むアメリカ文学の代表ホーソーンを称えるヴァージニア人は、彼が「私の魂に発芽性の種を落とした」ことを感じ取っている、と読むこともできる。ホーソーンについて「考えれば考えるほど、彼は広がり、深まって行き、さらにもっと、南部人である私の魂の熱い土に彼の頑丈なニューイングランドの株を打ち込んでくる」(250)。メルヴィルが使う土の比喩は、トクヴィルの『アメリカのデモクラシー』を想起させる。

先に見たように、『ホワイト・ジャケット』は合衆国の理想と相容れない海軍の貴族性を批判している。貴族は相続によって存続することを指摘するトクヴィルは、「相続の仕組みが貴族制をいわば土から湧き出させる」と考察する。しかし、貴族制に対しアメリカの民主主義は「行く手に立ちはだかるものをすべて粉砕し、粉々にする。土の上を絶え間なく回転し、ついには土壌を手でもつかめぬ吹き飛ぶような粉末にしてしまう。デモクラシーが座を占めるのはこの粉末の上である」(第一巻(上)七八 強調は筆者)とトクヴィルが続けるとき、アメリカの作家とフランスの政治家が同じ比喩を使っていることに驚かされる。

合衆国の理念、民主主義の文脈でメルヴィルのホーソーン論を読むと、そこでは民主主義の危険性が指摘されていることも分かる。「ホーソーンを知る人たちのあいだでは、彼は快い文体をもつ愉快な作家だと見なされている」(242)が、「[ホーソーンの魂の]もうひとつの側(中略)は闇に覆われている」(243)。メルヴィルを魅了するホーソーンの闇こそは、シェイクスピアの名声を支えているそれと同じである。「ハムレット、タイモン、リア、イアーゴーのような暗い登場人物の口を通し、私たちが怖ろしいまでに真実だと感じているので、それらを口にし、匂わせることさえ善良な性格の人物にはほとんど狂気であることを、シェイクスピアは巧妙に述べ、ときには仄めかす」(244)と続け、同様の技術を持つホーソーンを絶賛する。ホーソーンがそのような高度な技術を駆使した理由は、民主主義に大衆支配という否定的な作用があり、それが文学者に襲い掛かるからである。

トクヴィルが分析するように、「一度多数の意見が決定的に宣言されるや、誰もが口を閉ざし、敵も味方もなく競って多数の後に従おうとする」(第一巻(下)一五二―五三)傾向がある。この多数者こそが、ホーソーンやメルヴィルのような真摯な文学者を抑圧する。

アメリカでは多数者が思想に恐るべき枠をはめている。その限界の内側では作家は自由である。だが一歩その外へ出れば、禍《わざわい》が降り掛かる。(中略)意見を公にする前には支持者があると信じていたのに、天下に見解を明らかにしてみると、支持する者は誰も目に映らない。彼を非難する者は声高に叫ぶが、彼と同じ考えの者は口に出す勇気がなく、沈黙し、遠ざかって行くからである。彼は譲歩し、やがて日々の圧力に屈し、まるで真実を語ったことを悔いてでもいるかのように、沈黙に帰る。（第一巻（下）一五四）

民主主義の負の側面を知るメルヴィルは、確かにホーソーンから学ぶことが多い。では、称えるべきは、いったい民主主義のどの面なのか。

『白鯨』第二十六章において、平水夫イシュメールは民主主義を高らかに肯定し、次のように章を締め括る。

それゆえ、とても卑しい船乗り、反逆者、見捨てられた人たちに対し私がこの先、暗くはあっても高い資質を彼らに認め、悲劇的な美で彼らを着飾らせるとしても、また時にはとりわけ最も悲しみに沈んだ人、または最も落ちぶれた人さえ、高貴な領域にまで持ち上げたとしても（中略）そのときは、あらゆるこの世の批評家から私を守ってください、「平等の精神」よ！　あなたは私たち人類みなに人間性という一枚の気高い衣を纏わせてくれているではありませんか。私を守ってください、偉大な民主主義の神よ！　あなたは浅黒い罪人バニヤンに白色の詩の真珠を拒まなかった。（中略）あなたは石ころの中からアンドルー・ジャクソンを発見し、軍馬を駆らせ、玉座よりも高く昇らせた。あらゆる地上の強大な進軍において、王にふさわしい庶民から選り抜きの戦士を選り分けるあなた、私を守り給え、神よ。
(117)

民主主義とは、たとえ罪人とされても、能力があれば詩人として活躍できる、またたとえ低い身分の出自であっても、アンドルー・ジャクソンが大統領になることができる、そのような理念である。平等の精神や民主主義こそが、罪人や低い出自の者を守る。『ホワイト・ジャケット』には、「アメリカ人水兵は皆、自由に、軍艦の艦隊を指揮する抱負をもつことができる地位に就くべきだ」(114)とある。卑しい出自の者、詩を書く罪人を守るものは、平等の精神と民主主義以外にない。

先の『白鯨』の章でメルヴィルは、「集団としての人間は株式会社や国家のように嫌悪すべきものかもしれない」と言う。しかし、「理想の人間は気高く煌き、偉大で燃え立つような存在なので、人間の不名誉な瑕疵を、仲間たちが走って行って高価な衣服を投じて覆うべきである」(117 強調は筆者)と書くように、メルヴィルは人間の本質的な瑕疵を認めている。『ホワイト・ジャケット』には「軍艦が存在する限り、それは人間の本性である暴虐的で不快感を催す多くのものを表す絵として残るに違いない」(208 強調は筆者)とある。人間には本性的に、悪という瑕疵が備わっている。海軍には悪習が存在するが、その原因は人間の本性に内在する悪であることは言うまでもない。民主社会を運営するのが人間であり、それゆえ愚かな大衆支配へ堕す機会があるのはそのためだ。悪という人間性の瑕疵の認識が、メルヴィルの民主主義観の動態の要因となっている。

おわりに

本論はメルヴィルの『ホワイト・ジャケット』を題材に、軍艦の世界は士官の世界と一般水兵の世界に厳然と分かれており、それゆえ、船乗りが書く物語も士官の物語と水兵のそれのふたつに分かれたことを論じた。水兵経験のあるメルヴィルの小説は、むろん後者である。売るための作品と割り切ったメルヴィルにとって、それは自然な選択でもあっただろう。この海洋小説において、非人道的な鞭刑を非難しながら、メルヴィルは民主主義の理想を高らかに謳いあげた。

しかし、『ホワイト・ジャケット』には作者の反民主主義的な言動が織り込まれてもいる。本性的に悪をもつ人間が運営する民主主義は、愚劣な大衆支配に堕す側面を不可避的に持つため、この水兵の物語は、海軍の腐敗を厳しく糾弾する諸章とはまったく異なる論調をもつ最終章で終わる。「私たちの悪の最大のものを、私たちは気づかないうちに自分たちに加えており、士官たちにその気があっても悪を取り除くことはできない。決定的な悪から誰も他人を救うことができず、だからひとりひとりが自分自身を救わねばならない」(399–400)のだ。このような世界には望みがないように思われるが、作品は次のように締め括られる。

我らの気高い提督である主が介入してくれるだろう。長い時を経た後に人間の悪が矯正されなくとも、船の仲間に世界の仲間よ、次のことを忘れないようにしよう。

誰に悩まされようとも、何に取り囲まれようとも
人生は帰港の途にある旅!(400)

この結語が「贖罪的な未来を予期する様は感動的かつ魅力的に響くこともあるので、以前の章で述べられたことを覆い隠す力をもっている」(Otter 98)ことは事実だ。しかし「海洋ものの人気や多様性は、十九世紀初めの重要な意識の変化、つまり一般の船乗りが民主主義的な人物を代表しているという考え、を反映していた」(Gilje 234)のであるなら、『ホワイト・ジャケット』の結末としてふさわしいといえる。

注

（1）ハンチントン著『軍人と国家』からの引用は、文脈に合わせ適宜単語を修正した。

引用文献

Adler, Joyce Sparer. *War in Melville's Imagination*. New York UP, 1981.

Allen, Priscilla. "*White-Jacket:* Melville and the Man-of-War Microcosm." *American Quarterly*, vol. 25, no. 1, 1973, pp. 33–47.

Casarino, Cesare. *Modernity at Sea: Melville, Marx, Conrad in Crisis*. U of Minnesota P, 2002.

Cohen, Hennig. Introduction. *White-Jacket, or The World in a Man-of-War,* by Herman Melville, edited by Cohen, Holt, Rinehart and Winston, 1967, pp. ix–xxxviii.

Gilje, Paul A. *Liberty on the Waterfront: American Maritime Culture in the Age of Revolution*. U of Pennsylvania P, 2004.

Greiman, Jennifer. "Democracy and Melville's Aesthetics." *The New Cambridge Companion to Herman Melville*, edited by Robert S. Levine, Cambridge UP, pp. 37–50.

Karsten, Peter. *The Naval Aristocracy*. Naval Institute Press, 1972.

Langley, Harold D. *Social Reform in the United States Navy 1798–1862*. U of Illinois P, 1967.

Melville, Herman. *Correspondence*. Edited by Lynn Horth, Northwestern UP / Newberry Library, 1993.

——. *Moby-Dick: Or, The Whale*. Edited by Harrison Hayford et al., Northwestern UP / Newberry Library, 1988.

——. "Hawthorne and His Mosses." *The Piazza Tales and Other Prose Pieces, 1839–1860*, edited by Harrison Hayford et al., Northwestern UP / Newberry Library, 1987, pp. 239–53.

——. *Pierre: Or, The Ambiguities*. Edited by Harrison Hayford et al., Northwestern UP / Newberry Library, 1971.

——. *Redburn, His First Voyage*. Edited by Harrison Hayford et al., Northwestern UP / Newberry Library, 1969.

——. *White-Jacket: Or, The World in a Man-of-War*. Edited by Harrison Hayford et al., Northwestern UP / Newberry Library, 1970.

Otter, Samuel. *Melville's Anatomies*. U of California P, 1999.

Poe, Edgar Allan. "Twice-Told Tales." *The Complete Works of Edgar Allan Poe*. Edited by James A. Harrison, vol. 11, AMS Press Inc., 1965, pp. 102–104.

Reynolds, Larry J. "Antidemocratic Emphasis in *White-Jacket*." *American Literature*, vol. 8, no. 1, 1976, pp. 13–28.

Sealts, Merton M., Jr. *Melville's Reading*. U of South Carolina P, 1988.

スチュアート、ランダル『ナサニエル・ホーソーン伝』、丹羽隆昭訳、開文社出版、二〇一七年。

田所昌幸「海軍兵学校の創設と士官教育——アメリカが求めた軍人像」『海洋国家としてのアメリカ——パクス・アメリカーナへの道』所収、田所昌幸・阿川尚之編、千倉書房、二〇一三年。三五―五九頁。

トクヴィル、アレクシス・ド『アメリカのデモクラシー 第一巻（上）（下）』、松本礼二訳、岩波文庫、二〇〇五年。

ハンチントン、サミュエル『軍人と国家（上）』、市川良一訳、原書房、二〇〇八年。

元水夫の物語
——メルヴィルの海洋文学における抒情性とノスタルジア

西谷　拓哉

はじめに

『白鯨』（一八五一）の第百三十二章「交響楽」で、エイハブは酷薄な「継母のような世界（the step-mother world）」（543）に翻弄されてきたこれまでの生涯を振り返り、海に涙を落とす。[1] 壮大な叙事詩とも形容しうるこの小説において最も抒情的な場面である。ここに端的に現われているように、メルヴィルの作品——特に海上の生活や船員経験を題材とする作品に見られる抒情性は、多くの場合、過去へのノスタルジアと結びついており、それに呼応して作品の形式も一人称による追憶的な語りを特徴としている。本論では、『レッドバーン』(一八四九)とも比較しつつ『白鯨』における回想形式とノスタルジアの感情を検討したのち、メルヴィルが小説の筆を折って以降、晩年を通して書き続けた詩の中で、やはり過去を追慕するかのようにふたたび海と水夫の世界を描いたことの意味を探り、はたしてメルヴィルにとってもこの世界はなお「継母」のままであったのか、その晩年の心情に思いを致したい。

一 『白鯨』の多層的ノスタルジア

これまで多くの批評家が『白鯨』を叙事詩的小説(epic novel)と捉えてきた。一九二〇年代における初期のメルヴィル批評においても、『白鯨』の特徴を形容するために「叙事詩」という言葉が使われていたが、叙事詩と関連づけた、より本格的な研究としては、五〇年代のニュートン・アーヴィンやヘンリー・F・ポマー、九〇年代のクリストファー・ステンらの著作が挙げられるだろう。アーヴィンは『白鯨』における「広大な物語空間の移動」(157)を『イリアッド』や『オデュッセイア』と共通する要素と見なし、ポマーは主に音韻、語彙、修辞の側面から『白鯨』と

『失楽園』を比較して、メルヴィルがいかに「木霊のようにミルトンを模倣している」(63) かを具体的に検証した。ステンは『白鯨』をふたつの叙事詩的伝統から生まれた作品だと考えている。ひとつは『イリアッド』、『ベオウルフ』といった戦争を主題とする国家的あるいは国民的叙事詩であり、もうひとつは『神曲』、『失楽園』といった超越論的な精神的探究を主題とする叙事詩の伝統である (136–37)。『白鯨』のこういった叙事詩的側面は、第一章でイシュメールが自らの捕鯨航海をアメリカ大統領選挙とアフガニスタン戦争の間のごく小さなエピソードと位置づけたり、あるいは逆に、最終章でピークォド号を呑み込んだ「海の巨大な経帷子は五千年前にうねったのと同じようにうねりつづけた」(572) と記述したりする箇所に見られるように、極小から極大に至る壮大な歴史的時間感覚に端的に現われていると言えよう。

では、その一方で、『白鯨』を抒情的小説と見なすことはできるのだろうか。抒情性という観点からの『白鯨』論はさほど多いとは言えないが、この小説をセンチメンタル・フィクションとの関係から論じるエリザベス・シュルツの論考 (Elizabeth Shultz, "The Sentimental Subtext of *Moby-Dick*") や、この小説における女性に対する異性愛を取り上げる舌津智之の「センチメンタル・メルヴィル」(『抒情するアメリカ』所収) などがその範疇に含まれるだろう。そのほかに「抒情」という言葉そのものを表題に掲げた論文として、バート・ベンダーの「アメリカの抒情的小説としての『白鯨』」がある。ただし、ベンダーが言う抒情性 (lyricality) は感傷性 (sentimentalism) とは異なり、多分に宗教的な感情と結びついたものである。ベンダーは『白鯨』には漠然とした、すべてを包み込む神が存在しており、それはこの小説の中にある無数の抒情的飛翔、すなわち、海や魂や死についての驚きに満ちた瞑想を引き起こす原因となっている」とし、そのような抒情的なパッセージにおいて、「メルヴィルは神に身を委ね、自身の内面の葛藤を解消すると同時に、イシュメールが生き残る手段を実現している」と述べている（101）。

ベンダーは続けて、第百十六章「死にゆく鯨」を例にとり、イシュメールとエイハブを比較する。

午後もかなり遅くなってからのことだった。紅に染まった槍合戦も終り、太陽と鯨は美しい夕陽に映える海と空に浮かびながらともに静かに死んでいった。そのとき、甘美にして哀愁に満ちた、花輪で囲むようなとでも形容すべき祈禱の声が、バラ色の空に螺旋を描くように立ちのぼった。遙か彼方、マニラの島々の修道院が建つ緑深き谷間から海に向かって吹くスペインの陸風が、気まぐれにも水夫に化けて船出し、夕べの祈りをこんなところにまで運んできたかのようだった。（*Moby-Dick* 496）

イシュメールはこのような静謐な光景の中に、より高次な存在である神に対して「抒情的な驚嘆と信仰心」（Bender 104）を覚えるのだが、エイハブはこの光景にいったんは「心を和ませ

（Soothed）」る一方、「より深い憂愁」に沈んでいき、死ぬ間際に太陽の方を向く鯨の姿に「これまでに経験したことのない驚異の念」を感じながらも、鯨が息絶えるとすぐに別の方向に回転してしまうように、「死」というものが持つ暗い力の働きを認め、神の驚異を否定してしまう（*Moby-Dick* 496–97）。このような驚異的で超越的な事象に対する態度の相違が、イシュメールの生とエイハブの死を分かつ「決定的な違い」となるのである（Bender 104）。

同様の構造は、これに前後する第百十四章「鍍金師」や第百三十二章「交響楽」にも見られる。緑第百十四章でもやはり午後の遅い時間の静かに凪いだ海の情景がパストラルとして描かれる。緑の牧草地にたとえられた海の穏やかな表情が、「ほんの束の間であったとしてもエイハブの心を和ませる（such soothing scenes, however temporary）」のだが、エイハブはすぐさま、この凪が永遠に続くことはないとして、変転する人生のありようと終の安住の港を見出し得ない人生の終末を嘆き、自分を孤独な「捨て子」（492）になぞらえ、父すなわち神とのつながりを確証できない己の運命を悲観する。

本論冒頭で述べたように、第百三十二章はこの小説において最も抒情的な一節を含んでいるが、そこでもやはり奇跡のように穏やかで静謐な海の光景が描かれる。

鋼鉄色の青さに澄み渡った日だった。空と海のふたつの領域は、あまねく群青色に染め上げられて分かちがたく溶け合っていた。空は憂愁の色をたたえながらも透明な清らかさと優しさを備えた女性のかんばせを偲ばせ、それに対して海はあくまでもたくましく男性的で、眠る巨人のサムソンの胸のように、長く、大きく、たゆたうようにうねっていた。（中略）天空高く帝王のごとく君臨する太陽は、まるで花嫁を花婿に与えるように、このたおやかな空を荒々しくうねる海に与えようとしているかのようだった。そして水平線を取り囲む帯の上に見える、優しく震えるような動きは（中略）可憐な花嫁が胸を与えようとするときの、いとしく切ない信頼感と愛のおののきを思わせた。（中略）あの歓喜と幸福に満ちた大気、あの快活な空気が、ついにエイハブを愛撫し、抱擁したのだ。あれほど長い間エイハブを意地悪く寄せ付けなかった継母のような世界が、そのかたくなな首にやさしく腕をまわし、喜びの涙にむせびながら、エイハブがいかほど我が儘で道に外れた息子であったにせよ、継母たる世界にはまだこの息子を救い、祝福する心があることをあかしているかのようだった。目深にかぶった帽子の陰からエイハブはひとしずくの涙を太平洋に落とした。（542–43）

船縁にもたれかかり、凝然と海を見つめながら落涙するエイハブの姿に打たれたスターバックは、エイハブに白鯨追跡をあきらめ、故郷のナンタケットに戻ることを勧めるが、エイハブはそれに応じず、自分は神によって操られ、動かされているとして、定められた運命から逃れる術がないことをあらためて確認する。このように、エイハブは第百十四、百十六、百三十二章と三度にわたって神との和解を得る機会に接しながら、それを退け、第百三十三章以降、三日間に及ぶモービー・ディックとの対決に突き進んでいくのである。

しかし、あらためて考えてみると、これらの海の情景を抒情的と感じさせる要素は何であろうか。そこには、ベンダーの言う高次の宗教的感情とは異なる、もっと卑近な人間的感情が働いているように思われる。というのも、バーバラ・ハーディが「抒情詩は感情を小さな範囲の中に隔離し、最も高まった状態で描く」(1-2) ものであると述べているように、一般にロマン派以降の抒情詩の特徴とされているのは、最も奥まったところにある個人的な感情の表出であり表現であるからだ(2)。エイハブが第百三十二章で吐露する内奥の感情は、もはや戻ることのできない過去へのノスタルジアである。眼前の穏やかな光景に心を動かされて、エイハブは初めて鯨を仕留めた若い日の自分と、故郷に残してきた若い妻と幼い子どもに対する追憶を口にする。

おお、スターバック、なんという穏やかな風だ、なんという穏やかな空だ。そんな日だった――これそっくりの、穏やかな日だった――わしが最初に鯨を仕留めたのは――わしがまだ十八の若き銛打ちの時だった！　四十年――四十年――四十年前のことだ――そんな昔のことだった！　――それから間断なく鯨を追う四十年！　困窮と、危険と、嵐の四十年！　非情の海での四十年！　その四十年の間、エイハブは平和な陸地を見捨てていたのだ――（中略）スターバック、わしに人間の目をのぞかせてくれ（中略）緑なす陸が、明るい暖炉が見える！　これは魔法の鏡だ、おぬしの目の中に妻が見える、子どもが見えるぞ。（543–44）

エイハブは過去と遠く離れた故郷という、時間と空間の二重のノスタルジアにとらえられ、それまでの重厚な言葉遣いもなげうち、船長としての威厳も顧みず、「四十年」「妻」「子ども」という言葉を、何の技巧も衒いもなく、ただただあられもなく繰り返している。その飾り気のない真率なほとばしりによって、我々はエイハブの心にわだかまる悔恨の感情に接することになる。(3)

しかし、ここに表出しているのは、エイハブのノスタルジアだけではない。エイハブの嘆きを聞いたスターバックもまたそれに感化され、ナンタケットに残してきた妻子に対する思いを吐露するが、さらに言えば、語り手のイシュメール――ここでは単なる語り手というよりも、エイハブをペルソナとした抒情詩人としてのイシュメールと言った方がいいかもしれないが――そのイシュメールもまたエイハブの追憶に自分の追憶を重ねるのである。

おお、永遠の幼児期と無垢を偲ばせる群青の空と海よ！　我らのまわりを楽しげに飛び跳ねる翼ある目に見えぬ天使たちよ！　子ども時代のように甘美な空気と空よ！　汝らは年老いたエイハブの心にぎっしりととぐろを巻く苦悩など忘れていよう！　そう、私もまた幼いミリアムとマーサが、あの目元に笑みを浮かべた妖精たちが、その年老いた父のまわりを気にも留めずにはしゃぎ回り、燃え尽きた噴火口のような父親の頭のいただきを取り囲む、丸く焼け焦げた髪の毛をもてあそぶのを見たことがある。（543）

新婚の花嫁と花婿になぞらえられた空と海の幸福な結婚から、子どもの生まれた家庭生活への連想が働き、「幼児期（infancy）」、「子ども時代（childhood）」という比喩が用いられていると考えられるが、それにしてもこの一節はいったい誰の言葉なのだろうか。ひとつの可能性はエイハブの内的独白である。だとすると、ここで言う「年老いた父」とはエイハブのことなのか。しかし、エイハブは先ほどの引用で、自分の子どものことを“my child”と単数形で呼んでいたことから、ふたりの子どもがいるとは思えない。何より第十六章で船主のピーレグ自身がエイハブには子どもがひとりあると述べている。ここでの「私」はやはりイシュメールのことと考えるのが妥当であろう。「ミリアム」と「マーサ」というのは判然としないが、イシュメールが遠い昔、子どもの頃に見た（おそらくは他の家庭の）光景を思い出しているのではないかと想像される（ちなみに、『レッドバーン』の主人公には、メアリー、マーサ、ジェーンという三人の女きょうだいがいる）。

要約すれば、第百三十二章で描かれているのは多層的ノスタルジアなのである。まず、遠い過去と故郷に思いを馳せるエイハブがいる。それに同調して生ずるスターバックの懐郷の思いがある。さらに、郷愁にひたるエイハブを見つめながら、そこに自分の追憶を重ねるイシュメールがいる。これら三人の感情は必ずしも同じ性質のものとは言えまいが、この三者のノスタルジアの重なり合いがこの章の濃厚な抒情性を生み出しているのである。付け加えて言えば、エイハブは生後十二カ月にもならないときに母親と死に別れ、イシュメールの母親も継母とされている。つまりふたりはいわば「孤児」なのであり、彼らのノスタルジアは実際に存在した自らの幸福な過去というよりも、望んでも得られなかった理想的な家庭像、家族像に向けられている。そのような孤独感がふたりのノスタルジアをなおさら切実なものにしているのである。四方田犬彦によれば、ノスタルジアとは「起源へ遡及し、事物がまさに始動しようとするその場所にいあわせたいという強烈な欲望。現在の荒廃と堕落を否定し、真性さと美が君臨していたはずの過去に身を委ねてしまいたいという頑強な意志」（二四）にほかならない。この章は"The Symphony"と題されている。「交響楽」とは、章の冒頭部分で言及されるように、空と海が一組の夫婦として同じ色に染まり、平和に調和した一体感を表現したものと考えられるが、それのみならず登場人物と語り手のノスタルジアが波紋のように重なり合い、共鳴する事態にも由来していると言うことができる。

以上のように、第百三十二章の抒情性は過去へのノスタルジアと結びついており、そのことは作品全体の形式が一人称による回想であることとも呼応している。小説の最後でピークォド号はモービー・ディックによって大破され、海の底に沈んでいく。イシュメールは、ひとり生き残るが、すべての仲間を失い、再び、物語の冒頭でそうであった以上に孤独な「孤児」に戻ってしまう。その何年後かに(「何年か前——正確に何年前かはどうでもよい」〔*Moby-Dick* 3〕)、おそらくは現在もなお何らかの不幸と孤独を抱えて生きているイシュメールは、ピークォド号の乗組員たちのことを追想し、過去の出来事を語り始める。その語りによって、海は再度かつてと同じようにうねり出すのである。

二 『レッドバーン』の回想形式

このような『白鯨』の回想形式の直接の原型はふたつ前の作品である『レッドバーン』に求めることができる。『レッドバーン』はメルヴィル自身の経験が多分に反映された自伝的小説で、主人公レッドバーンは幼少期には裕福な暮らしをしていたのだが、父親が亡くなり経済的に困窮したため、リヴァプール行きの商船に乗り組む決心をする。

その頃、私はほんの子どもだった(I was then but a boy)。しばらく以前に母はニューヨークを引き揚げ、ハドソン河畔の、ある楽しい村に引っ越してきていて私たちはここで一軒の小さい家に、ひっそりと暮らしていた。私は未来の人生をあれこれと描いて計画もしたが、悲しい失望に終るものばかりで、自分の手で何かをしなければならぬという必要に加えて、生来の放浪癖が頭を擡げてきて、今や内なるところで、船乗りとして海に出ようという計画を抱くようになっていた。(3)

レッドバーンはイギリスでハリー・ボルトンという同年代の青年と知り合いになり、ハリーも新米水夫となって同じ船に乗ってアメリカに渡ってくるのだが、ふたりは別れ別れになり、それ以降ハリーの行方は知れなくなる。その数年後、レッドバーンはある捕鯨船に乗り組むが、その船の船員から、別の船ではあるがやはり捕鯨船員になっていたハリーがボートと鯨の間に挟まれて死んだことを知らされる。

ハリー・ボルトン! まさしく彼だったのだ!

だが、この私、ウェリンバロー・レッドバーンはこの『我が初めての航海』で物語ったよりも遙かにもっと危険に満ちた光景をくぐりながらも、まだどうにか生き延びている——そこでこの物語も終わりとしよう。(312)

このように冒頭部分と結末を並置してみると、物語内容は当然異なっているものの『レッドバーン』は『白鯨』と共通する回想的構造を持っていることがわかる。

レッドバーンもまた過去の航海の思い出を何年後かに物語る——その理由は明示されないが、レッドバーンもイシュメールと同様に、まわりの世界に対して違和感を抱えて生きているように見える。イシュメールは生き残ったのち世界を放浪し、ある島で巨大な鯨の骸骨に遭遇する。しかし、書き留める紙がなく、「そのような貴重な資料を安全に確保するためには、そのような手段しかなかった」(*Moby-Dick* 451)ので、自分の右腕に入れ墨をして記録する。そのことを述べる際、自分の身体にはあまり空いているスペースがないということも明かしている。これはつまり、イシュメールの身体はまさしくクィークェグのそれと同じように、ほぼ全身入れ墨に覆われているという謂いであろう。(4) そのような男が陸の人間の共同体にうまく溶け込めるだろうか。レッドバーンに関しては類似の言及はなく、入れ墨こそしていないようだが、第二章で初航海をする前の心境について、

このときの世界が私には十二月のように冷たく、肌を刺すように冷たく見えたし、十二月の木枯らしのようにうらぶれても見えた。世の人間嫌いのうちでも、失望した少年ほどひどい

ものはない。私がちょうどそうだった。あの頃の私自身の熱い魂は、逆境に鞭打たれていくうち、いつしか私を去っていたのだが、こうした思いは、これを書いている今でさえ苦い思い出となって甦ってくる。今もまったくはこの思いから解き放たれていない私だからだ。(10)

と述べて、現在の境遇が必ずしも幸福なものではなく、世間とのあいだに何らかの軋轢があることを匂わせている。

レッドバーンは第一章で、ガラス製の精巧な帆船模型を所有していることを語る。この模型はかつて父親がハンブルクから持ち帰ったもので、父親が生きていた頃の裕福で幸せな家庭を象徴するものであったのだが、

ガラスの円材も索縄も今は見る影もなく壊れ裂かれている——それでも私は修理に出そうとは思わない。船首像にしても、三角帽子をかぶった勇壮な武士なのだが、逆さまに落ちかかり、船首に砕ける、仇なす海のまっただ中に首を突っ込みそうになっている——これだって、私はしゃんと立ててやろうとは思わない。それよりも、私自身が自立せねばならないんだ。彼と私との間には、ある秘密の共感があるのだ。(9)

このように、この壊れた帆船模型はレッドバーンの現況を端的に象徴している。船に乗るため港に出向く際の寒々とした身を切られるような寂寥感といい、語りの現在時での世間との折り合いの悪さといい、レッドバーンとイシュメールにはいくつかの共通点がある。その意味でレッドバーンはイシュメールの、小説『レッドバーン』は『白鯨』の回想形式の原型であったと見なすことができる。

三 「ジョン・マー」の実験性と抒情性

それでは、『白鯨』以降の作品にはどのようなイシュメールの後裔が見つかるだろうか。メルヴィルは一八五七年の『信用詐欺師』以降は小説を執筆せず、もっぱら詩作に転じる。一八六六年に南北戦争を題材とした『戦争詩集』、一八七六年にはある青年のエルサレムへの聖地巡礼を描いた一万八千行を超える長篇詩『クラレル』を発表するが、これらは当時の読者の耳目を集めたとは到底言えない。やがてメルヴィル自身、世間からも忘れ去られていくが、それでもたゆみなく詩を書き続け、それらはメルヴィルが亡くなる少し前に私家版の二冊の詩集『ジョン・マーとその他の水夫たち』（一八八八）及び『ティモレオン』（一八九一）としてごく少部数が限定出版された（この他にも未出版であった詩が多く残されている）。

その内の一冊である『ジョン・マーとその他の水夫たち』においてメルヴィルは、水夫や軍艦の士官、提督を話者もしくは登場人物に設定し、過去を追慕するかのようにふたたび海と船乗りの世界を描き出すのである。たとえば「花婿ディック」は、元艇長で、みずからを「おしゃべり老人(babbler)」(213) と呼ぶ六十五歳を過ぎた話し手が、かつて南北戦争時にハンプトン・ローズやモビール湾で共に戦った戦友を一人ひとり思い出し、老妻を相手に往事と現在を行き来しながら物語る形式をとっている。

過ぎ去った年月を肴に飲んでいるとな
上官もだが水夫仲間のことが思い出されてくるんだよ
思い出す？　いやいや、我が妻よ、あいつらの姿がはっきり見えるのさ
みんなまた生き生きと機敏に動き出すんだよ (202)

詩集『ジョン・マー』における過去の回想について、ある研究者はメルヴィルが「なじみ深い世界へ戻った」と捉え、「そこには死を間近に控えた人間の、なれ親しんだ社会における芸術世界の構築と思想の整理」、すなわち「人生への決着のつけ方とでも呼べるような動機が潜んでいる」(道永

一〇五）と評し、別の論者は、『ジョン・マー』と『ティモレオン』は従来、作家として衰えていくメルヴィルの「別れの歌」と見なされてきたが、特に『ジョン・マー』については「記憶」に関する「多様な比喩を展開する卓抜な技巧」にこそ、その真価を認めるべきだとしている（Lee 105–07）。

確かに、表題作「ジョン・マー」は散文と韻文が並置されるという実験的で特異な構造を持つ詩である。メルヴィルはまず三人称による散文でジョン・マーの境遇を語り、その後にジョン・マー自身を話者とする一人称による詩を続けるのである。その散文によると、ジョン・マーは「誰とも知れない母から生まれ」た「放浪癖」を持つ男で（195）、船乗りとして様々な航海を経た後、キーズ諸島の海賊との戦いで傷を負い、不自由な身体となっている。ジョン・マーもエイハブやイシュメールと同じく、「孤児」に似た境遇にあったことがわかる。陸に上がった後も種々の職に就き、一八三八年頃、開拓地の小さな村に住み着き、家庭を持つが、妻子を熱病で亡くしてしまう。ジョン・マーはその「心の中の空虚（the void at heart）」を埋めようとして、まわりの農夫たちとつきあっていくために、たとえばトウモロコシの皮むきで集まった折などに海での体験を物語るのだが、フロンティアの開墾地という目の前の現実を謹厳実直に相手にし、必ずしも排他的というのではないにせよ狭い共同体に生きる農夫たちにとって、ジョン・マーの話は興味を引くものではない。「友よ、そんなことはここではわからないことだよ」――こう言われて、ジョン・マーはこのような農夫たちの無反応は「大自然の無関心」そのものだと感じ、沈黙せざるを得ない(197)。ジョン・マーの価値観と農夫たちのそれはあまりにも違いすぎ、彼は農夫たちの共同体から疎外されざるを得ないのである。

開拓地に移ってくる前、ジョン・マーはかつての乗り組みと文通をしていたが、この地には郵便局も手紙を受け取るための粗末な郵便受けすらもなく、ときおり幌馬車がやっては来るが、ジョン・マーに手紙が届くことはない。世界から「切り離された(cut-off)」(197、この表現は二回繰り返される)孤独なジョン・マーは平原を見つめ続ける。そこには、かつてこの地に暮らしていた先住民の姿も、無数の群れとなって駆け巡り、草を食んでいたバイソンの姿も見られない。メルヴィルはそのような荒涼とした風景を「この人間と動物の二重のエクソダスは平原を砂漠に変えてしまった。緑の草が生え、花が咲こうと、それはシベリアのオビ川のように見捨てられている」(197)と描写するが、これはジョン・マーの孤独な心象風景そのものだろう。しかし、丈の高い草がうねるように続く広大な平原を見つめ続けるうちに、その風景はジョン・マーに海を思い出させる。『白鯨』においては海が草原になぞらえられたが、ジョン・マーは逆に草原の風景から海を想起していくのである。そこから、ジョン・マーの意識は現実を離れ、過去へと赴き、昔の海の仲間たちへ呼びかける詩を生み出していく。作品自体も散文から詩へ、語りも三人称から一人称へと移り変わっていく。

彼はこれらの幻のような人々を呼び覚ます——いわば、彼らと言葉での交感を果たそうと努力し、あるいはさらに激しい錯覚に陥って、彼らの沈黙を非難しようとする——

夜の当直見張りのように、現れてからというもの
お前たち、どうして、ここじゃそんなに黙りこくっているんだ
俺は大昔の当直仲間なんだぜ（199）

ジョン・マーには仲間の相貌が、その細かい特徴に至るまでありありと見えている。

今みたいに、夜が更けていっても
お前たちの影のような姿が俺と一緒にいてくれる
俺の周りを漂ってくれている、その姿、その顔——
入れ墨も、耳飾りも、お下げの巻き髪も
素朴な本性のままの蛮人たち
浮世に仕える浮世離れしたものたち

そうとも、皆がいて、俺にはいとおしい
影であっても、中国の海を駆け巡っていても（200）

しかし、かつての船乗り仲間は、まだ生きていて遙か遠く離れた中国の海を航海している者もいるのかもしれないが、「影（shades）」とあるように、おそらく大半の者は死んで亡霊となってジョン・マーのまわりに漂っているのだろう。ノスタルジアに捉えられているジョン・マーは、だからこそ詩の終わりでそのような「影」のような存在を、昔と同じように躍動する若々しい姿として眼前に生起させようとする。

だが、装弾したキャンバス布に括り付けられた砲弾兵よ
たとえ、お前たちが下で長い見張りについているときに
甲高い「全員起床」の号令が
お前たちの眠りの魔法を破ることがなくても
召集ラッパの音が響き、大砲の轟音が懇願したとしても
その呼びかけが無駄になったとしても――
ひとつの鼓動が、心臓の鼓動が

心臓の中心のひとつの鼓動が皆を呼び寄せる
それは呼び寄せる。手をつなぎ、引き留《とど》めるために
メインマストの揚げ綱でお前たちに会うために——
お前のたちの唱和した歌声をまた聞くために！（200）

ここで歌われている砲弾兵はおそらく既に死んでいる。「下で長い見張りについている」とは海の底で眠っているということの比喩である。彼らは現実の起床の号令や召集ラッパや大砲の音が起きるように命令、懇願したとしても、もはや目を覚ますことはない。しかし、「心臓の鼓動」なら、かつての仲間を甦らせることができるとジョン・マーは考え、その言葉を祈るように繰り返す。確かに、「心臓の鼓動（heart-beat）」という言葉には、号令や起床ラッパのように離れたところからの音の振動というよりも、心臓と心臓が直接ふれあうような距離の近さ、接触によって、それまで動いていなかった方の心臓が息を吹き返し、ふたたび脈動し始めるかのような血の暖かさが表現され、過去の再来を望むジョン・マーの感情の強さが切々と伝わってくる。

フランスの哲学者ヴラジミール・ジャンケレヴィッチは不可逆性がもたらすふたつの感情、悔恨と哀惜について論じ、悔恨とは「取り消せないものをけっして取り消せない絶望」であり、経験のなかで「もっとも長く続くもの」だと述べている。エイハブは四十年の長きにわたって陸地での

安逸な生活を捨ててきて、その挙げ句の果てにモービー・ディックに脚を食いちぎられ、その取り消せない過去を恨む「悔恨」の人だと言えるだろう。逆に、「逆行できないもの」にとりつかれた「哀惜の人間は空虚を埋めたい、あるいはたんにふたたび生きたい、戻りたい、引き止めたいと思う」(二八九―九〇)のだが、これはまさにこの詩の最後に「手をつなぎ、引き留めるために(To clasp, retain)」とあるように、ジョン・マーが希求することに他ならない。次に引用するジャンケレヴィッチの省察は、詩「ジョン・マー」の注釈そのものとして読むことができるだろう。

逆行できないものを悔い惜しむ者にとっては、思い出の淡い影は、また、懐古趣味の郷愁の懐かしい亡霊だ。そして、哀惜自体は、憂愁をともなう感動だ。哀惜の質調と審美性とがいかに強力に印されているかがわかる。逆行できないものを前にして、ひとは無力なままだが、沈黙してはいない。逆行できないものは、ひとを雄弁にする。逆行できないものは、すべての心のなかに詩情の泉、抒情詩ないしは哀歌の才能をかきたてる。(二九〇)

ジョン・マーは自分の海の経験を農夫たちに語ることによって、そのコミュニティから拒絶され、疎外された。語ること、すなわち言葉が、妻子を亡くして孤独に生きるジョン・マーをなおいっそう孤独にしたのである。このような境遇は、たとえば植民地時代のアメリカにおいて航海譚《ヤーン》を語る船乗りの姿とは大きく異なっている。笠井俊和によれば、当時の船乗りは単に人や物品だけでなく、大陸の最新の情勢や海賊との遭遇、航海時の怪異等を陸の人々に伝える情報の運搬者でもあった。船乗りは航海のあいだ仲間内で体験を語り合い、港に着くと様々な話を時には脚色、増幅して町の人々に話して聞かせた。「船乗りは必ずしも、海に出ることで陸の社会との関わりが希薄になっていく人々」ではなく、それどころかこのような航海譚《ヤーン》は「植民地人の好奇心を満たすツール」であり、「陸に暮らす者が船乗りと交わる理由となった」(六五)。おそらく陸の人々は、海賊船との戦闘や座礁、漂流、あるいは船上の反乱事件を物語る船乗りを取り囲み、興味津々な態度で耳を傾けたことだろう。メルヴィルも南海の冒険譚である第一作の『タイピー』(一八四六)によって一躍人気作家となり、また『ホワイト・ジャケット』(一八四九)においてはアメリカ海軍の鞭刑を批判することによって社会的反響を得た。作家としてそのように読者を獲得したその一方で、しかし、メルヴィルが作品内で設定したのは社会から孤立する元水夫たる語り手の姿であった。レッドバーンにせよイシュメールにせよ、語り手である陸に上がった元水夫たちは、植民地時代の水夫とは状況や地域が違うとはいえ、それとは対照的に社会と齟齬を来し、対立し、あるいはジョン・マーのように海上での体験を物語ることによってかえって陸の社会から疎外されてしまうという憂き目を見る。

しかし、そのような逆境にもかかわらず、いやあるいはそれゆえに、ジョン・マーは過去との

「言葉によるつながり（verbal communion）」（"John Marr" 199）を求め、この詩を語り出す。この詩は、言葉による疎外から生まれてきた言葉であり、(5) その切ない逆説ゆえに、同じような孤独を抱えて生きている他の人間を呼び寄せる力を持った「心臓の鼓動」でもあるのだ。一八八八年、六十九歳でこの詩を書いたとき、メルヴィル自身もまた同じく、海から陸に上がった元水夫の年老いた作家であった。エドガー・A・ドライデンは「ジョン・マー」を「創作を行っている最中《さなか》の作家の状況」を映したメタファーと捉え、この詩の中に「年をとり、社会的・政治的環境から疎外された作家として、ジョン・マー同様、場違いな存在」となったメルヴィル自身の姿を読み取っている（152）。つまり、ジョン・マーはメルヴィルの分身であり、詩「ジョン・マー」は、小説という航海譚《ヤーン》を紡いだ後、やがて世間から忘れ去られ、死の直前まで孤独なつぶやきのように詩を書き継いでいったメルヴィルの境涯の写し絵であったと言えるのである。ならば、ジョン・マーの「心臓の鼓動」の中に、晩年のメルヴィル自身の密やかな心音《しんおん》――抒情の heart-beat が聴き取れはしないだろうか。『ジョン・マー』に収められた、たとえば次のようなわずか四行の詩においてさえも

――

海藻のふさ

しとど水滴る緑色のからまり
　孤独な海辺に打ち上げられ
それゆえいっそう純粋だとしても、海藻よ
　それゆえいっそう苦々しくはないのか、おまえは（"The Turf of Kelp" 235）

＊本論は、二〇一六年十二月三日、京都学園大学で開催された日本アメリカ文学会関西支部第六十回大会でのシンポジウム「不寛容な時代の愛——アメリカ文学における抒情の系譜」（西谷拓哉〔司会〕、舌津智之、貴志雅之、西山けい子）での口頭発表に加筆したものである。

注

（1）本論におけるメルヴィル作品からの引用は、以下の既訳を参考にし、表現を適宜変更した。八木敏雄訳『白鯨』（岩波文庫、二〇〇四年）、坂下昇訳『レッドバーン』（国書刊行会、一九八二年）、大島由起子「ハーマン・メルヴィル作『ジョン・マー』試訳」（『福岡大学人文論叢』、第三七巻第四号、二〇〇六年三月、一二二九—三七頁）。

（2）「抒情」そのものを定義するのは率直に言って難しいが、抒情詩とは一般的に「ある特異な経験」に即して人間の「最も深い、個人的な感情」を「吐露」する短詩(Brewster 6; 1)と了解されていることから、ここでは、人が抑圧的な世界から一歩身を退き、密やかな内奥の感情をふと洩らしてしまうときに生まれる詩情、慕情、哀感といった情緒のモードと定義しておきたい。文学を通して、個人の詠嘆が他の個人に伝わり、共有されることによって共感のコミュニティを生み出すとき、抒情は単なる感傷であることをやめ、不寛容な世界を批判的に穿つアンチテーゼとなるだろう。このことについて、舌津智之はアメリカ文学における抒情性に関して次のように述べている。

「アメリカ」と「抒情」とは、ただちに親和する概念ではない。(中略)今日に至るまで、アメリカの現実とその表象は、およそ抒情とはかけ離れた暴走的な価値――物質主義や成功神話、軍事力やグローバリズム――と結びついており、勇気や雄々しさや進取の気性が国家的美徳になりうるとしても、密かな静けさのうちに立ち止まるような抒情の心性は、むしろ反アメリカ的とさえ言えるかもしれない。(中略)しかし、そうした状況にもかかわらず――あるいは、そうした状況のゆえにこそ――アメリカの文学は、際だった抒情性を滲ませるのではあるまいか。というのも、人生の逆説にあっては、摑みきれぬもの、許されぬもの、あるいは存在の不確かなものこそが、切実なリアリティをもって欲望されるからである。(三―四、強調引用者)

ここで特に重要なのは、「密かな静けさのうちに立ち止まる」という箇所である。抒情には、ある状況を前にして、静かにひとりたたずむという時間の一時停止と孤独の強度が必要なのである。

(3) エイハブの涙については、橋本安央が詳細な検討を加え、「燃え殻と化した最後の林檎の実が地面に振り落とされた」(*Moby-Dick* 545) という比喩を通して、「林檎のような大粒の涙が、おのれの涙によって眼球の赤黒き石炭を燃やし尽くすとともに、蒸発して、そうして多少は散ったかもしれぬが実際にはほとんど流れることがなかった」様が描かれているとし、「涙からも疎外されてしまう」エイハブの絶望を描いている(三五―三六)。筆者なりに曲解すれば、橋本の論は、涙の欠如という非抒情性を措定することによって逆にエイハブの涙の抒情性をよりいっそう際立たせていると言えよう。

(4) イシュメールの入れ墨については、「そのときすでにスペースに余裕がなく、また当時構想していた詩を書くための余白を——少なくとも入れ墨をしていない部分がある限り——体のどこかに確保しておきたかった」(*Moby-Dick* 451) という箇所に着目してイシュメールの「詩人としての資質」(Sekine 23) を検討する関根全宏の論考によって目を開かされた。

(5) クラーク・デイヴィスは詩集『ジョン・マー』における言語の重要性に着目し、『ジョン・マー』に収められた詩の話者たちはすべて、「言語が、彼らが呼び起こす過去との紐帯であると同時に障壁であり、現在の生活においても周囲の共同体と彼らを接合するものでもあり、分離するものであることにある程度気づいている」と述べている(157)。

引用文献

Arvin, Newton. *Herman Melville*. William Sloane, 1950.

Bender, Bert. "*Moby-Dick*, An American Lyrical Novel." *Herman Melville's* Moby-Dick, edited by Harold Bloom. Chelsea House, 1986, pp. 97–106.

Brewster, Scott. *Lyric*. Routledge, 2009.

Davis, Clark. *After the Whale: Melville in the Wake of* Moby-Dick. U of Alabama P, 1995.

Dryden, Edgar A. *Monumental Melville: The Formation of a Literary Career*. Stanford UP, 2004.

Hardy, Barbara. *The Advantage of Lyric: Essays on Feeling in Poetry*. The Athlone P, 1977.

Lee, Robert A. "A Picture Stamped in Memory's Mint: *John Marr and Other Sailors*." *Melville as Poet: The Art of "Pulsed Life,"* edited by Sanford E. Marovitz, Kent State UP, 2013, pp. 104–24.

Melville, Herman. "Bridegroom Dick." *Published Poems*, pp. 201–13.

——. "John Marr." *Published Poems*, pp. 195–200.

——. *Moby-Dick: Or, The Whale*. Edited by Harrison Hayford et al., Northwestern UP / Newberry Library, 1988.

——. *Redburn, His First Voyage*. Edited by Harrison Hayford et al., Northwestern UP / Newberry Library, 1969.

——. *Published Poems: Battle-Pieces, John Marr, and Timoleon*. Edited by Robert C. Ryan et al., Northwestern UP / Newberry Library, 2009.

——. "The Tuft of Kelp." *Published Poems*, p. 235.

Pommer, Henry F. *Milton and Melville*, U of Pittsburg P, 1950.

Sekine, Masahiro. "Ishmael the Poet: *Moby-Dick* as a Romance, the Second Voyage." *The Journal of the American Literature Society of Japan*, no. 11, Feb. 2013, pp. 23–40.

Sten, Christopher. *The Weaver God, He Weaves: Melville and the Poetics of the Novel*. Kent State UP, 1996.

笠井俊和「船乗りと航海譚《ヤーン》——英領アメリカ植民地における貿易と情報伝達」『海のリテラシー——北大西洋海域の「海民」の世界史』所収、田中きく代・阿河雄二郎・金澤周作編、創元社、二〇一六年、四二—六九頁。

ジャンケレヴィッチ、ヴラジミール『還らぬ時と郷愁』、仲澤紀雄訳、国文社、一九九四年。

舌津智之『抒情するアメリカ——モダニズム文学の明滅』、研究社、二〇〇九年。

橋本安央『痕跡と祈り——メルヴィルの小説世界』、松柏社、二〇一七年。

道永周三『ハーマン・メルヴィルの詩』、大阪教育図書、二〇一三年。

四方田犬彦『もうひとりの天使——ノスタルジアと蒐集をめぐる四十八の省察』、河出書房新社、一九八八年。

混沌のトポス、拡散する海図
――「エンカンタ―ダズ」を読む

橋本　安央

一　まどろむ太平洋

「ああ、あの本当の太平洋は、はたして何千年ものあいだ、長い夢をみつづけ、眠りつつ寝返りをうち、また夢をみつづけてきたのだろうか。牧歌的な夢を。あるいは悪夢を」[1] (Lawrence 141)。太平洋が原始の自然状態にあるさまをみて、おのれの逃れえぬ血の宿命に身悶えしつつ、両義的なため息をついたのは、D・H・ロレンスであった。十九世紀にいたり、世界市場の主戦場となった太平洋は、そうして西洋近代に昏き眠りから叩き起こされる。だが、太平洋はいつもそこに、ただ、あった。近代という「こちら」側が、太平洋の空白という「あちら」側のなかに、おのれにはすでにして喪われた、自然状態のまどろみと怯えをみいだしただけなのかもしれぬ。大陸が海洋に、おのれの理性では理解できないものをみて、それを混沌と無秩序と名づけただけのことかもしれぬ。まどろむ太平洋が怖いのだ。

ハーマン・メルヴィル（Herman Melville）の博物学的大作『白鯨』では、物語の経糸として、そうしたまどろみにある太平洋の心臓部を目指しつつ、エイハブ船長率いるピークォド号が白い鯨を追跡する。そしてまた、物語は緯糸として、認識論的な意味あいにおいても、白と鯨を追尾する。鯨学（cetology）と称される、それら一連の章は、経糸から逸脱する、非直線的なモダニズムのごとき美学感性にささえられて展開する。そうした緯糸に織りこまれたひとつの筋に、「海図」と題された第四十四章がある。ここにおいて狂気の船長エイハブが、夜な夜な自室で海図を拡げ、広大なる世界の大海原のなかで目撃された抹香鯨の、時期と位置にかかわる情報を書きつける。おのが復讐のためにモービー・ディックと対峙するという情念的な計画を、データに基づき練りあげるのだ。こうした遠大なる試みの現実性、実現性に疑念をいだくであろう読み手にたいし、語り手イシュメールがそれを擁護する記述がある。

抹香鯨は特定の海域に周期的に姿を現す。これはたしかな事実であって、もし世界規模で抹香鯨の行動を綿密に観察研究すれば、そして全捕鯨船団の一回ごとの捕鯨航海の日誌を慎重に照合すれば、鰊の魚群の回遊や燕の渡りと同様、抹香鯨の回遊状況もかなり確定的に捕捉されるだろう。これは少なからぬ数の捕鯨業者がすでに考えていることである。(199)

かくて、白い鯨、モービー・ディックを追いかけんとするエイハブの偏執が、経糸にかかわる怨念や憎悪といった情感の次元に基づきながらも、冷静で、沈着な、合理主義的、科学的なものでもあることを、物語の緯糸はほのめかす。その一方で、ピークォド号に備えられた航海機器は、じつのところ、歴史的改良のプロセスに鑑みて、むしろ旧式の類いに回帰しゆくものであるそうだが(鷲津 九—一九)、そうであるとするならば、科学の知見を援用しつつも、物語には近代科学の発達に逆行するかたちで、太平洋という大海原の中央にまで抹香鯨を追跡しつつ、時間を過去にさかのぼり、混沌たる始源へと向かう運動性も内包されるのだといってよい。近代捕鯨という枠組みのなかで、未来と過去という逆方向のベクトルに作用する、ふたつの激しき力学が、『白鯨』の内に存するのだ。

この引用箇所には、語り手が、というべきか、あるいは作者が、というべきか、脱稿直前に附記したとおぼしき註釈が施されている。「以上を書き終えた後のことであるが、国立ワシントン測候所のモウリー中尉の手で、一八五一年四月十六日付け公文書が発表され、それにより我が記述が支持される結果となった。喜ばしいことだ。同文書によれば、まさにそのような海図が現在作成されつつある」のだ（199）、と。ここで言及される「国立ワシントン測候所のモウリー中尉」とは、アメリカの海軍士官、海洋学者、海洋気象学者として知られ、ときに海洋学の「建国の父」とも称される、マシュー・F・モウリー（Matthew F. Maury）という人物のことである。太平洋における捕鯨産業は、海軍の任務にもかかわるものであったことが、この申し添えから窺われよう。たしかにアメリカ海軍創設の主たる目的は、捕鯨船をはじめ、商船をふくむ自国の船舶の保護にくわえ、中国などとの交易を容易にするための航路探査をすることにもあった。元来モウリー中尉は海軍士官であったのだが、三十三歳のときに馬車の事故で右足に障害がのこったため、内勤に転じることになる（Burnett 121）。そうして国立ワシントン測候所にて、デスクワークをすることで、海軍、捕鯨船、商船の海上活動を、後方支援するのであった。そうした日々の営為の末に作成されたこの海図は、当時のいわゆる自然神学、すなわち自然科学的な手法で、聖書に基づくキリスト教神学を再評価せんとする類いの神学に、基づいたものであったという。鯨の回遊や潮流、風向などにかかわる情報を集積、分析した結果、彼はそこに神の慈悲心をみいだすのだ（Burnett 127）。西洋においては伝統的に、「闇と混沌」の領域とされていた海洋にたいし、神の恩恵を導入することで、そこにはじめて「秩序と法則」をあたえたのだといってもよい（129–30）。アメリカ海洋学のマッピングという営みには、科学と手をたずさえて、海洋を分節化し、秩序化、法則化を図るのと同時に、西洋とは異なる天命を確認する、すなわちそこに神意を啓示せんとする、独立後の若き国家が求める独自性という主題が隠れている。それがエイハブのなかで起動した、情念的怨嗟の背中を押す、理性という名の動力装置なのだといってもよい。神が、神に抗う者を追いたてて、おのれの意図によって目覚めさせたばかりの始源の混沌にみちびきつつ、その者を破滅へといざなうのだ、と。

二　異界の想像力

『白鯨』を脱稿してからおおよそ三年ほどの歳月を経て、作者が一八五四年に文芸誌『パトナムズ』に掲載し、五六年、自選作品集『ピアザ物語』（*The Piazza Tales*）に再録した、「エンカンターダズ、あるいは魔の島々」（"The Encantadas, or Enchanted Isles"）という物語がある。これはガラパゴス諸島を題材とした作品であり、したがって、新大陸周辺において利益確保をねらう各国船舶の面差しが、あちらこちらでみうけられる。そもそも「エンカンターダズ」という表題そのものが、ガラパゴス諸島を命名した、スペイン人たちのあやつる言葉であるが、くわえてたとえば語り手がかつて、この群島に滞在していた際、おそらくはイギリスのものとおぼしき、都合三十隻の捕鯨船団を目撃したというエピソードも挿入される（140–41）。その直後、ガラパゴス諸島を踏査しつつ、周囲を航行するこうしたイギリス捕鯨船を駆逐せんとした、アメリカ海軍フリゲート艦エセックス号、およびその艦長デイヴィッド・ポーターをめぐり、米英戦争時の勇姿と伝説が言及される（142–43）。そうしてスペイン、イギリス、アメリカといった大国の姿がみえかくれすることで、太平洋と群島が、彼らによって叩き起こされる近代史のさまが浮かびあがる。

ガラパゴス諸島とは、むろん、チャールズ・ダーウィンが進化論学説の着想を得た群島として、つとにその名を知られるところである。史実に即していうならば、イギリス海軍の調査船ビーグル号は、南アメリカの経済支配という国家的使命をたずさえて（ウルフ 三二）、南アメリカ大陸の海岸線を測量し終えたのち、一八三五年、ガラパゴス諸島に向かう。そこに乗り組んでいた若き博物学者ダーウィンが、このとき標本データを大量に収集し、かつ、記録媒体として数多の風景や動植物をスケッチするのだが、帰国後の一八三九年、その調査報告書として、『ビーグル号航海記』初版を刊行するのであった。ビーグル号に遅れておおよそ六年後、一八四一年秋および翌四二年一月に、メルヴィルを乗せたアメリカ捕鯨船アクシュネット号が、ガラパゴス諸島を訪れる。作家になる前の作家が、弱冠二十二歳のときのことである。その後、太平洋上で脱走と冒険を反復したメルヴィルは、最終的にアメリカ海軍フリゲート艦ユナイテッド・ステイツ号にて、帰国の途につく。この軍艦の図書室には、『ビーグル号航海記』が並んでいたというが(2)（Parker 267）、「エンカンターダズ」ではこうした作者の経験が下敷きとなり、さらに作者の想像力とさまざまな文献が援用されつつ、遙かなる時空間を超え、「魔の島々」にまつわるエピソードが綴られる。

十篇の「スケッチ」から成る、連作のごとき相貌を呈するこの作品は、スケッチという言葉遣いにも窺えようが、絵画的特性を色濃く有する。この物語もまた、博物学者ダーウィンのスケッチと同様に、ひとつの記録媒体なのだ。だが、ガラパゴスという「群島」が、必然的に断片的な存在である以上（Sten 214）、それを海図にえがくとなれば、断片をつづけざまに並べるほかない。そうして「エンカンターダズ」では十枚のスケッチが、相互に矛盾し、互いを打ち消しあうようなかたちで、直列的に並べられる。群島という特性が、それを求めるのだといってもよい。

各スケッチの冒頭には、若干書き換えられている箇所もあるが(3)、エドマンド・スペンサーなどの手による韻文が、題辞代わりに引用される。そうしてガラパゴスという「始源」の風景に、たんなる旅行記でも報告書でもない、古びた、かつ厳かな、独特の格式があたえられる。物語全体のイントロダクション的役割も担う、第一スケッチ「群島風景」の冒頭では、古語法を駆使した『妖精の女王』から言葉が引かれ、太平洋上に浮かぶ「魔の島々」が、過去に時間をさかのぼる、怖《おそ》ける異空間であることがほのめかされる。

それを聞きたる渡し守の言いけるに、それはなりませせぬ、われら、知らぬ間に命果つることもありますれば。
あれなる島々、時折姿を現すことありといえども、
固き陸地にはあらず、はたまた人の安んじて住める場所にもあらず、
まことは、広き海にてそこかしこと漂う浮き島にして、
されば、〈流浪の島々〉と呼ばるるなり。
それ故、あの島々は避けて通られよ。
これまでにもしばしば幾多のさすらいの人びとをば引き入れて、
恐るべき危険と無残な境地へと突き落としたり。
ひとたび足を踏み入れるや、いかなる人も無事に戻る術なく、
おぼつかぬ不安のうちに、果てしなくさまよい歩くものなり。

そは四六時中腐肉を求めて止まぬ、
餓えたる墓穴にも似て、
暗くて陰鬱、かつ荒涼たるものあり。(125–26)

「ひとたび足を踏み入れるや、いかなる人も無事に戻る術なく、／おぼつかぬ不安のうちに、果

てしなくさまよい歩く」、「それは四六時中腐肉を求めて止まぬ、／餓えたる墓穴にも似て、／暗くて陰鬱、かつ荒涼たるものあり」といった言葉遣いが示唆するように、死へといざなう冥府のイメージが、あるいは自然状態にある原始のおどろおどろしい風景が、「魔の島々（Enchanted Isles）」という副題をもつ物語の、冒頭の雰囲気を規定しよう。太平洋は怖いのだ。ちなみに“enchant”という語は、物語の鍵語といってもよいものであるが、「en-（中に）＋chant（歌う）」から成っており、語源的には「歌うことで、相手の心に呪文をかける」という意味になる。呪文にかけられ、呪縛され、魅惑され、死へといざなわれる、曳き綱のごとき魔力のイメージが、この副題には含意されていることだろう。

そうして群島をスケッチする作者の筆は、海洋学的な海図作成とは異なって、神の啓示や秩序化とは正反対の方向に向かいゆく。読み手がこの「魔の島々」の荒廃ぶりをおおよそ想いえがくためには、火山の噴火によって堆積された「燃え殻」の塊が、「二十五も連なり、その堆積のいくつかが大きくなって山と化し、さらにその空地が海に変じた」様子を想像すればよい（126）。語り手は第一スケッチ本文の冒頭にて、そのように綴る。そこに十九世紀アメリカの、地質学的な神意の主題をかさねるならば、火山の噴火による土地の隆起は、一般論的には天地創造の概念に接続する（Hitchcock 287）。だが、メルヴィルの語り手は、そこに世界の創成ではなく、「まさに冥府を思わせる光景（a most Plutonian sight）」をみて、それを「地獄（Tartarus）」と呼びもする（127）。そしてまた、第一スケッチは冒頭から、群島をめぐる魔法がかった超常現象に言及する。経度測定の技術不足もかかわるのだろうが、潮の流れがあまりに不規則であるために、航海上の計算に狂いが生じやすく、そのために、「エンカンターダズの緯度圏内に、およそ百リーグほどの距離をおいて、ふたつのはっきりと異なる群島が存在していると、長年にわたって信じられてきた」のだという(128)。気まぐれに吹く風や凪のため、近くを通過する船舶が、抗いがたく群島のなかに引きこまれることもあれば、海上でまったく意図せぬ方向へと流されることもある(127–28)。白い鯨と同様に、「魔の島々」の捉えがたさが、こうして幾度となく強調される。それはほとんどこの世のものではない。怖ける異界の風景である。

第一スケッチ後半部から、第二スケッチ「亀がもつふたつの相貌」にかけて、地獄の業火に焼き尽くされた群島に住まう、神があたえた懲罰に耐え忍ぶかのごときリクガメの様子が綴られる。今日の呼称でいう、ガラパゴスゾウガメのことであるが、語り手はこれらリクガメのなかに、「歳月の長さ」、「無限の忍耐」といった属性をみいだす。そこに試煉と受難の主題を読みとってもよいのだろう。地獄とは、神の怒りに服する類いの、裁きの異界であるのだから。その一方で、物語の語り手はリクガメの姿に、ローマの「壮大な廃墟と化した」「大円形演技場《コロセウム》」のイメージをかさねつつ、その甲羅から、「〈時〉の攻撃に抗する難攻不落の城砦」を連想し(131)、懲罰という試煉に耐えるかのごときリクガメの、「明るい」側面をえがきだす(130)。眠りから起こされた太平洋に浮かんでは消え、消えては浮かぶ群島に、そうして宗教と歴史を接続させ、自然に文明を結びつける素振りをみせる。むろんそれらは、仰々しいユーモアに彩られたものである。だが、冗句の衣をかぶりながらも、たとえば「歳月の長さ」や「無限の忍耐」というリクガメの属性は、追って第八スケッチ「ノーフォーク島と混血の寡婦」で綴られる、神の恩寵がとどくことのない、「魔の島々」に独り残された混血女性ウニイャの、哀しくも凛とした面影に結ぼれてゆく。そうして「魔の島々」を写しとるスケッチは、戯れながら、リクガメの二義性をえがくことで、ガラパゴスの風景をひとつの像に収斂させず、かつ、神意がおよばぬところ、神意の非情が捉えぬところにたいする共感もほのめかす。それはすなわち、太平洋に秩序をあたえ、神意を捕捉せんとする海洋学から、逸脱するということである。

「魔の島々」は、混沌と矛盾にみち、幻覚と錯誤をいざなう、海市の領域なのだ。第三スケッチ「ロック・ロドンド」では、群島の片隅に浮かぶ、ロック・ロドンドと呼ばれる石塔のごとき巨大な岩が主題になる。その岩棚という岩棚には、止まり木のごとく、さまざまな種の海鳥が群れている。だからこそ、「金色にけぶる真昼時などに、四リーグほども遠く離れたところから眺めると、それはきらめく帆布が幾重にもつらなっているスペイン人提督の旗艦のようにもみえてくる」(134)。あるいは「豪華客船」とみまがうばかりだ(137)。だが、群島内部に入りこみ、間近なところから眺めれば、最下段の岩棚には、「造化の女神がおのれの失策を恥じるかのように」隠しおいた、ペンギンの群れが直立し、そのひとつ上の岩棚には、「贖罪のために苦行を行っている」、「フランシスコ托鉢修道士」たるペリカンが居並ぶのみである（135）。遠景から、すなわち大陸側の視点から眺められる、壮大華麗なる「旗艦」「客船」は、近景すなわち群島の眼差しでは、憂愁をたたえた醜悪な被造物の風景になる。そうしてスペイン・カソリシズムを冷やかしつつ、海鳥たちが奏でる騒々しい鳴き声を、「朝の祈禱」に喩えもする（136）。ロック・ロドンドをめぐるスケッチの意味は、かくして収斂することがない。捉えがたきロック・ロドンドの、幻覚にみちた異界性が、浮かびあがるのだといってもよい。

異界が異界であるためには、「こちら」側の経験世界と、どこかでかならず接点をもたねばならないのだろう。異界に異界性をみいだすのは、まどろむ太平洋の場合に似て、あくまで「こちら」側の営みなのだから。幽《かす》かなる妖しきものは、白昼の経験世界があるからこそ、陽射しや灯し火のおよばぬ境界線たる夜陰から、忍びやかにたちあらわれるのだ。「今日でもある程度までそうだが、以前のある時期には、捕鯨の大船団が一部の船乗りたちのいわゆる〈魔の漁場〉で鯨油を求めて巡航していたことも、たしかにあった」（128）。第一スケッチのなかで、語り手はこのように綴るのだが、ここにある「以前のある時期」とは、おおよそ一八一〇年代のことであろう。捕鯨史的にいえば、このころのガラパゴス諸島は、太平洋中央海域に進出する捕鯨船にとって、まさしく南洋捕鯨の「入り口」であったのだった（森田 八三）。そしてまた、第四スケッチにあるように、地質学的にいえば南アメリカ大陸とつながっているという意味で（137）、大陸側の視点からみれば、そこは最果ての陸でもある。まどろむ太平洋に向かう「出口」である。二重の意味で、「こちら」と「あちら」の境界線なのだ。先に引いた、第一スケッチのエピグラフにある、「時折姿を現す」「あれなる島々」という、「渡し守」の言葉遣いは、境界線上に浮かんでは消え、消えては浮かぶ海市としての妖しき異界に似つかわしい。「渡し守」とは、「あちら」の入り口と「こちら」の出口を行き来する者の謂いなのだ。境界線上にある異界の混沌は、秩序と法が統治する「こちら」側には怖ける対象になるのだが、狂気の船長エイハブにとっては、あるいは次節にて触れる逸脱者にとっては、唯一の居場所、唯一の目的地となる。そうした異界の両義性が、こうして炙りだされてゆく。

三　海賊と私掠

第四スケッチ「岩塔よりみたるピスガの眺望」では、群島を鳥瞰するロック・ロドンドの高みから眺めた、空間的、時間的という双方の意味での、群島と大陸の関係性が主題化される。ガラパゴス諸島と南アメリカ大陸との地理的関係、地質学的関係という、空間をめぐる記述がつづいたのち、スペイン人によって「発見」された歴史的、時間的経緯が簡潔に綴られ、そうして「洋上に占めるわれらの相対的な位置」が確定される（139）。太平洋に浮かぶ群島をえがくこれら一連のスケッチは、かくて、もはや空間だけのものではなく、時間の奥行きも兼ね備えたものと化してゆく。そうして語り手は、群島のそれぞれの島にかかわるスケッチをかさねる。第四スケッチの後半では、アルベマール島、ナルボロー島、ジェイムズ島、カウリーの魔の島、その他さまざまな小島が紹介され、物語の後半部にあたる、第六スケッチ以降の準備が行われる。その後の第五スケッチ「フリゲート艦と逃亡船」では、先にも触れた、エセックス号およびポーター艦長というアメリカ海軍史の伝説的存在が、ガラパゴス諸島周辺における海域支配の歴史とのかかわりで言及される。

第六スケッチ「バリントン島と海賊《バッカニア》たち」にて展開される主題は、海軍と表裏一体の関係にある、海の無法者たちをめぐるものである。それは以下のように書きだされる。

> 二百年ほど昔のバリントン島は、西インド諸島の海賊（the West Indian buccaneers）の一翼を担ってその名を轟かした集団の隠れ処《が》であった。彼らはキューバ海域から追いだされるや、ダリエン地峡をとおりぬけ、太平洋側のスペイン植民地を掠奪し、さらには、現代の郵便配達をおもわせる規則正しさとタイミングのよさをもって、マニラとアカプルコ間を往復する王室御用の宝船を待ち伏せした。（144）

海賊《バッカニア》たちにとってバリントン島は、「安全な潜伏所、発見される心配のない隠れ処」であったという（144）。そうして彼らバッカニアたちの掠奪ぶりが紡がれるのだが、語りの筆致はバッカニアの極悪非道を詳述する方向には向かわない。メルヴィルの語り手は、「ある感傷的な航海者」の口をかりて、すなわち語りに二重の予防線をはったうえで、彼らが島に遺した痕跡、すなわち彼らが造った「ロマンティックな香りの漂う腰掛け」の名残りから、想像力をはたらかせ、それが「純粋の憩いや自然との静かな交感」のためだけに造られたのだろうと思いなす（145）。バッカニアを「冒険者たち」といいかえて、大陸の側からすれば、手に負えない荒くれ者、ならず者たちに、「瞑想的哲学者」「田園詩人」「腰掛け大工」の素養があることをみとめ、かつ、彼らのなかには「純粋な心の安らかさと美徳を発揮できる、紳士らしく親しみやすい人間」もいるのだとする（146）。こうした逆説めいた言い回しは、むろん、「エンカンターダズ」という物語の全スケッチに染みわたる、混沌と矛盾という属性に鑑みれば、さして不可思議でもないのだろう。そうして一面において残酷残虐な海賊たちが、反面においては美徳の者であるという、互いが互いを打ち消す海賊たちの両義性が強調される。だが、ここで留意せねばならないのは、そうしたことを紡ぐ際に、語り手が「ある感傷的な航海者」の口をかりている、というところである。この「感傷的な航海者」とは、ノースウエスタン＝ニューベリー版「エンカンターダズ」の註釈に拠れば、イギリス海軍のジェイムズ・コルネット艦長のことだという(4)（603）。種本を横におきつつ筆を進めるというスタイルは、メルヴィル一流の執筆方法なのだが、自由に引用したり書き換えたりしている他の引用箇所とは異なって、メルヴィルの語り手はバッカニアの美徳をめぐるこの箇所についてのみ、「感傷的」な匿名の誰かの言葉であり、おのれのそれではないと明言したうえで、わざわざすべてに引用符も付している。そうしておのれの言葉である蓋然性もほのめかす。これはどうしてなのだろう。

このスケッチの主題であるバッカニアとは、十七、十八世紀のカリブ海域において、スペインの船舶や植民地から略奪を行っていた海賊集団の呼称である。その多くは、かつて外洋船舶に乗り組んでいた、底辺労働者であった。彼らと大国による植民地支配とのあいだには、密接な関係がある。十六世紀から十八世紀にかけて、環大西洋にて成立した世界市場を最底辺で支えていたのは、「金・銀・砂糖・タバコ・銃火器そして人間＝奴隷」といった「世界商品」を海上で運搬する、平水夫であったといってもよいが（石原 二四）、彼らは近代的労務管理のもと、抑圧され、虐げられた者たちでもあった。したがって、彼らにとって海賊行為とは、サボタージュやストライキなどと同様、「究極の抵抗と自律の形式」を意味していたのであり、それはすなわち帆船を、「水夫の自主管理空間に作り変えていくための生産管理闘争」であったということである（石原 二九）。そうして元平水夫たちによる海賊集団が形成されてゆくのだが、こうした成り立ちから、彼らの組織はしばしばきわめて民主的に運営されていたのだという。

海賊たちは大国と手を組むことで、スペインが独占を図らんとしていた、新たなる植民地から得られる利潤をターゲットにした。それは同様の利益をねらう大国側にとっても、利するところ多き取引であった。フランスやオランダなどにつづき、イギリスも、十六世紀なかばから西方に進出を試みるのだが、ジョン・ホーキンスやフランシス・ドレイクといった高名なるイギリスの海賊は、奴隷密貿易で財をなしたのち、私掠特許状の発行をうけ、スペインに抗して掠奪行為を繰り返した者たちである。こうしたイギリスのスペインにたいする私掠行動の結果、両国は一五八五年から交戦状態にはいるが、一六〇四年に戦争が終結するまで、私掠行為はつづけられた（薩摩 五〇）。

イギリスにとって、その後沈静化していた掠奪行為の重要性がたかまるのは、オリヴァー・クロムウェルの統治時代、一六五五年のジャマイカ占領以後のことである。ジャマイカの総督たちが、スペイン領に対抗する島の防衛力として、カリブ海域にひそむバッカニアを頼りにしたのだ。総督たちはバッカニアに私掠特許状をあたえ、スペイン船や南米スペイン領の街を襲わせた。そうして植民地の境界線を決するための交渉がはじまり、一六七〇年のマドリード条約において、スペインはイギリスがアメリカですでに建設していた植民地の存在を、公式に容認する。他方、私掠特許状を取り消すことも定められた。これ以後、イギリスはジャマイカを拠点とする掠奪行為にたいして、管理強化を進めてゆく（薩摩 五一）。先に第六スケッチから引いた、西インド諸島のバッカニアたちが「キューバ海域から追いだされるや、ダリエン地峡をとおりぬけ、太平洋側のスペイン植民地を掠奪」していたのは、おおよそこの十七世紀後半のことであろう。

いうなれば、彼ら残虐なる海賊たちの多くは、おのれを虐げ搾取する近代的装置から逃亡し、民主的な自主管理空間を構築したうえで、スペインの利潤を掠奪し、あるいは掠奪をねらう大国の海軍力を補完することで利益を確保し、そうして集団を維持していたのだということである。彼ら自身が残酷な美徳の人であるという両義性を有しているだけでなく、あるいはそれゆえに、彼らは近代とも両義的な付き合いをしていたのだといってよい。そこから退出しながらも、そこから利潤を得ていたのだから。自由空間を保持しつつ、大陸国家と互恵的な関係をつくりあげていたのだといってもよい。

ところで、統制が強化されたとはいえ、十七世紀末以降になっても、戦時にかぎり、私掠行動はジャマイカをふくめたカリブ海域や北アメリカにおいて、さかんに行われていた。そうして戦時の商業破壊戦の一翼を担う合法的掠奪行為として、十八世紀をつうじて存続してゆく（薩摩　五二―五三）。だが、正規の海軍が整備され、戦争にかかわる国際法の必要性が意識されるにつれて、私掠船は大国によって抑圧、弾圧されるにいたる。十九世紀に入るころには、イギリスでは非合法化され、鎮圧と取り締まりの対象になってゆく。混沌の海に秩序が導入されるにつれて、互恵的関係にあった海賊たちを、大陸国家は切り棄てるのだ。アメリカ合衆国も、独立当初、西欧諸国と比して遥かに海軍力が劣っていたため、米英戦争のころまでは私掠船を利用して海戦を展開していたが、徐々に方針を転じ、公式の軍備として、海軍の整備に少しずつ力を入れるようになる。

　メルヴィルが生まれ育ち、船乗りとして生きた十九世紀前半期という時期は、帆船の元平水夫たちによる自主管理空間が、大国に破壊されるさまを、進行形で目撃した時代であった。帆船に代わり、蒸気船が主流になってゆく転換期でもあった。そうして大陸によって押しつぶされ、消えゆく群島の海賊にたいする、メルヴィル自身の哀惜の念が、語り手の第六スケッチにおける話法の在り方に、接続しているのではなかろうか。海洋の秩序化を図る近代の植民地支配にたいする違和感と、虐げられた帆船の平水夫にたいする共感が、第六スケッチの裏側に、隠れているということだ。コルネット艦長の名を伏せて、引用ではない可能性をほのめかしつつ、引用の話法でかたらんとする営みを裏返せば、そこにメルヴィル自身のバッカニアにたいする「感傷」が、影画のごとく浮かびあがってくるのだ。海の人メルヴィルは、帆船上での平水夫の世界を、心の底から愛していたのだから。

　つづく第七スケッチ「チャールズ島と犬王《ドッグ・キング》」では、こうした両義的な海賊の、さらなる両義性が主題となる。バリントン島の南西に位置するチャールズ島にも、海賊にかかわる伝承がある。「キューバから来た、ある冒険好きのクレオール人」が（146）、宗主国スペインとの独立抗争における功績にたいする、報いの現物支給として、ペルー独立政府からチャールズ島の所有権と自治権をあたえられる。「灰色の大型犬の騎兵中隊」を従えて（147）、入植、開拓を試みたこの者もまた、おそらくバッカニアの末裔の一人ではないかと推察されるが、外国の捕鯨船から入港税を徴収して、「国家歳入の足し」にしたり(148)、船乗りたちを誘拐し、人口増を図ったりもする。そうして元海賊的存在が君主制を導入するという皮肉が垣間みえるのだが、支配下におかれ、虐待をうけてきた「水夫あがりの無法者ども(lawless mariners)が、残りの親衛兵や一般人民たちとともに、恐るべき反乱に突入し」、革命政府を樹立することに成功する。そうして「共和制」を敷いた彼らは、たんなる民主主義ではなく、「法ならぬ無法をいだくことを無上の誇りとする、恒久的な暴徒主義(a permanent *Riotocracy*)」に基づく新しい「国家」を樹立する。チャールズ島は、「あらゆる国々の海軍において虐げられた者の避難所」として(149)、その名を知られるようになったのだ、と。「自由の大義」に殉ずる、「自由の名のもとに勝手気ままなことをする、あらゆる種類のならず者」の、「天下御免の隠れ場」なのだ、と(149–50)。そうして抑圧された者が抑圧する、という風刺が描《か》きこまれるとともに、元水夫たちによる混沌の「暴徒主義」こそが、究極の共和制、民主制なのだとして、海軍や大国の秩序と法による統治が、間接的に茶化される。表向きには「感傷的」として遠ざけた第六スケッチを、いま一度、語り手が呼び寄せるのだといってもよい。

おそらくは、世界市場に巻きこまれ、貧困にあえぐ三人の「ペルー人家族」がいる。厳密にいえば、それは生粋のカスティリヤ人の夫、混血の先住民たる妻、およびその弟の三名から成る「家族」であり、したがって、そこにも植民地主義の歴史がかかわってくるのだが、第八スケッチ

「ノーフォーク島と混血の寡婦」は、ガラパゴス諸島にわたり一攫千金を狙った、彼らの運命の顛末をえがく。フランス捕鯨船に裏切られ、夫と弟を水難事故で喪ったために、絶望と孤独のなかで独りノーフォーク島にて受難の日々を送っていた、ウニイヤという女性の救出をめぐるスケッチである。すでに別稿にて詳述しているスケッチであるため（橋本 二二七―四四）、ここでは紙幅を費やすことを控えるが、メルヴィルの語り手は、彼女の悲運と気丈夫を前に、憐愍の情をいだき、畏敬の念を表するのであった。

第九スケッチ「フード島と隠者オーベルラス」は、海賊の歴史とは異なる、十九世紀環太平洋という新たなる世界市場からの退出者、ビーチコーマーにかかわる伝承をとりあげる。(6) 南洋の強い陽射しを浴びすぎて、火傷をしたかのごとく醜悪な容貌をした西洋白人オーベルラスは、船から脱走し、フード島にて人目を避けつつ暮らしていた。外見のみならず、内面においても徹頭徹尾、倫理と人間性を喪失した、身も心も醜悪なこの人物は、しかしながら支配欲だけは喪わず、たまさかに立ち寄る船舶の乗り組みたちを惑わせて、捕らえ、彼らを奴隷のごとく支配する。そうした人間堕落の最果てがえがかれる。虐げられた者たちのなかにも、忌むべき者がいるのだ、と。語り手はスケッチ末尾の註記にて、この挿話がエセックス号艦長デイヴィッド・ポーターの手による『太平洋航海記』に基づいていることを明記するが、自由に書き換えているとの断りも、そこに添える。そうして第九スケッチは、第六スケッチにおける「感傷」を、いま一度、非感傷的に相対化する。

メルヴィルの語り手が想いを馳せる、バッカニアやビーチコーマーたちの背景には、十七世紀の大西洋と十九世紀の太平洋で彼らを虐げてきた、大国の近代的装置がある。メルヴィルは、虐げられた平水夫たちの、規範と秩序からの逸脱という冒険行為に、共感を寄せる類いの人であった。海軍の「正史」には書かれない、平民の物語を愛する人であった。それは遺作『ビリー・バッド』にひきつがれてゆく主題であるが、「エンカンタダズ」の語り手は、それを打ち消すかのように、他のスケッチを併置して、意味の脱固定化、脱秩序化を図っている。それが群島の特性なのだとでもいいたげに。

四　拡散する海図

最終の第十スケッチ「脱走者、漂流者、隠者、墓石、その他」では、魔の島々において朽ち果てた、「消えゆく人間の痕跡」が綴られる(172)。すなわち、近代と秩序の外部に退出した者たちの、生活の痕跡、生命の痕跡が、寂寥の想いとともに紡がれる。群島は、楽園であり、地獄でもある。このあたりを巡航する船舶にとっては、都合のよい「無縁墓地(Potter's Field)」でもある(173)。そうして近代と大陸という「こちら」側が、死者を眠らせる空間として、「あちら」側たる群島に、異界性と魔界性をあたえるのだ。自主管理空間を構築した海賊たちの営みですら、有限たる人間によるそれである以上、島の周囲をとりかこむ、寄せては返す波によって遥か遠方へとながされて、あるいは島のなかで朽ち果てて、「あの」世に消えてゆく。そうして遺された痕跡の向こうにある者にたいする、哀惜の念が綴られたのち、彼ら死者たちの墓地に添えられた、「こちら」側の「下手な狂詩風の碑文」が引かれる。

おい、ちょいと、そこなる兄ちゃんよ、
おめえ、ここをお通りになってさ、
今そうしていなさるけどよ、
俺さまだって昔はそうだったぜ。
ただもう元気いっぱい、
それはもう粋《いき》なもんだった。
それが今はどうだ、泣けてくるじゃねえか。
お給金だって貰えねえ身分になっちまって、
眼をまばたかせて見ることもかなわねえ、
ただここでこうしてよ——

火山の金屎《かなくそ》といっしょにされて、
ここんとこに押しこまれちまったってわけ！（173）

第十スケッチにおいても、感傷と戯れ言が併置され、それぞれがそれぞれを打ち消さんとするのだが、こうして物語はこの素っ頓狂な口語的碑文をもって閉じられる。かくて、第一スケッチ冒頭のエピグラフにある、『妖精の女王』の古語法的韻文に接続する類いの円環構造を、物語は撥ねつける。整合と秩序を拒否するのだ。ガラパゴスのリクガメは、暗くて明るいのだから。「エンカンターダズ」の各スケッチという断片は、互いに近接しつつも、断絶しているからこそ、ひとつの図像に収斂しない。それもまた、各島が独自の生態系をはぐくんできた、ガラパゴスたる所以なのだといってよい。

メルヴィルが作成した、十枚のスケッチから成る「魔の島々」の海図には、異界をめぐる空間的な位置関係がしめされるだけでなく、太平洋の海に眠る、喪われた過去の物語もかさねられ、そうして近代の大陸と群島、大国と平水夫の通時的な関係も描きこまれる。メルヴィルは、モウリー中尉とは異なって、目的地に辿りつくために安全かつ合理的な航路をしめす類いの海図を作成することはしなかった。「魔法がかった」捉えどころのない異界としての群島は、平面の海図には収まらない。白い鯨の認識論と同様に、脱中心化し、拡散してゆくような、異界の複層的、断片的な風景。

それが「エンカンターダズ」の海図なのであり、「エンカンターダズ」という海図なのだ。

注

（1）D・H・ロレンス『アメリカ古典文学研究』より。日本語訳は、大西直樹訳（『アメリカ古典文学研究』講談社文芸文庫、一九九九年）に基づく。以下、『白鯨』の引用にかかわる日本語訳は千石英世訳（『白鯨 モービィ・ディック 上』講談社文芸文庫、二〇〇〇年）、「エンカンターダズ」は杉浦銀策訳（『乙女たちの地獄 H・メルヴィル中短篇集 1』所収、国書刊行会、一九八三年）に依拠している。記して謝意とさせていただくとともに、文脈におうじて自由に変更させていただいている点も、お断りしておく。

（2）メルヴィルがユナイテッド・ステイツ号上で『ビーグル号』を読んだことをしめす記録はないが、作家としてデビュー後の一八四七年、第二作『オムー』で得た印税を元手に、同書を購入している（Parker 499）。

（3）メルヴィルがいかに書き換えたのかについては、ラッセル・トーマスに詳しい。

（4）ちなみにメルヴィルは、『白鯨』を執筆する際にも、コルネットの航海記を参照している（Parker 723）。

（5）主権国家が民間の船舶にたいし、他国の船舶を攻撃、拿捕することを、合法的に認める特許状のこと。すなわち合法的に海賊行為を許可するものであり、この特許状を携えた船舶のことを、私掠船と呼ぶ。

（6）『オムー』でもえがかれるビーチコーマーとは、字義的にいえば、海辺を歩きまわり、漂流物を収集する人、くらいの意味である。転じて「捕鯨船・商船・軍艦から逃亡したり、船長によって置き去りにされたり、難破船から漂着したり、オーストラリアの流刑地から脱獄したりした」（石原 四〇）、主として南洋の島々に滞在し、島の社会秩序にある程度溶けこんだ類いの西洋白人のことを意味するようになる。

引用文献

Burnett, D. Graham. "Matthew Fontaine Maury's 'Sea of Fire': Hydrography, Biogeography, and Providence in the Tropics." *Tropical Visions in an Age of Empire*, edited by Felix Driver and Luciana Martins, U of Chicago P, 2005, pp. 113–34.

Hitchcock, Edward. *Elementary Geology: A New Edition, Revised, Enlarged, and Adapted to the Present Advanced State of the Science*. 8th ed., Newman and Ivison, 1852.

Lawrence, D. H. *Studies in Classic American Literature*. Penguin, 1977.

Melville, Herman. *Moby-Dick: Or, The Whale*. Edited by Harrison Hayford et al., Northwestern UP / Newberry Library, 1988.

——. "The Encantadas, or Enchanted Isles." *The Piazza Tales and Other Prose Pieces, 1839–1860*, edited by Harrison Hayford et al., Northwestern UP / Newberry Library, 1987, pp. 125–73.

Parker, Hershel. *Herman Melville: A Biography*. Vol. 1, Johns Hopkins UP, 1996.

Sten, Christopher. "'Facts Picked Up in the Pacific': Fragmentation, Deformation, and the (Cultural) Uses of

Enchantment in 'The Encantadas.'" "*Whole Oceans Away*": *Melville and the Pacific*, edited by Jill Barnum et al., Kent State UP, 2007, pp. 213–23.

Thomas, Russell. "Melville's Use of Some Sources in *The Encantadas*." *American Literature*, vol. 3, no. 4, 1932, pp. 432–56.

石原俊『〈群島〉の歴史社会学——小笠原諸島・硫黄島、日本・アメリカ、そして太平洋世界』、弘文堂、二〇一三年。

ウルフ、アンドレア『フンボルトの冒険——自然という〈生命の網〉の発明』、鍛原多恵子訳、ＮＨＫ出版、二〇一七年。

薩摩真介「ブリテン海洋帝国と掠奪——近世の北米・カリブ海植民地における私掠・海賊行為研究の現状と展望」『西洋史学』第二百二十五号、二〇〇七年、四六—五九頁。

橋本安央『痕跡と祈り——メルヴィルの小説世界』、松柏社、二〇一七年。

森田勝昭『鯨と捕鯨の文化史』、名古屋大学出版会、一九九四年。

鷲津浩子「クジラ漁の始まったころ——『白鯨』と船舶位置確定」『知の版図——知識の枠組みと英米文学』所収、鷲津浩子・宮本陽一郎編、悠書館、二〇〇七年、三—四二頁。

二つの軍艦物語を通して変化するメルヴィルの視座

——人種と階級、それぞれの「深淵」をめぐって

辻　祥子

はじめに

ハーマン・メルヴィル（Herman Melville）の作品には、異なる階級や人種の間の対立や共存がテーマになっているものが多い。それには、メルヴィルが二十代の前半に、捕鯨船、商船、さらには軍艦に乗り込み、平水夫という最下層の身分で働きながら、様々な人種・民族の仲間と寝食をともにしたことが影響している。船を下りたメルヴィルは、海洋長編小説を立て続けに六作品出版

したあと、陸を舞台にした中・短編を書き始める。本論では、最晩年のメルヴィルが、作家人生の初期に書いた軍艦の物語『ホワイト・ジャケット』（*White-Jacket*, 1850）を参照しながら、四十年ぶりに新たな軍艦物語『ビリー・バッド』（*Billy Budd*, 1891, 1924, 以下 *BB* と略記）を手掛けたことに注目したい（Franklin 358）。前者は若い現役水兵の視点から、後者は老いた元水兵の視点から、メルヴィル自身が語ったものとして読める。両作品を比較することで、メルヴィルの階級や人種の問題に対する認識の変化を読み取りたい。さらに長い作家人生をかけて追究してきたこれらの問題に対して、メルヴィルが軍艦を再び舞台として選び、何を試みたのかを考察したい。

一　階級間の「深淵」

メルヴィルはアメリカのフリゲート艦の水兵として、一八四三年の八月から翌年十月まで勤務し、その経験をもとに、デビューから五作目の長編『ホワイト・ジャケット』を執筆する。自伝的色合いが強いこの作品の、主人公兼語り手のホワイト・ジャケットは、作者と同じ時期にフリゲート艦の水兵になり、軍艦が艦長を頂点とする、どこよりも厳しい閉鎖的な階級社会であることを身に染みて感じる。そこでは常に個人の人権より秩序の維持が優先され、乗組員の行動は、刑罰の対象になる罪状を事細かに定めた「戦時条令」なる刑法によって縛られている。また、軽微な罪を犯した場合、それが士官だと刑罰が免除されるのだが、水兵だと艦長の自由裁量で鉄鎖をはめられるか鞭刑に処せられ、人間としての尊厳を奪われる。ホワイト・ジャケットはこのような不自由で不平等な軍艦の実態を嘆いて次のようにいう。

アメリカの艦長とアメリカの水兵の間に、このような大いなる深淵(great gulf)を横たわらせたのはだれだ?(中略)艦長は堕ちることのない天使であり、一分の誤りさえ犯すことはないというのか?それとも水兵は(中略)人間としての属性もなく、手足を縛られたまま、アメリカの軍艦に投げ込まれ、人権も特権もはぎ取られたというのか?(301)

この階級間の「大いなる深淵」こそ、メルヴィルが最も重要視した課題の一つであるといってよい。語り手は、とくに前述の鞭刑について四章に渡って詳しく述べ、この刑がいかに理不尽であるかを強調している。鞭刑に反対する運動は一八二〇年代から始まっており、一八四〇年代にはそれに同調する元水兵の自伝や回想録もかなり出回っていた(Glenn 113)。『ホワイト・ジャケット』もその運動に刺激を受けて書かれた抗議文学としての側面がある(池田 三三三)。この作品の出版から半年たった一八五〇年九月、海軍の鞭刑を廃止する法案がアメリカ議会で可決される。陸軍の鞭刑廃止が一八一二年（A. Taylor 348）であるから、海軍がいかに保守的であったかがわかる。これを受けて、メルヴィルとかつて同じ軍艦に乗り、のちに海軍少将になったフランクリンという人物などは、「『ホワイト・ジャケット』が他の何にも増して、海軍の体罰廃止に影響を与えた。この本は、全議員の机の上に置かれ、我が国の人道的感情に雄弁に訴えかけたのである」と手放しで讃えている（池田 三三五）。鞭刑廃止運動の長い歴史を考慮すれば、『ホワイト・ジャケット』の貢献はさほど大きくないかもしれないが、この作品の反響が議会の決議への最後の一押しとなった可能性はあるだろう。

メルヴィル最晩年の遺作『ビリー・バッド』も軍艦が舞台だが、今度は十八世紀末の戦時に、偵察のため一隻だけ艦隊から離れたイギリス軍艦である。こうした、さらに孤立した階級社会において、水兵に科せられるさらに重い刑罰、すなわち公開絞首刑の是非を問うている。すでに指摘したように、メルヴィルがこの作品を執筆する際、『ホワイト・ジャケット』を傍らに置いていた。しかしながら、語り手の年齢がかなり上がり、その語りを通して表現される作者自身のスタンスには大きな違いが見られる。

物語の概略は次の通りである。主人公の若い水兵ビリー・バッドは、イギリスの商船から軍艦に強制徴募されたあと、彼の人気に嫉妬した兵曹長クラガートの陰謀によって、謀反の首謀者ではないかとの嫌疑をかけられ、艦長室に呼ばれる。ビリーは、興奮しすぎると言葉が出てこないという弱点のため、ヴィア艦長の目の前で自己弁護できず、衝動的にクラガートを殴って死なせてしまう。戦時中ということもあり、軍規の乱れを恐れたヴィアは、乗組員の中から三名を判事に任命して臨時法廷を開き、「反乱防止法」に基づいて、ビリーを公開絞首刑にする。

『ホワイト・ジャケット』の語り手であるならば、ビリーの処刑が拙速すぎるとして、それを主導したヴィア艦長を非難するであろう。これに関して批評家の意見を網羅的にまとめたダニエル・J・ソロヴによると、実際、ヴィアの判断や方法に問題があると見る批評家が多い。ソロヴ自身の解釈としては、ヴィアを悪役や暴君とみなすことはたやすいが、そうではなくて、ヴィアほど教養があり、中庸を好み、船上で最も文明化された人物でさえ、不安を取り除くために人間の生贄をささげるという最も原始的儀式にすがってしまうのだという教訓を読み取るべきだという（Solove 2470）。しかし、こうしたソロヴの読み方も、ヴィアを一方的に批判する批評の域を出ていない。はたしてそれは本当に語り手、そしてメルヴィルの意図することなのか。

テクストをよく読むと、語り手はヴィア艦長の問題点を十分認めながら、一方で彼を擁護している。とくに、ほとんどの批評家が作品解釈に取り入れていないソマーズ号事件の記述についても注意しながら、語り手のこうした複雑な立場を、以下に詳しく見ていきたい。

たしかに語り手は、ヴィア艦長がビリーの件に関して冷静さを欠き、かつ独裁的に物事を進める様を描写している。ヴィアは、臨時法廷の開催を早々に決め、判事として、素人同然の一等海尉

（副艦長）と航海長に加え、本来部外者であるはずの陸軍所属の海兵隊長を慣例に反して抜擢する。命令の伝達役を命ぜられた軍医は、「これほどの異常事態では、まずは慣例にしたがって、ビリーの拘束状態を保ちつつ、艦隊に戻るまでそれ以上の措置は延期し、しかるのちに司法長官に委ねるべきである」（48）と考え、他の士官たちも同様の意見を持っているが、誰も進言できない。かくしてヴィア艦長は、「裁判の維持を監督する権利や、必要に応じて公式、非公式に介入する権利」を行使しながら（50）、従順で無能な判事たちに、ビリーの極刑を半ば強引に認めさせる。これは当時の軍法に照らすと、前例のない越権行為であるともいえる（Weisberg 150–52）。

しかしながら、一方で語り手は、ヴィア艦長が自分の権威を笠に着て、慣例や法律を踏みにじる人間ではないことも示唆している。実際のところヴィアは、臨時法廷の開催を「慣例に背反しない」（50）ことだと判断しており、彼なりの観点で慣例を尊重していることがわかる。さらに語り手は、ヴィアが「個人の良心」ではなく、「法律（code）の中に表わされた国王の良心」に忠誠を尽くそうとしていることにも触れている（55）。

ところで『ホワイト・ジャケット』では、アメリカの軍艦において乗組員の刑罰について定めた「戦時条令」の起源が、専制的なイギリス王政にあることが指摘されていたが、『ビリー・バッド』でイギリス艦のヴィア艦長が判断の拠り所にした「反乱防止法」に強い影響を与えていたのは、時のイギリス国王ジョージ三世が定め、十九世紀には「ブラッディ法（Bloody Code）」として知られていた刑法である。この法律は六十もの罪を死刑の対象にし、その中に計画的でない殺人も入れていた。そしてその効力は英米の軍隊のみならず市民生活にも及んでいた（Franklin 338–40, 353–54; Knowles 9）。だとすれば、ビリーを裁くのが船上の臨時法廷であろうと、司法長官であろうと、死刑という結果は同じであったはずである。

さらに語り手は当時、海軍が置かれていた危機的状況を考慮し、ヴィアの行動に理解を示している。

> 軍艦の乗組員が海上での勤務中、暴力を振るって上官を殺害したというなら、それは速やかなる刑の処罰を要する重罪である。にもかかわらず、おとがめなしで通るとしたら、当時、艦隊に蔓延していた未確認の雰囲気のことを考えれば、軍規が実際的影響を受けるのは必至だったろう。艦長が示した予見もそれについてだったのだ。（57）

この「未確認」とはいえ、独特の雰囲気を作っていたのは、この物語の設定と同じ年である一七九七年に、スピッドヘッドとノア湾の二か所で起こった水兵による大きな反乱である。語り手はこの反乱に繰り返し触れ、当時どの戦艦もただならぬ緊張感に見舞われていたこと、ヴィア自身もその反乱を意識していたことを強調し、ヴィアが下した決断もやむなしとしている。

最後に語り手は、一八四二年にアメリカ戦艦ソマーズ号で起こった事件を引き合いに出す。

彼らが追い込まれていた精神状態に、多かれ少なかれ、似通ったものがある。一八四二年、合衆国偵察船ソマーズ号の艦長が対処を迫られていた苦悩がそれだ。このとき、アメリカには「戦時条令」といって、英国の「反乱防止法」に準じて制定された法律があり、この艦長は士官候補生一名、水兵二名に対し、艦船の乗っ取りを計画していた謀反者として、海上処刑を宣告した。しかも、当時は平和時で、船は基地出港後何日も経っていなかったというのに、この判決はただちに執行された。事件後、陸上で召集された海軍調査委員会も、この判決の合法性を支持した。これは歴史の事実だから、コメントなしに引用したまでのことである。もちろんソマーズ号とベリポテント号とでは、事情が違う点があるが、逼迫した緊張感は同じだったであろう――確かな根拠があったのかどうか、それは知らない。(57)

すなわち、十九世紀半ばの平和時のアメリカ艦でさえ、水兵の反乱の誘発を恐れて三人もの容疑者が海上処刑され、正当性が認められたのだから、それより五十年近く前の戦時のイギリス艦において、ヴィアが同じ理由でビリーの処刑のために動くのも致し方ない、という論理である。

実際の歴史を詳しく見ると、ソマーズ号での処刑は、当初から行き過ぎであるとして世間から批判が起こり、その処刑を決定した裁判の統括責任者であったメルヴィルの従兄弟ガート・ガンズヴォート大尉、およびその家族がその矢面に立たされている。そのためガートは精神的にも追い込まれ、酒浸りの日々を送っていたようだ。当初、彼は裁判は正しかったと公言していた。しかしあとになって、それはマッケンジー艦長の強い指示によるものであり、自分は絞首刑に反対だったが、艦長への忠誠心から黙っていたと告白している（Rogin 296）。このソマーズ号事件こそ、『ビリー・バッド』執筆の動機であり、副題の「内側の物語（An inside narrative）」とは、この従兄弟の物語なのではないかと推測する批評家もいる（Robertson-Lorant 585）。ソマーズ号とベリポテント号の事件は、謀反の計画の有無や殺人の有無など異なる点が多々ある。しかし語り手はそのような違いよりも、「逼迫した緊張感」の共通性を重視し、ヴィアの物語にガートの物語を重ね合わせ、両者の苦境を理解しようとしているのだ。

事件から四十年以上もたった一八八〇年代の終わりに、ソマーズ号事件におけるガートの役割が再び二つの雑誌に取り上げられ、それぞれ批判と擁護の意見が出されている（Robertson-Lorant 585; Rogin 295）。この時期は、メルヴィルはすでに『ビリー・バッド』をかなり書き進めていたと考えられるが、いずれにしても、この事件がメルヴィルに与えた影響は無視できないものがある。彼のスタンスをさらに詳しく探りたい。

まず、ソマーズ号事件の議論が再燃した背景として、十九世紀後半、全米各地で人権意識が高まり、体罰や死刑の廃止運動が起こったこと、その成果として刑罰の合理化や緩和が進んだことが挙げられる。実際、一八七〇年ごろまでには、英米の双方でブラッディ法の効力は失われていた(Ryan 115; Franklin 339)。アメリカでは、故意でない殺人を絞首刑にしない州や公開絞首刑を廃止する州が増える。さらに一八八〇年代になると、絞首刑そのものが残酷だとして、電気椅子の導入が議論され、一八九〇年から電気椅子での処刑が始まる(Franklin 342–45)。こうした背景を考えると、水兵を反乱未遂の罪だけで絞首刑にしたソマーズ号事件が、一八八〇年代の終わりに再び問題視されたのも不思議はない。

一方、メルヴィルのスタンスは、途中でそれとは対極の方向に変化する。事件発生当時、彼は別の軍艦の水兵で、この少し前に謀反の計画に加わったとして拘留された経験もあり(Robertson-Lorant 122; Rogin 84)、当然ソマーズ号で水兵たちに科せられた重い刑罰に反発する気持ちはあったはずだ。現に『ホワイト・ジャケット』では、アメリカ海軍の規則の厳格さや艦長に付与された権限の大きさを批判するのに、鞭刑の残酷さに加え、ソマーズ号事件の理不尽さを実例として取り上げている。処刑に関わったガートが身内で、船乗りとして憧れの存在でもあったため(Gale 150)、「ある合衆国フリゲート艦」と船名も伏せ、露骨な批判は避けているが、メルヴィルが水兵の人権を擁護する立場にあったことは明らかだ。

しかしながら、その後まもなくメルヴィルは、水兵の人権よりも秩序の維持を重視せざるをえないような事態を次々に目の当たりにしていく。例えば『ホワイト・ジャケット』で批判の的であった鞭刑も、いざ廃止されると、その直後から士官、水兵双方の暴力事件が激増し、海軍の規律が大いに乱れ始める（Langley 196）。そこで現場では、艦長の強いリーダーシップの復活が求められるようになるのだ。鞭刑廃止の悪影響は商船にも見られた。当時、メルヴィルの尊敬する作家ナサニエル・ホーソーンはリヴァプール領事として、現地の港に入ってくるアメリカ商船の乗組員たちが引き起こす暴力事件を数多く取り扱っていた。ホーソーンは「多くの他の例と同様、博愛運動が行き過ぎて鞭打ちを禁じてしまったが、そのため船長が厳格な処罰を行う責任を回避している」と批判し（Stewart 152）、船内の鞭打ちを再び合法化すべきだと考えていたようだ。メルヴィルは、一八五六年にホーソーンに会いにリヴァプールを訪ねており（Stewart 168）、こういった実情を知らないはずがない。またメルヴィル自身、ニューヨークで発生した一八四九年のアスタープレイス劇場の暴動、一八六三年の徴兵暴動、同じ時期に激しさを増す南北戦争の動乱、さらには一八七〇年以降、各地で発生する何千件というストライキやデモといったものを見聞きする中で（Solove 2463）、船乗りだけでなく、一般の市民が暴徒となって街を破壊し、人命をも簡単に奪うことへの恐怖心や警戒心が大きくなったのではないか。実際に、一八五〇年代後半に執筆した中・短編で、メルヴィルは、ロンドンの街にうごめく群集にすでにコントロールの効かない底知れぬ力を見出し、また暴徒となって残飯に殺到する飢えた貧困者や革命に熱狂する民衆の姿を否定的に捉えている。一八七〇年代に書いた詩「宿屋にて」と「ボンバ王時代のナポリの、とある午後」では、イタリア革命のリーダーであり、アメリカでも人気の高かったジュゼッペ・ガリバルディに、あえて英雄的イメージを与えていない。

以上のことを考慮しながら『ビリー・バッド』のテクストに戻ると、艦内の秩序維持という責務を負い、時に水兵を厳罰に処すしかなかったヴィア艦長、ならびにソマーズ号のマッケンジー艦長にメルヴィルが一定の理解を示す一節を入れたのも当然といえる。同時にメルヴィルは、マッケンジー艦長の立場を慮り、裁判員として苦渋の決断をしながら、一八六六年に亡くなるまで自責の念を持ち続けた従兄弟ガートにも敬意と同情を抱いていたと考えられる。実際、一八六二年に兄トマス・メルヴィルに宛てた手紙や、一八七六年の詩「花婿ディック」の中でも、ガートが勇敢で善良な海軍士官であったことを讃えている（Gale 150, 152）。

ビリーは最終的に「ヴィア船長に祝福あれ」といって死んでいく（64）。つまり、全体の秩序の維持を個人の人権より優先せざるをえなかった支配者の行動、それに伴う心の葛藤や苦しみを、犠牲者であるはずのビリーが一番理解し、赦すのである。ヴィアも自らの死の直前に「ビリー・バッド、ビリー・バッド」と呟くが（69）、それはビリーのお蔭で彼が苦悩から救われたことを意味している。ビリーはキリスト的イメージで描かれているが、ヴィアを赦し救済するといった大役は、そうした超人的な存在でなければ果たせなかったのだろう。『ホワイト・ジャケット』で「水兵と艦長の間に横たわる深淵」を嘆くだけだったメルヴィルは、四十年後の作品で両者を結び付けようとしている。

二　人種間の「深淵」——ホワイト・ジャケットの意識から

ここで新たに注目したいのは、これら二つの作品が、十九世紀の後半ますます深刻化しつつあった人種問題をも投影していることである。『ホワイト・ジャケット』の中で、水兵は奴隷に喩えられる。例えば軍規に違反した水兵は「奴隷さながらに裸にされ、猟犬よりも酷く鞭打たれる」(138)と描写される。当時のアメリカでは、兵士だけでなく、学校の生徒、女性、精神病者、囚人など、暴力を受けたり迫害されたりしている社会的弱者を救おうとする改革運動が盛んになっていた。共通するのは、彼らの境遇を奴隷のそれに喩えることで、世間の関心や同情を引き付けていたことである。これは運動家たちのひとつの戦略であった(Glenn 114; Otter, *Anatomies* 51)。

しかし、メルヴィルの作品はそこで終わらず、むしろ重要なのはその先である。語り手ホワイト・ジャケットは、シャツを脱がされ鞭打たれる水兵が奴隷と同じ痛みを味わっていることに何度も言及する一方で、刑は「一瞬のうちにすみ、被告にシャツを着せてやったらそれでおしまいだ」という（139）。つまりシャツの着脱が前後に行われることで、鞭刑は儀式のようなものになり、苦痛は長引かないのである。ちなみに当時の奴隷物語十編を集めた『奴隷に生まれて』を参照すると、鞭打ちのあとにシャツを着ると書かれているものは皆無である。それどころか患部には塩水がかけられ、さらなる苦痛を加えられる（Y. Taylor 59, 67, 277）。水兵の状況よりはるかに苛酷である。

さらにホワイト・ジャケットは、自分は奴隷とは違うのだというプライドも作品の随所で露呈させている。すなわちこの作品は、白人水兵の隠れた人種差別の意識を炙り出し、彼らと黒人奴隷の間にも意識の深淵が広がっていることを暗示しているのである。特に、「薔薇水」とよばれる黒人と白人の混血児が鞭刑に処せられている場面における、ホワイト・ジャケットの心の動きに注目したい。「僕は思った。哀れな混血児！虐げられた人種の一人、世間はおまえを猟犬みたいに貶める。神に感謝だな、僕は白人なのだから」。ここでうっかり自らの優越感を露呈しそうになって、語り手は急いで付け加える。「だが白人だって鞭を食らうのを僕は見てきたのだ。白人、黒人問わず、僕ら船乗り仲間はみんな、その可能性があるのだ」。しかしその直後、彼はこうも言う。

そうは思うものの、我々の中にはどういうわけか何かがあって、もっとも貶められた状況においては、自分たちより階級が下だと想定する他者にたいする妄想めいた優越感に、自分を

欺いてでも浸ろうとするのだ。(277)

このように、語り手自身、人種に関する差別的感情や優越感を根拠のないものであると自覚している。にも関わらずそれを抱いてしまうことも認めている。マイラ・C・グレンによると、そういった感情は、一時的に水夫を経験しただけの若い白人の手記に多くみられるという(142)。『ホワイト・ジャケット』は鞭から受けるインパクトについても、語り手と黒人奴隷とで違いを際立たせている。サミュエル・オッターは、鞭の刑が終わっても、その傷は一生消えないことを重要視し、『タイピー』の主人公が入れ墨で皮膚を傷つけられることを嫌がったのと同様、『ホワイト・ジャケット』の語り手は鞭で傷つけられることに恐怖を感じていると論じている("Race" 14–15, 18–31)。しかしながら、語り手自身が鞭刑にかけられるかもしれないという場面で、彼はその時の心境を次のように語るのである。

僕の心を分析することはできない。ただ、心は僕の内なるところで静止していたということだけだ。(中略)僕の人間性は僕の内部の底なしに深いところにあるのが感じられ、クラレット艦長のどんな言葉、どんな打撃、どんな鞭も、そこに届くくらい深く僕を切りつけることができるとは思えなかったのだ。(280)

人間性を守り通せる白人の語り手と、人間性を簡単に破壊されてしまう黒人奴隷とは違うのである。

最後に考えたいのが、語り手の着ている白いジャケットと黒人の黒い皮膚との比較である。オッターの論によると、白いジャケットは語り手の身を守るどころか、紺のジャケットを着た仲間たちの中で語り手を目立たせ、仲間から虐待を招き、彼の行動の自由を奪ったり、危険な目にさえあわせたりすることから、黒人の皮膚と似ているのだという（"Race" 29–34）。ちょうど黒人が、その黒い肌のために虐待されたり拘束されたりすることの、隠喩ともとれる。しかしながら、語り手は白いジャケットを着たまま海に放り出されたあと、それを切り裂いて自由になるのである。

> 腰帯に刺していたナイフを抜くと、縦一文字にジャケットを切り裂いたが、まるで僕自身を真っ二つに切り裂くようだった。それから渾身の力をこめ、ジャケットの中から躍り出た。やっと自由の身になった。（394）

彼はこの行為によって、新しいアイデンティティを手に入れる。ここに、黒人の皮膚との決定的な違いが暗示されている。

以上見てきたように『ホワイト・ジャケット』は、一見、黒人奴隷と共通点を持つ水兵の物語のように読めるが、刑罰を受ける水兵の状況や心理状態を黒人奴隷のそれと比べていくと、かなり隔たりがあり、水兵が彼らに寄せる共感には限界があることを暗示している。メルヴィルは、この異人種間の共感や融合について、次作の『白鯨』をはじめ、その後の様々な作品で模索していくことになる。

三　人種間の「深淵」を埋めるビリー・バッド

それでは、イギリス海軍を舞台にした『ビリー・バッド』では、人種のテーマはどのように扱われているのだろうか。ここであらためて、『ビリー・バッド』の語り手が重要になってくる。先述したグレンの論の続きを参照すると、水夫になって日も浅い若者は、人種的偏見が強い一方、水夫歴の長い年配者は、異人種に対してもっと平等な見方をし、すべての人種が幸せになることを望んでいるという(142)。メルヴィル自身は水夫歴は長くないが、人生経験を重ね、ベテラン老水夫のような心境でこの物語を語っているのではないか。

そこで、その語り手による黒人表象について考えてみたい。このテーマは一九九五年の拙論で取り上げたことがあるが、その後二〇〇八年、二〇一〇年にそれぞれ、グレゴリー・ジェイとマイケル・T・ギルモアが論じている。三人の論は、ビリーと冒頭に紹介される黒人水夫がともに「ハンサム・セイラー」として描かれることに注目した点（辻 七七；Jay 385）、ビリーが典型的な黒人像と共通の特徴を持つことを指摘した点（辻 七九―八一；Gilmore 189–90）で一致している。まず、前者から見ていきたい。

物語は、かつてハンサム・セイラーの名をほしいままにした男たちの華々しい姿が、語り手によって次々に想起されるところから始まる。メルヴィルの他の作品にもしばしば登場するこのハンサム・セイラーとは、「身体、精神、頭脳すべてにすぐれ、経験豊富、若いが完成されている男」（Chase 258–59）のことである。彼らは「陸にあがればチャンピオン、水に浮かんでは、スポークスマン」として、水夫仲間から賞賛を浴び、「ここぞというときにはいつでも先頭に立つ」（*BB* 4）。『ビリー・バッド』において特に注目すべきは、その花形水夫の中に、語り手がかつてリヴァプールで出会ったという黒人が入れられていることだ。彼は、黒檀のように濃い黒色の肌をしていることから、「混じりけのないハム族の血を受け継いだ、生粋のアフリカ人に違いなかった」。「均整のとれた姿で、背丈も標準よりずっと高い」。首のまわりに派手なハンカチを巻き、耳には大きな黄金の輪をつけていた。また、「顔は汗でつや光りし、蛮人らしい陽気さで輝いていた」（3）。この姿は『白鯨』に描かれる有色人種のうち、アフリカ黒人ダグーに最もよく似ている。しかし今度は、ダグーのように白人航海士の手下となって、「筋肉を惜しみなく提供」（121）して働くだけの役回りではない。この黒人は、水夫仲間の中心にいて慕われている。さらに道行く人も仏像のように尊い雰囲気を醸し出す彼を見て、思わず立ち止まってじっと見つめたり、たまに賞賛の声をあげることすらあったという（3）。メルヴィルはこのように黒人水夫が肉体、精神ともに優れ、カリスマ性を備えたリーダーとなっている場面を、ビリーの物語が完成した後、冒頭に加える（Hayford 7）。そのことで、黒人を劣等人種とみなすステレオタイプ的見方に一石を投じようとしている。

さらに、黒人を取り巻く水夫仲間というのが、「様々な人種と肌色を組み合わせた」者たちで、彼らは「クルーツ男爵に率いられ、最初の国民議会に乗り込んだ、人類連合」（3）に喩えられていることにも注目したい。そこで我々が想起すべきは『ホワイト・ジャケット』とほぼ同じ時期に書かれた『レッドバーン』の一場面である。語り手はその黒人水夫によく似た人物を同じリヴァプールで見かけている。そのときは黒人水夫が美しい白人女性と腕を組みながら歩いており、語り手はそれがニューヨークだったら「暴徒に襲われていただろう」と言い（202）、アメリカがいまだ「独立宣言」の冒頭で謳っている自由・平等の原則を守れず、人種偏見に染まっている実情を嘆くのである。メルヴィルはここで、一八三〇年代のニューヨークにおいて、すでに黒人の存在や異人種間混淆に強い反発が生まれていたことを示唆している。実際、一八三四年には、奴隷解放運動家を狙った暴動が起きている。それを踏まえると、リヴァプールで黒人の花形水夫が、多様な人種の仲間と仲良く歩いている『ビリー・バッド』の冒頭場面は意味深い。残念ながらそこに白人女性の姿は見られないのだが、ともあれ、様々な人種が平和に共存する世界を、十九世紀末のアメリカのいまだ達成せざる理想として、再度提示しているのである。この冒頭の部分以降、『ビリー・バッド』に黒人の姿は見えない。しかし人種問題のテーマは、物語が進展するにつれて、今度はビリーという人物の中に受け継がれていく。

そこでわれわれは、冒頭の黒人水夫と対照的なビリーの特徴の意味を考えていきたい。ビリーは、「生粋のサクソンの血を引き、ノルマンその他一切の混血の跡を認めない」(9) 白人という設定である。ステレオタイプの白人観からすると、彼は身体、頭脳ともに優れ、リーダーとしての資質を備えているはずである。たしかにメルヴィルが最初に考えていたビリー像は、その白人観を裏切らないものであった。もっとも初期の草稿では、ビリーの年齢はもっと上で、すでに砲術班長という専門的技術を身につけた士官の地位にあり、真相は別として、最後は反乱の首謀者の疑いをかけられ処刑されるという設定であった (Hayford 4)。すなわち彼は、指導者としての能力を備えていたのである。

ところがその後メルヴィルは、ビリーの容姿など外見的なものは、この原案に忠実に肉付けしていく一方で、本質的な部分を大きく変える。つまり年齢を大幅に下げ、単純で従順な奴隷のようなイメージも与えるのだ。ビリーの中の奴隷のイメージは、前節で見たような、純粋で人を憎むことを知らないキリストのようなイメージとうまく混ざりあっている。これはJ・S・アドラーの指摘するように (162)、ビリーは、同時期に書かれた「ジョン・マー」("John Marr") という詩の中の平水夫像に非常に近い。中でも「より単純な性質を持つ野蛮人／俗世に仕える、俗離れした奉公人」と詠われる部分は、その本質を言い得ている（200）。

物語が進むにつれて、ビリーの白人としての容姿と中身のギャップが広がっていく。少人数の商船から大所帯の軍艦に移されて以来、彼はもはや「嘆賞の的とはいかなくなった」とある（8）。その後は、そのあまりに純粋な性質に付け込まれて謀反の容疑者にされ、自ら殺人犯となり、無力な奴隷を象徴的に演じている。艦長が軍法に基づいた解釈を述べたとき、ビリーはその発言の意味が理解できず、「しきりに物問いたげな顔を話者のほうに向ける。それは、どこかの純血種の犬が、犬の知能では理解しづらい主人のジェスチャーに何らかの説明を求めるときに浮かべるような愚鈍な表情である」という（52–53）。こうした犬のイメージは、あとで見るようにメルヴィルが黒人奴隷を描くとき、よく用いるものである。ギルモアも、ビリーの中に当時一般的であった南部奴隷のイメージ、すなわち子供っぽく原始的で野蛮な性質があることを指摘する（189–90）。

このように白人にあえて、従来黒人奴隷の特徴とされるものを付与し、読者のステレオタイプ的な見方を攪乱する手法を、メルヴィルは「ベニト・セレノ」ですでに用いている。アメリカ船の船長デラノは、航海途中、奴隷に反乱を起こされ漂流中のスペイン船に遭遇するが、バボウという反乱の首謀犯が、乗組員全員に何事もなかったかのような芝居をさせていることに全く気付かない。というのもデラノは「邪悪を嗅ぎつけるなど思いもつかない」（112）からである。また、ようやくバボウが馬脚を現し、捕えられるとき、デラノは腕力で彼をねじ伏せる。こうした愚鈍さや暴力性は、本来白人が黒人特有のものと決めつけているが、メルヴィルはそれらを白人のデラノ、そしてビリーに与えている（Hayford 139)。

ここではさらに、『ビリー・バッド』以前の作品の黒人奴隷の登場人物との共通点を探りたい。例えば『ホワイト・ジャケット』に登場するギニーは黒人奴隷でありながら水兵としても登録されており、健康的で陽気で、文明世界の煩わしさを知らない点がビリーに似ている。また彼は「今はゴムの手錠をはめられ、世界の自由を楽しんでいる」が（378)、いずれ売られて、自由を失う可能性が示唆されており、そこも「手錠のビリー」と同様である（71–72)。

また『信用詐欺師』に出てくるもう一人のギニーは、とくに窮地に追い詰められた頃のビリーの原型になっていると考えられる。彼は、船客の小銭めあてに屈辱的な芸をやることで、「犬そっくりの立場に落とされてしまった」(11)。その後、お前は偽物の黒人だと追及され、彼は絶望するが、その時「あのニューファウンドランド犬の顔も、望みのない、受け身の訴えの表情に変わった」(12)。これは先に引用したような、危機に陥ったビリーの、ヴィア艦長に向ける表情と似ている。

つまり語り手は、『ビリー・バッド』において冒頭に登場する黒人の水夫には、本来白人が持つとされる指導力を与える一方、完璧な白人の容姿のビリーには、黒人奴隷と同様の隷属的立場を与え、彼の中にもともとある肯定的な白人のイメージに否定的な黒人のイメージを混ぜ込んでいる。

それによってビリーの内部で、黒人と白人の境界線を意図的に曖昧にし、意味のないものにしているのである。

『ビリー・バッド』の最後で語り手は、支配者と被支配者の間のもっとも妥当な関係を模索し、提示している。語り手が囚われの身になったビリーに、黒人奴隷の姿を重ねていたとすれば、この最後の部分は、彼が人種問題に何らかの展望を与えているものとも読める。ビリーの処刑の場面で描かれるビリーと他の水兵たちとを結びつける絆は、単なる友情ではなく、軍紀の下、自由を奪われ苦境を強いられる者どうしの人種を超えた静かな共感ではないかと思われる。ただし、それが実現するのはアメリカ船でなく、イギリス船の上である。実際、メルヴィルがこの作品を執筆中の一八八〇年代、再建に失敗したアメリカ南部では、人種隔離が進み、人種共存など望むべくもなかった。すなわち『ビリー・バッド』は、冒頭の黒人のハンサム・セイラーと、主役である白人のハンサム・セイラーを通して、アメリカの人種共存の夢と厳しい現実の両方を暗示したものとしても読むことができる（辻 82–83）。

ところでヴィアとビリーの和解も、単なる支配者と被支配者の和解という意味に留まらない人種的な意味があると考えられる。一八八〇年代末以降の南部では、白人の暴徒が黒人を襲い、リンチにかけるという事件が多発している。こうした状況に対して、長年ニューヨークに住み、人種問題に対する意識の高かったメルヴィルが関心を持たなかったわけがない。すでに述べたように、白人に対してはほとんどの州で公開処刑は廃止されていた。だとすれば、ビリーの絞首刑の場面で読者が想起するのは、南部のリンチなのではないだろうか。同じ絞首刑ながら、暴徒の発生を予防するために、苦渋の選択としてヴィアがビリーに科したものと、暴徒そのものが感情に任せて無制限に行っていくものとは、まったく意味が違う。最後の公開処刑の場面は、南部のリンチに対するアンチテーゼとして示されているという見方もできる。

これまで見てきたように、メルヴィルはアメリカの軍艦を舞台にした『ホワイト・ジャケット』で、艦長と水兵が階級の深淵によって分断されているさまを水兵の怒りとともに表現したが、イギリスの軍艦が舞台の『ビリー・バッド』では、艦長のほうにも理解を示し、虐げられた被支配者だけでなく、悩める支配者も最後は救われる結末にしていた。また『ホワイト・ジャケット』で人種偏見に満ちた若い語り手が、黒人奴隷と心理的に分断されているさまを描いたが、『ビリー・バッド』では、偏見のない年配の語り手が、白人と黒人の両方のハンサム・セイラーに言及し、白人水夫であるはずのビリーに黒人的特徴を混ぜることで、両者の距離を縮めていた。階級と人種の問題に生涯をかけて取り組んだメルヴィルが二度目、かつ最後に選んだ舞台が、捕鯨船でも奴隷船でもなく、軍艦であったことは示唆に富んでいる。どこよりも孤立し、かつ閉鎖的な空間だからこそ、乗組員の緊張は極限に達し、階級や人種による差別意識はもっとも顕著な形で現れる。したがって、メルヴィルが作家人生の初期と最晩年に、軍艦の物語を通してアメリカ社会における階級と人種のそれぞれの深淵を前景化し、読者一人ひとりにその厳しい現実を突き付けたことは、決して偶然ではないのである。

＊本論は、平成二十九年度松山大学特別研究助成金による成果の一部である。

引用文献

Chase, Richard. *Herman Melville*. Macmillan, 1949.
Franklin, H. Bruce. "Billy Budd and Capital Punishment." *American Literature*, vol. 69, no. 2, 1997, pp. 337–59.
Gale, Robert L. *A Herman Melville Encyclopedia*. Greenwood Press, 1995.
Gilmore, Michael T. *The War on Words: Slavery, Race, and Free Speech in American Literature*. The U of Chicago P, 2010.
Glenn, Myra C. *Jack Tar's Story: the Autobiographies and Memoirs of Sailors in Antebellum America*. New York: Cambridge UP, 2010.
Hayford, Harrison. "Growth of the Manuscript." *Billy Budd, Sailor*. U of Chicago P, 1962, pp. 1–12.
——. "Notes and Commentary." *Billy Budd, Sailor*. U of Chicago P, 1962, pp. 133–202.
Langley, Harold D. *Social Reform in the United States Navy, 1798–1862*. Naval Institute Press, 2015.

Knowles, Julian B. *The Abolition of the Death Penalty in the United Kingdom: How it Happened and Why it Still Matters*. The Death Penalty Project, 2015.

Melville, Herman. "Benito Cereno." *The Piazza Tales and Other Prose Pieces, 1839–1860*, edited by Harrison Hayford et al, Northwestern UP / Newberry Library, 1987, pp.47–117.

——. *Billy Budd, Sailor. Billy Budd, Sailor and Other Uncompleted Writings*, edited by Harrison Hayford et al., Northwestern UP / Newberry Library, 2017, pp. 1–72.

——. "John Marr." *Published Poems: Battle-Pieces, John Marr, Timoleon*, edited by Harrison Hayford et al., Northwestern UP / Newberry Library, 2009, pp. 195–200.

——. *Moby-Dick: Or, The Whale*. Edited by Harrison Hayford et al., Northwestern UP / Newberry Library, 1988.

——. *Redburn, His First Voyage*. Edited by Harrison Hayford et al., Northwestern UP / Newberry Library, 1969.

——. *White-Jacket: Or, The World in a Man-of-War*. Edited by Harrison Hayford et al., Northwestern UP / Newberry Library, 1970.

Otter, Samuel. *Melville's Anatomies*. U of California P, 1999.

——. "'Race' in *Typee* and *White-Jacket*." *The Cambridge Companion to Herman Melville,* edited by Robert S. Levine, Cambridge UP, 1996.

Robertson-Lorant, Laurie. *Melville: A Biography*. Clarkson Potter, 1996.

Rogin, Michael Paul. *Subversive Genealogy*. U of California P, 1985.

Ryan, Katy. *Demands of the Dead: Executions, Storytelling, and Activism in the United States*. U of Iowa P, 2012.

Solove, Daniel J. "Melville's *Billy Budd* and Security in Times of Crisis." *Cardozo Law Review*, vol. 26, no. 6, 2005, pp. 2443–70.

Stewart, Randall. *Nathaniel Hawthorne: A Biography*. Archon Books, 1970.

Taylor, Alan. *The Civil War of 1812: American Citizens, British Subjects, Irish Rebels, & Indian Allies*. Vintage, 2011.

Taylor, Yuval, editor. *I Was Born a Slave: An Anthology of Classic Slave Narratives*. Vol. 2, 1849–66, Lawrence Hill Books, 1999.

Weisberg, Richard H. *The Failure of the Word*. Yale UP, 1984.

池田孝一「解説」『メルヴィル全集 6 白いジャケツ』所収、国書刊行会、一九八二年。

辻祥子「ビリー・バッドに隠された黒人像――メルヴィルと人種問題を巡って――」『人間文化研究科年報』第十九号、お茶の水女子大学人間文化研究科、一九九五年、七六―八三頁。

島嶼国家アメリカへの道
——再建期、大西洋横断電信ケーブル、ホイットマン

貞廣　真紀

はじめに

スティーヴン・スピルバーグ監督の映画『リンカーン』(*Lincoln*, 2012) は、大統領の夢で幕を開ける。夢の中で彼は暗闇を疾走する船の船長だ。目が覚めて「またあの夢を見た」と告げると、夫人は「ウィルミントンのせいね」と答える。ウィルミントンはノースキャロライナ州に位置する大西洋岸に開かれた南部連合国の最後の港である。リンカーンは開戦直後からアナコンダ作戦と呼

ばれる海上封鎖を行い、南部連合国とヨーロッパ諸国の連携の遮断を試みたが、連合国は網目をかいくぐって交易を続けていた。海から奥まった場所に位置し、攻撃を受けにくかったウィルミントンは、まさに封鎖破りの主要港で、ここからタバコや綿花が大西洋岸へ、さらにバハマ諸島、バミューダ諸島、イギリスへと運ばれていた。ウィルミントンはいわば「アメリカ最強の要塞」であり（Symonds, *The Civil War* 192–93）、一八六五年二月の海戦は、リンカーンによる海上封鎖作戦の遅ればせながらの完成を意味し、南北戦争終結への布石となる、そのような戦いであった。

このエピソードはかなりの部分リンカーンが実際に見た夢に基づいているのだが、[1] ウィルミントンを強調したところにスピルバーグの独自性がある。というのは、彼が描いてみせたリンカーンの海軍司令官としての姿、彼の海軍コネクションは今日でもそれほど知られているわけではないからだ。一八六一年三月に大統領に就任した際、海軍長官ギデオン・ウェルズに対して「船のことはほとんど知らない」と自ら認めているように、リンカーンは海洋軍事の専門家でもなければ軍艦を直接指揮するわけでもなかった。しかし、サムター要塞への海軍派遣と駐屯兵の救出が彼の最初の任務だったことが象徴するように、南北戦争とは陸海軍を通じた総力戦であり、大統領も海軍工廠に通い詰めていたという（Symonds, *Lincoln* x）。実際、アメリカ海軍史において南北戦争は転換点と考えられている。建国以来、海軍は半官半民で、政府寄りの組織でありながら海賊行為を容認される中間的な地位を与えられていたが、南北戦争を通じてそれはいよいよ正規の国家組織として規律化され、国防に乗りだしていく。開戦時に二十八隻だった軍艦が終戦時には六百隻にまで増加していることはその証左であろう。海軍が陸軍に比肩する組織になったのもこの頃のことだ。このように考えてみると、リンカーンの夢における船とは単に「国家（ship of state）」の隠喩であるばかりでなく、字義どおりの意味で彼が指揮した海軍、ひいては海洋国家アメリカそのもののように見えてくる。

リンカーンをモデルにして「おお船長、わたしの船長」（"O Captain! My Captain!," 1865, 以下「おお船長」と略記）を書いたウォルト・ホイットマン（Walt Whitman）は、南北戦争の海戦としての射程とその意味に意識的だったのではないだろうか。ホイットマンが大統領追悼のために書いた詩では、ニューヨークからイリノイへと続く鉄道の葬列を描いた「ライラックが先ごろ庭先に咲いた頃」（"When Lilacs Last in the Dooryard Bloom'd," 1865）が今日もっともよく知られているが、この詩が西部出身の大統領としてのリンカーンを描いているとすれば、「おお船長」はちょうど、ふたつ折りの絵画のように、海軍司令官という大統領のもうひとつの側面を描いているように思えるのだ。本論は、ホイットマンがこの詩を執筆した南北戦争直後の一八六五年から再建期にかけて、海洋国家アメリカをどのように構想したのかをたどる試みである。

再建期の作品に海洋国家アメリカを見出すのはいささかアナクロニズムに響くかもしれない。アメリカが海洋支配に目を向け、太平洋と大西洋に囲まれた島嶼国家としての地位を確立するのは、米西戦争の勝利を通じてフィリピンやハワイを獲得する世紀転換期のことだからだ。しかし、おそらくはロングアイランドという島に生まれマンハッタンという島に生きたがゆえに、ホイットマンはアメリカが海に囲繞された島国であることをよく知っていた。『草の葉』初版の序文で彼は、海洋に囲まれ、河川によって結び付けられたアメリカ独特の地形に言及している。「長い大西洋岸がさらに伸び太平洋岸がさらに伸びるとき、彼は一緒に楽々と南北に伸びる。彼はそれらの間で東から西へと広がり、その間のものを映すのだ」と（*Leaves* 55 iv）。アメリカを島国として捉える詩人の意識は南北戦争から戦後再建期にかけてさらに発展していく。ホイットマンは『草の葉』第五版の補遺として『インドへの道』（*Passage to India*, 1872）を執筆したが、そこで彼は海洋ネットワークの中の島嶼国家としての、いわばイギリスに代わる海洋国家としてのアメリカを描いていたのだ。本論はまず南北戦争を英米対立の観点から捉え直し、「おお船長、わたしの船長」が両者を橋渡しする役割を担った可能性を指摘する。英米を結びつけようとする試みは「インドへの道」に引き継がれるのだが、戦後直後とは異なり、再建期のホイットマンは両国の融和に満足することなく、イギリス的な植民地主義を換骨奪胎し、アメリカ的な新たなインドに向かうのだ。(2)

一　「おお船長、わたしの船長」——英米縫合のポリティクス

おお船長、わたしの船長、我々の恐ろしい旅は終わった
船はあらゆる困難を乗り越え、戦利品も手に入れた
港は近い、鐘の音が聞こえる、人々はみな歓喜する
しっかりとした竜骨を、いかめしく恐れを知らぬ船体を目で追いながら

(*Leaves* 67 13)

ホイットマンは晩年、「おお船長、わたしの船長」についてホレス・トロウベルにこう語っている。「技術的観点から言えば、この詩は古い規格に従っているわけでも新しいものに従っているわけでもない。これは混成物」なのだ、と。さらに「この詩を俗物たちへの譲歩の産物だと考える人がいて、それには頭にきているんだ。この詩には感情的にこうでなければならなかったという理由がちゃんとある」ともつけ加える（Traubel 2: 333)。とはいえ、倒置や規則的な押韻、「詩的」言語を用いているという点でこの詩が保守的に見えることは間違いない。彼の戦争詩が同時代の多くの詩と異なり、将軍や士官ではなく無名の兵士を描いていたことを思えば、「おお船長」における英雄崇拝はやはり異質に感じられる。しかし、この詩が「こうでなければならなかった」理由、それ

は何だったのだろうか。

この詩を通じてホイットマンが北部の大衆の理解をえることに成功し、リンカーンの追悼詩人としてその地位を確立したことは説明の一部にはなるだろう。一八六五年六月にインディアン管理局の仕事を解雇されたホイットマンが、読者を求めて保守的な詩作法に回帰した妥協の産物と言うこともできるかもしれない（Gailey 421）。しかし、この詩を保守的と呼ぶとき、その底流にある批判が北部の人々のみならずイギリスの伝統的な詩形式に向けられることには改めて目を向ける必要がある。おそらく『海と湖のアメリカ文学百科事典』（二〇〇六）に提示されているような読みは、他の詩形式からは生まれなかったのではないか。事典にはこうある。「リンカーンへのオードは一八〇五年のトラファルガーの戦いにおけるネルソン卿のイメージと結び合わされている。（中略）どちらの国家的英雄も勝利を追求する中で死に絶えた。ネルソンについての直接言及はないが、二人の並行的描写には疑いがない」（472）。イギリスにおいてリンカーンはしばしばクロムウェルとなぞらえられて英雄視されていたようだが（"Interchange" 488）、ネルソンとの関連付けについての証拠はなく、本論もここでことさらに二人の重ね書きを主張するわけではない。しかし、少なくともこの詩は、ここでイギリスの英雄が歌われているという生産的誤読を許す程度にはイギリス詩のように響く。つまり「おお船長」は、見方を変えれば、イギリスの英雄を歌う英詩の伝統的な形式の中でアメリカの英雄を立ち上げるという、むしろ矛盾を内にはらむ試みだったのではないか。だが、フロンティア・スピリットを体現し、アメリカの海軍を背負って立つアメリカ的な大統領がなぜイギリスの伝統との関わりの中で生み出されなければならないのか。

カール・シュミットは『陸と海と』の中で、陸上戦と海戦の神話的イメージを紹介しているが、それは南北戦争を理解する上でも有益である。「ビヒモスはその角や歯でリヴァイアサンを引き裂こうとするが、これに対してリヴァイアサンはその鰭でもってその相手の陸生動物の口や鼻を覆い、物を食べたり呼吸したりできぬようにしようとする。これは海国が兵糧を絶って兵糧攻めにする陸国封鎖の描写」なのだ（一八）。ウィルミントンの例に見たように、南北戦争とはシュミットの言うところのリヴァイアサンの戦いであった。南北戦争は単に南部と北部、合衆国と連合国の戦いであるばかりでなく西部における先住民討伐戦争でもあったが、さらにそれは、南部と貿易を行い経済関係を結ぶ中立国をも敵とする全面戦争だったのだ。

すなわち、南北戦争においてイギリスは中立国でありながら、北部にとっては「敵国」だったことになる。その潜在的な反連邦主義は、一八六一年十一月のトレント号事件で一気に表面化する。南部の使節を乗せたイギリスの郵便船をチャールズ・ウィルクス率いる北部海軍が襲撃したのだ。当時のイギリス首相パルマストンは国会でウィルクスに対する憤りを示し、イギリスの新聞は「謝罪か戦争か」という見出しで緊張を煽った（Giles 143）。それは英米戦争勃発の危機でもあったのだ。ホイットマンは『戦時中備忘録』（*Memoranda during the War*, 1876）に、戦争に対する海外の反応をこのように記している。「合衆国がこの戦争によって効果的に分裂され、不具にされ、分割されるようにと強く祈らないものは戦争を見守っているヨーロッパの政府の中にひとつたりとも存在しないのだ」と。しかし、こうした海外の反米感情に対して、ホイットマンは「憤怒」するわけでも「危機に瀕していると感じる」わけでもない。彼はむしろ「助けられ、緊張し、集中している」という。なぜなら、その「世界的憎悪の過酷な教訓」は、「ますますアメリカをその理念のもとに結集させる」からだ（*Memoranda* 63）。

サミュエル・グレイバーは、ホイットマンが南北戦争中、反英感情と「例外主義者のファンタジー」を強化することで国家統一を目指したと論じている（Graver 127）。なるほど、『備忘録』の引用に見たように、ホイットマンの国家統一の試みが英米の対立感情と密接に関わっていることは間違いなさそうだ。しかし、戦時中のある地点までホイットマンがそのような態度を維持していたにせよ、『続 軍鼓の響き』を出版した一八六五年から再建期にかけてのホイットマンは、グレイバーの解釈とは逆に、むしろ亀裂した両国の縫合を目指していた可能性はないだろうか。そして、その象徴的役割を担ったのが「おお船長」のリンカーンだったのではないか。

トレント号事件に代表されるように、戦時中のイギリスにおけるリンカーンの評価は決して高いものではなかったが、彼の死はその評価を一転させた。暗殺以降、リンカーンをアングロサクソンの英雄として持ち上げる動きが出てくるのだ。イギリスではリンカーンの追悼集会がいくつも開かれたが、一八六五年五月にニューカッスルで行われた集会におけるスピーチはアメリカに対する共感を次のように示している。「リンカーンの暗殺はどこか外国ではなく、私たちに極めて近い国、同じ言葉を話し、同じ衝動に動かされ、同じ原則にその生命を支えられている国で生じた出来事なのだ」と（"Meeting of Sympathy with America," qtd. in "Interchange" 474）。

ホイットマンは一八七九年以降、リンカーンについての講演を繰り返し行っているが、そのテーマが常に暗殺の場面であったことは彼がリンカーンに何を求めていたかをよく示している。リンカーンはその政治的功績によってではなく死によって国家をひとつにまとめる（こう言ってよければ）装置なのだ。大統領暗殺の日の日記にホイットマンは書いている。「悲劇に満ちた彼の死の栄光は一切を清め、一切を照らし、彼の体と頭上に光輪を投げかけている。（中略）彼は暗殺された――だが、合衆国は暗殺されない――生き続けるのだ」（*Memoranda* 49）。ときが経つにつれ、リンカーンの犠牲としてのイメージは彼のなかでいっそう明瞭になったのだろう、「リンカーンの死」の講演録の中で彼は「国民を結びつける死の絆というものがある」と述べ、そのような死だけが「真の意味で永続的に国民を凝縮する」と書いている（"Death of Abraham Lincoln"）。W・C・ハリスはホイットマンがリンカーンの死を犠牲として扱っていることに触れ、「ライラック」においてその死は、一般的でありながら個別的な死として描かれ、連邦主義――「多からなる一」の実現の可能性――に開かれていると論じている（Harris 44）。西部に向かう葬列がアメリカ的な連邦主義の理想を体現していたとすれば、「おお船長」のほうはどうだろうか。ホイットマンは講演の際、常にこの詩を吟唱したようだが、この詩が吟唱用バラッドの形式で書かれたことは個別性を犠牲にしてもなお統一を求めるホイットマンの態度を示唆するだろう。リンカーンについての詩すべてに当てはまることだが、ホイットマンは詩中でその名前を呼ばない。むろん、歌われているのが大統領であることは誰の目にもあきらかで、「おお船長」に関して言えば、「父」という呼びかけは、リンカーンの愛称「父アブラハム」を人々の心に喚起したはずである。(「さあ船長、愛する父よ、／この腕を枕にして下さい、／これは何かの夢なのです、甲板に／あなたが息絶えて冷たく横たわっているのは」(*Leaves* 67 13))。しかし、死んだ船長の匿名性は公然でありながら、なお真空のように人々のファンタジーを飲み込んでいく。特別な人でありながら自分たちの身代わりでもある匿名の犠牲を体現するのがリンカーンだったとすれば、それを歌う行為は、唱和する声のなかに個々人のアイデンティティを回収し、いっそう緊密な共同体意識の形成を可能にしたはずである。

そのとき、リンカーンの死につなぎとめられる大衆とは、アメリカ北部の人々ばかりではなかっただろう。その犠牲によって生かされるのは南部の人間であり、さらにネルソンの下に国民として集められたイギリス人読者でもあったのではないか。南部詩人で、詩と音楽の関係を重視していたシドニー・ラニア（Sidney Lanier）は「おお船長」をことさらに取り上げ、「間違いなく、どの言語で書かれた詩の中でも、最も優美な詩のひとつだ」とホイットマンを称揚する（39)。また、ロセッティが六七年、ブキャナンが六八年、それぞれの書評でもれなくリンカーンを悼んだ詩に言及し、賞賛のコメントを出していることもおそらく偶然ではない。もっとも、ブキャナンの目から見てもリンカーンの哀悼詩は保守的に見えたようではあるが（Buchanan 94）。結局のところ、保守的とされてきた「おお船長」をイギリスの伝統的なバラッドとして読むことは、南北戦争の海洋的射程、すなわちトランスナショナルな射程を認識するということだ。そのとき見えてくるのは、リンカーンが南部と北部を統一させたばかりでなく、その死によって大西洋両岸の分断を縫合した英雄でもあったということ、そしてホイットマンがそのような人物として大統領を描こうとしていたということではないだろうか。

二 「インドへの道」——大西洋横断電信ケーブルと詩的ナショナリズム

戦後再建期、ホイットマンは海洋国家としてのアメリカ像をイギリスとの関係の中でさらに追求していくのだが、実は再建期はアメリカ海軍史上の「暗黒時代」と重なっている。戦時中にその規模を飛躍的に拡大した海軍は一気に縮小され、人々の関心は国内政治へと転じ、「海軍復興期」の到来にはニュー・ネイヴィーが誕生する一八八三年まで待たなければならない（北川 六三）。ホイットマンが『民主主義の展望』(*Democratic Vistas*, 1871)においてアメリカを一望の下に収める「展望」という立ち位置を確保しようとしたことは、彼の関心もまた同時代の多くの人々と同様、西部南部を含めたアメリカの統一にあったことを物語るだろう。しかし、同じ一八七一年、第四版の『草の葉』に戦争詩を組み込むかたちで第五版を出版し、その補遺として新たに『インドへの道』を編むことで、ホイットマンは彼の関心が大陸ばかりでなく海洋にもあることをも示すのだ。

補遺では死と船出のモチーフが繰り返されているのだが、それが国家分裂という過去の岸辺から旅立ち、再建を目指すアメリカを示唆しているというルーク・マンキューゾの指摘には一定の説得力がある(371)。[3] ホイットマンは「コロンブスの祈り」を始め、何度か自らをクリストファー・コロンブスになぞえらえて詩を書いているが、「インドへの道」においても、その詩的な旅路の中でインド、すなわち「新たなアメリカ」の発見を試みる。[4] しかし、その時インドは単に想像的な場所のみを指していたのだろうか。再建期の終わりと時期を同じくして、一八七七年にヴィクトリア女王がインド皇帝として即位することからもわかるように、イギリスはいよいよインドに対する支配体制を確立しようとしていた。こうしたインドの歴史的状況を踏まえるとき、ホイットマンの詩的プロジェクトにおけるインドへの道の二重性が見えてくる。つまり、インドへの道にはイギリスによる即物的な植民地支配の道と、もうひとつの新しいアメリカを探す精神的探求のふたつがあり、ホイットマンはそれを重ね合わせているように思われるのである。彼はどのようにイギリス、インド、アメリカの三者の詩的関係を構築しようとしていたのだろうか。

詩はスエズ運河、大陸横断鉄道、大西洋横断電信ケーブルという三つの技術革新で幕を開けるのだが、詩人とは、航海者、科学者や発明家たちの使命を引き継ぐ者であり、詩の下に、東洋と西洋、西半球と東半球、過去と未来、人間と自然、物質と超越的なものといった「すべての分離と亀裂が埋められ、繋がれ、結び合わ」される（*Passage* 9）。ここでホイットマンが意識していた科学者の一人は間違いなく大西洋横断電信ケーブルの敷設を実現させた立役者サイラス・フィールドであっただろう。彼に与えられた愛称のひとつは「アメリカのコロンブス」だが（Carter 164）、ホイットマン自身も一八五八年に彼についてのエッセイを書いており、その功績をひきつぐ者としての自画像を思い描いていたに違いない。「インドへの道」と同時期に書かれた詩に「静かな辛抱づよい蜘蛛」があるが、そこでも詩人はただひとり、「片時も休まず思いにふけり、危険をかえりみず、糸を投げかけ、新たな領域を探し求め、それらを結び合わせる」（*Passage* 69）。さらに、「結び合わせる」使命を抱えた詩人のイメージは、島国アメリカのイメージでもある。アメリカは、大西洋と太平洋というふたつの海、ひいては東洋と西洋にかかる橋なのだ。ホイットマンは大陸横断鉄道が「東の海を西の海に結びつけ、／ヨーロッパとアジアのあいだに道ができる」ことを高らかに歌う（*Passage* 7）。

探検者や科学者たち、詩人によってネットワーク化される海はアルフレッド・マハンがのちに

『海上権力史論』(*The Influence of Sea Power upon History, 1660–1783*, 1890) で提唱する「一大交通路 (great highway)」としての海のイメージを先取りしている (25)。モンロードクトリンの影響の下、大洋はヨーロッパから国家を守るための壁ないし空白として考えられていたが、いよいよ西部開拓が終了し、フロンティアの消滅が宣言された一八九〇年、マハンは「海上権力 (sea power)」を世界覇権の中心にすえた。彼は両海岸がシーレーンに面するアメリカの島嶼性を唯一無二の地勢として挙げ、アメリカが海上権力を掌握する可能性を論じている。

興味深いのは、海上覇権が英米協調のコンテクストの中で思い描かれていることだろう。マハンは様々な論文で両国の統一の可能性に言及している。たとえば、一八九三年から九四年にかけて、アンドルー・カーネギーなど複数の論者が『ノース・アメリカン・レビュー』で英米の海洋交易や同盟について論じているが、彼もその一人であった。多くの論者と同様、マハンも英米統一の根拠を言語や文化の共通性に見ていないわけではないのだが、彼の論の特色は両者の共通性をその島嶼性に求める点にある (5)。「規模は違うにせよ、地理的状況の同一性はふたつの国を同一の方向に駆り立てる」と彼は書いている (Mahan, "Possibilities" 553–54)。マハンの見立てによれば、島嶼性という両国の地理的環境の同一性こそが、互いに補強し合いながらアングロサクソン民族による海洋支配を持続するように働きかけるのだ。むろん、彼がふたつの島の規模の違いに言及していることを無視すべきではない。アメリカはいわば新たなるイギリスであり、イギリスがそれまでに掌握してきた海洋覇権は今やアメリカに移譲されるべきものなのである。

ホイットマンの詩においても、マハンと同様、イギリスとの連帯の欲望と、イギリスとは違う「インドへの道」を目指そうとするナショナリスティックな欲望が連動している。その二重性が垣間見えるのは大西洋横断電信ケーブルの取り扱いにおいてである。先に触れたように、詩の冒頭では三つの技術革新が言及されるのだが、そのうち、スエズ運河と大陸横断鉄道のふたつが第三セクションでタブローとして示されるのに対し、大西洋横断電信ケーブルだけは描かれていない。その扱いのバランスの悪さはこれまで何度も研究者に指摘されてきた。アーサー・ゴールデンは「インドへの道」のパッチワーク的な成立過程がこの欠落を生んだと解釈し(Golden 1102)、マーティン・ドウドナは、前者ふたつが一八六九年という直近の出来事であるのに対してケーブル敷設は一八五八年の出来事であり、読者にとって「あまりに馴染み深い」発明だったためにことさらに取り上げられなかったのではないかと論じる(Doudna 51)。しかし、ケーブルの描写の不在には、海底に沈んだ不可視のケーブルに対する「馴染み深さ」と同じ程度に、ほとんど意図的とも思えるような、ある種の批判的な忘却が働いているように思われるのだ。ホイットマンは一八七〇年四月二十二日、イギリスの出版社への仲介をしていたモンキュア・コンウェイに手紙を書いているが、その中で鉄道と運河のふたつのみを取り上げ、それを「現代工学の傑作」と呼んでいる("Correspondence")。これはいささか奇妙なことだ。ケーブル敷設が一時的に成功したのは五八年

ベイカー＆ゴドウィン社が販売した木版画
「ケーブルの敷設——手を取り合うジョンとジョナサン」

だが、その完成は一八六六年であり、それほど昔のことではないのだから。ケーブルとは一体何だったのだろうか。そして、なぜそれは忘却されなければならないのか。

そもそも、一八五八年に建設された大西洋横断電信ケーブルは、アメリカの孤立主義政策の下で壁として機能していた大西洋がいよいよ交通路へと転換する契機だった。ホイットマンは、USSナイアガラ号とHMSアガメムノン号の協力で達成されたケーブルの敷設について、八月二十日の『ブルックリン・デイリー・タイムズ』に「ケーブルの倫理的効果」（"The Moral Effect of the Cable," 1858）という論説を書いている。彼がケーブルの効果とするのは英米が「手に手を取る」ことなのだが、五八年のケーブル敷設の際、ジョナサンとジョン・ブルが手を取り合う様子は新聞がこぞって用いたケーブルのイメージであった。こうした英米関係の強化は、南部とイギリスの癒着について北部人に不安を喚起するほどだったようである（Hanlon 137）。ホイットマンの言葉を直接引けば、「アメリカ合衆国を嵐のような激情で胸高鳴らせ、尊敬と勝利の念で人々の胸を震わせるのは、偉大なアングロサクソン種族の「融和（union）」であり、これ以降永遠に「単一体（unit）」となるという事実なのだ」（*I Sit* 160）。ケーブルを英米の友情や血縁の情に読み替えるレトリックは当時広く流通しており、ヴィクトリア女王がアメリカ大統領ブキャナンに送った電信も「共通の関心と相互の敬意のもとに友情が育まれる両国間にもうひとつの絆」が生まれたことを褒め称えるものであった（Hearn 119）。

ところが、二国間の協力によって敷設に成功したかに見えたケーブルもひと月ほどで故障し、その完成には一八六六年七月十三日の蒸気船グレート・イースタン号による設置を待たねばならない（Hearn 131, 228–30）。ここで重要なのは、英米の軍艦が半分ずつ敷設を担い、その成功を両国が寿いだ五八年とは異なり、六六年の敷設はイギリスの単独行動で達成されたということである。アメリカの「冒険」として始まった（それゆえにサイラス・フィールドは五八年当時「アメリカのコロンブス」と呼ばれたわけだが）ケーブル敷設は次第にイギリス資本に吸収され、イギリスの科学者、資材、人材に支えられるイギリスのプロジェクトへと変化し、六六年の成功はイギリスの国民にイギリスの栄光として受け止められたという（Cater 262）。

しかも、ケーブルの敷設は単にイギリスの技術革新の栄光のみを意味するものではなかった。それはイギリスの帝国化と不可分ではない。海上権力が「国家権力や軍事力のみならず、平和的な通商と海運をも含」むようなものであるとすれば（Mahan, *The Influence* 28）、電信線という海上コミュニケーションはその基底を成すだろう。実際、この成功によってイギリスは次の目的地インドに向かって敷設作業を拡張し、一八七〇年、グレート・イースタン号はアデン―ボンベイ間のケーブル敷設に成功する（Hearn 242）。イギリスは、文字通りインドへの道の敷設に成功したのだ。イギリスが遠隔地の支配を確立できたのは、植民地の内情を瞬時に知ることができる電信手段を所有していたためであり（土屋 八）、大西洋横断電信ケーブルは大英帝国の海運ネットワークと「見事なまでに一致」していたのである（三―四）。

ケーブル敷設に関するイギリスの先導性と、それがインドの植民地支配に及ぼす影響を確認するとき、五八年の敷設をあれほど賞賛したホイットマンがなぜ六六年の敷設を描かなかったのか、その理由が見えてくるように思われる。ホイットマンは、イギリスに続いてインドへの道を進みながら、イギリスのインドに対する物理的支配や植民地化を換骨奪胎するようにして、それとは異なるインドへの道の敷設を試みたのではないだろうか。ホイットマンのインドへの旅は過去をめぐり現在に再び戻って来るのだが、コロンブスによって見出されたアメリカと、見出されることのなかったインドという兄弟の抱擁が幻視される。「海はすべて渡り終えられ、岬を抜け、航海に終わりを告げて（中略）心に友情があふれ、愛は完全なものになり、兄は見いだされる。弟はその腕に抱かれ、慈しみの情の中で溶けていく」（*Passage* 14）。インドへの道の果てにあるのは、探求者の支配者としての地位の確立ではなくむしろその消滅なのだ。

『インドへの道』と同様に『草の葉』第五版の補遺に加えられた「結局、創造するだけではなく」は、同年九月七日、ニューヨークで開催されるアメリカ協会第四十回大会で朗読するよう依頼を受けて執筆された詩だが、イギリスと並走しながらいつのまにかそれを換骨奪胎し、アメリカのナショナリズムを主張する「インドへの道」に極めて似た世界観を提示している。詩の冒頭、「新世界の教訓」としてホイットマンはこう記している。「結局、創造するだけではなく、建設するだけでもなく／おそらくはすでに建設されたものを遠くから引き戻し／標準的で、限界を知らず、自由な私たちの実質をそれに与え／粗野で無気力な体に神聖な命の火を満たし／拒絶し破壊するのではなくむしろ受け入れ、溶かし、回復させ／指揮するだけでなく服従し、先導するよりも後につづく」(2)。奇しくも、六六年の大西洋横断電信ケーブルの完成は、単に新たなケーブルを設置することで成し遂げられたわけではなかった。それは、かつて敷設に失敗し断絶したケーブルを海底から拾い上げ、新ケーブルの補助として用いることによって可能になったのだ（Hearn 209–18）。ホイットマンはそのことを知っていただろうか。

おわりに

海洋は根源的な意味で所有不可能であるがゆえに、海上覇権の確立は海についての絶えざる表象と概念化、劇場化の必要を伴う（Connery 688）。歴史的な海軍の拡張がその権力を可視化する行為と切り離せないものだとすれば、ホイットマンの描いた海洋詩もまた一定程度、来るべきパクス・アメリカーナに貢献したことになるのかもしれない。「おお船長、わたしの船長」が国家の救世主としての海軍のイメージ形成に貢献したことは十分に考えうるし、ホイットマンが提示した「新たなインド」のビジョンもまた、アングロサクソン主義に基づくマハンの海軍主義と決して無縁ではない。それはコロンブスのアメリカ探求を今日無邪気に賞賛することができないのと同じことだ。しかし、本論で論じてきたように、イギリスによるケーブル敷設という物理的植民地支配を批判的に忘却し、詩的言語によって大陸を橋渡し、「インドの彼方」に進もうとするホイットマンの試み、いわば詩的ケーブルの敷設は、海洋覇権や帝国化に加担する可能性をはらみつつ、それでもなお詩的言語として、政治的支配に対して批判的である可能性をもまた持っていたように思われるのだ。

＊本論は、二〇一七年十一月十一日の第百十五回 PAMLA 年次大会での口頭発表に大幅に加筆修正を施したものである。また、科研費（若手研究B・課題番号 16K16792）の助成を受けた研究成果の一部である。

注

（1）暗殺から三日後の四月十八日、『ニューヨーク・ヘラルド』はリンカーンが戦争の重要な局面で常にこの夢を見ていたと部下に話したことを報じている。

（2）ホイットマンの詩における海や船のモチーフを歴史的観点から扱った議論はほとんど例がない。四重六郎の『ホイットマンとマハンから読むアメリカの民主主義と覇権主義』はホイットマンの想像力がマハンの海洋覇権主義に近接することを論じた極めて例外的な研究であり、本論はその着想に多くを拠っている。本論が試みるのは、四重の指摘が再建期にどのように準備されたのかについての実証的な検証ということになろう。

（3）ホイットマンは一八七一年、『草の葉』の構造を大きく変えようとしていたようだ。『草の葉』と新たに編んだ『インドへの道』を一対の詩群とし、片方が身体や経験、もう片方が神話的なテーマを扱いながら両者が互いに関連するような詩集の構想を持っていたらしい（Gailey 423）。最終的に彼はその構想を捨て、代わりに『草の葉』第五版にはふたつの補遺がつけられることになった。ひとつが「結局、創造するだけではなく」（のちの「博覧会の歌」）（“After All Not to Create Only,” 1871）で、もうひとつが補遺

『インドへの道』である。

（4）ホイットマンは「カリフォルニアの岸辺から西に向かって」でも太平洋への船出を描いており、四重が指摘するように、太平洋の向こう側を「極西」として捉える視点を持っていたといえるだろう（七七―八四）。太平洋の航海は「まだ見つからぬもの」を探す旅でありながら「母なるものの住む家」への帰還でもあり、それは「地球をぐるりとさまよい終えて、今喜びに胸おどらせつつ」再会を果たす場所、つまりアメリカにとって起源であり同時に目的地でもある（*Leaves* 67 116）。

（5）世紀転換期における英米対立から協調への転換については細谷を参照。細谷はこの協調政策がイギリスからアメリカへの海上覇権の速やかな移行を可能にしたと論じる（一二七―一三四）。

引用文献

Buchanan, Robert. "Walt Whitman." *The Broadway*, vol. 1, Nov. 1867, pp.188–95.

Cater, Samuel, III. *Cyrus Field: Man of Two Worlds*. Putnam, 1968.

Doudona, Martin K. "The Atlantic Cable in Whitman's 'Passage to India.'" *Walt Whitman Review*, vol. 23, 1977, pp. 50–52.

Gailey, Amanda. "The Publishing History of *Leaves of Grass*." *A Companion to Walt Whitman*, edited by Donald D. Kummings, Wiley-Blackwell, 2006, pp. 409–37.

Giles, Paul. "America and Britain during the Civil War." *The Cambridge Companion to Abraham Lincoln*, edited by

Shirley Samuels, Cambridge UP, 2012, pp. 141–54.

Golden, Arthur. "Passage to Less than India: Structure and Meaning in Whitman's 'Passage to India.'" *PMLA*, vol. 88, no. 5, Oct., 1973, pp. 1095–103.

Graber, Samuel. "'Help'd, Braced, Concentrated': Transatlantic Tensions and Whitman's National War Poetry." *Literary Cultures of the Civil War*, edited by Timothy Sweet, U of Georgia P, 2016, pp. 119–38.

Greasley, Philip A. "Walt Whitman." *Encyclopedia of American Literature of the Sea and Great Lakes*, edited by Jill B. Gidmark, 2006, Greenwood Press, pp. 471–74.

Hanlon, Christopher. *America's England: Antebellum Literature and Atlantic Sectionalism*. Oxford UP, 2013.

Harris, W. C. "Whitman's *Leaves of Grass* and the Problem of the One and the Many." *Arizona Quarterly*, vol. 56, no. 3, 2000, pp. 29–61.

Hearn, Chester G. *Circuits in the Sea: The Men, the Ships, and the Atlantic Cable*. Praeger, 2004.

"Interchange: The Global Lincoln." *Journal of American History*, vol. 96, no. 2, 2009, pp. 462–99.

"Interesting Incidents of Mr. Lincoln's Last Days." *New York Herald*, 18 April 1865, p. 1.

Lanier, Sidney. *The English Novel*. Edited by Clarence Gohdes and Kemp Malone, Johns Hopkins UP, 1945.

The Laying of the Cable–John and Jonathan Jointing Hands. 1858. Woodcut with letterpress 42.5×56.5cm. Library of Congress, Prints & Photographs Division, Washington D.C.

Lincoln. Directed by Steven Spielberg, Dream Works, 2012.

Mahan, Alfred T. *The Influence of Sea Power upon History, 1660–1783*. Little, Brown, and Company, 1890.

——. "Possibilities of an Anglo-American Reunion." *The North American Review*, vol. 159, no. 456, Nov. 1894, pp. 551–73.

Mancuso, Luke. "*Leaves of Grass*, 1871–72 edition." *Walt Whitman: An Encyclopedia*, edited by J. R. LeMaster and Donald D. Kummings, Garland Publishing, 1998, pp. 726–27.

Symonds, Craig L. *The Civil War at Sea*. Oxford UP, 2009.

——. *Lincoln and His Admirals*. Oxford UP, 2008.

Traubel, Horace. *With Walt Whitman in Camden.* Small, Maynard, 1906–1996. 9 vols. *The Walt Whitman Archive*, edited by Ed Folsom and Kenneth M. Price, www.whitmanarchive.org/criticism/disciples/traubel/index.html.

Whitman, Walt. "After All, Not to Create Only." *New York Evening Post*, 7 Sept. 1871, p 2.

——. "Correspondence." *The Walt Whitman Archive*, edited by Ed Folsom and Kenneth M. Price, www.whitmanarchive.org/biography/correspondence/tei/col.00002.html.

——. "Death of Abraham Lincoln." *The Walt Whitman Archive*, edited by Ed Folsom and Kenneth M. Price, www.whitmanarchive.org/criticism/current/encyclopedia/entry_427.html.

——. *I Sit and Look Out; Editorials from the Brooklyn Daily Times.* Selected and edited by Emory Holloway and Vernolian Schwarz, Columbia UP, 1932.

——. *Leaves of Grass. The Walt Whitman Archive*, edited by Ed Folsom and Ken Price, www.whitmanarchive.org/published/LG/index.html.

——. *Memoranda during the War*. 1876. *The Walt Whitman Archive*, edited by Ed Folsom and Ken Price, www.

whitmanarchive.org/published/other/memoranda.html.
——. *Passage to India.* Smith and McDougal, 1872.
北川敬三「ネイバルアカデミズムの誕生——スティーヴン・ルースの海軍改革」『海洋国家としてのアメリカ——パクス・アメリカーナへの道』所収、田所昌幸・阿川尚之編、千倉書房、二〇一三年、六一—八六頁。
四重六郎『ホイットマンとマハンから読むアメリカの民主主義と覇権主義』、新風舎、二〇〇六年。
シュミット、カール『陸と海と——世界史的一考察』生松敬三・前野光弘訳、慈学社、二〇〇六年。
土屋大洋「大英帝国と電信ネットワーク——19世紀の情報革命」、*GLOCOM Review* 第三巻三号、一九九八年、一—一七頁。
細谷雄一「パクス・アメリカーナの誕生——英米関係と海洋覇権の移行」『海洋国家としてのアメリカ——パクス・アメリカーナへの道』所収、田所昌幸・阿川尚之編、千倉書房、二〇一三年、一一九—四七頁。

あとがき

本論集の発端となったのは、二〇一六年五月に同志社大学で開催された日本ナサニエル・ホーソーン協会第三十五回全国大会における「海洋国家アメリカの文学的想像力―海軍ディスクールとアンテベラムの作家たち」と題したシンポジウムでの議論である。シンポジウムでは、新国家特有の海軍の歴史を背景に、制度や組織の固定化をはかり、海軍の存在意義を問う思潮を海軍言説とし、その言説を補助線にして海洋国家アメリカのダイナミズムとアンテベラムの作家の創作との関係性を前景化することを試みた。本書の序で説明されるように、海軍というテーマはアンテベラムの文学研究からすり抜けてきた経緯があり、この試みがどのように受容されるかは未知数であった。しかし、シンポジウムで多くの質問や提案を頂き、このテーマへの関心に対する手応えを感じ、論集出版の企画を進めることとなった。そこで、まず、なぜ海洋ではなく海軍をテーマにするのか、なぜアンテベラムに焦点をあてるのかを明確にするために編者間で検討を行った。そして論集の趣旨を以下のように定めて本格的な編集作業に取り掛かった。

アメリカが海洋国家として伸展する十九世紀前半の時代は、アメリカ文学が成熟に至る時期と軌を一にしており、アンテベラムの作家には海軍体験を持つものや身近に海軍との接点を持つものが少なくない。これらの体験が作家達の創作活動に影響を与える一方で、海洋フィクションに感化される海兵や自ら遠征記を書く海軍士官を生みだした。奴隷船、海賊船、捕鯨船が巡航する、「制度化される以前」の伏流や攪乱をはらみこんだこの時期特有の海のトポスで、海賊征伐、奴隷船拿捕、捕鯨船や商船の保護などの役割を担って「秩序と規律」の導入を図る海軍は、国民国家（Nation State）としての制度の確立を急ぐアメリカ社会が洋上に再定位された縮図でもあった。しかし、そもそも海軍自体が未だ私掠船の流れをくむ海賊的なロマンや冒険に憧れるメンタリティの残滓を有し、商船を装う奴隷船や海賊化する捕鯨船員も存在し、あらゆる制度の境界は曖昧であった。こうした越境や混沌はやがて海軍が体現する「秩序と規律」へと回収されていくが、この制度化に向かう転換期のダイナミズムは作家達の想像力に強く訴えた。論集では、海軍と文学的想像力の接点を中心に、海軍が制度化される以前の海賊捕囚譚や、制度化に対峙する異制度としての反乱物語などの、海軍制度を相対化する視点も交え、海洋国家として発展するアンテベラムのアメリカのダイナミズムと文学の関係性を描きだすことを試みる。

さて、こうした趣旨のもと、執筆者から寄せて頂いた論考を編者として幾度となく通読する内に、ある感覚が芽生えてきた。空想の中の世界各地が徐々に繋がり、様々な船が大海原を行き交い、そこでうごめく人々の息吹が伝わってくるような感覚である。地中海でバーバリー海賊が跋扈し、カリブ海ではバッカニアが海戦に挑む。大西洋を奴隷船や商船が行き交い、太平洋では捕鯨船が回遊し、東インド艦隊が極東の未知の国の扉を開く。未完成の海図を頼りに船は進み、水夫たちは次々と船を乗り換え、時には海兵となり、時には捕囚の身となり、時には捕鯨船員となり、時にはビーチコーマーとなる。そして、海軍はこの海洋風景のいずれの動線とも交差して表れ、あらゆる国籍、あらゆる船、雑多な人々と接点を持ち、制度化を図る。編集の手をしばし休め、その空想の世界に遊ぶ内に、こうして想起された感覚とは、航海記や海洋物語を通して、当時の人々が感じたものの追体験ではないかという思いに至った。

あらゆる海洋事象を包含する海軍とその言説を補助線とし、海洋国家アメリカの文学的想像力を考察する本論集であれば、その読者が全体を読み終えたとき、作家たちの想像力を掻き立てたアメリカ特有の時代思潮を俯瞰的に感じ取ったとしても不思議はない。もちろん本論集が、個別の作品や作家、史実を精緻に考察する独立した論考で構成されていることはいうまでもない。しかし、作家を個別に見ていたのではすり抜けていく、あるいは多岐にわたる海洋表象を切り離して見たのでは立ち現れてこない、そうした感覚の想起や追体験を提供することを、本論集の意義のひとつとして挙げてもよいだろう。この論集の読者の脳裏に海洋国家アメリカの揺籃期の海洋のトポスが広がり、新たな文学研究の視座が開かれることとなれば編者として望外の喜びである。
執筆者の方々には、論集の趣意に賛同し、力作をお寄せ頂いたことに御礼申し上げるとともに、慣れない編集でご無理をお聞き頂いたことに感謝申し上げたい。また、論集の発端となったシンポジウムの機会を提供下さった日本ナサニエル・ホーソーン協会にも厚く御礼申し上げたい。また、編者として名を連ねさせて頂いてはいるが、本論集の編集作業が滞りなく進み、出版に至ることができたのは、ひとえに林氏の深い見識と適時適切なる助言によるものであることを申し添えねばならない。そして、真田氏にはシンポジウムの当初から、ひとかたならぬ協力を頂いたことを特記しておきたい。最後に、論集出版を快くお引き受け下さり、当初の予定どおりの刊行に向けてご尽力下さった開文社出版の安居洋一社長に心より感謝申し上げたい。

中西　佳世子

平成三十年四月吉日

ラ行

ワ行

マ行

タ行

ナ行

ハ行

サ行

索　引

「ブラック・ノイズとしての『ベニート・セレーノ』」――メルヴィルとアフリカ的想像力」『アメリカン・ルネサンス――批評の新生』（共編著、開文社出版、2013 年）

橋本　安央（はしもと　やすなか）
関西学院大学文学部教授
『痕跡と祈り――メルヴィルの小説世界』（松柏社、2017 年）
『高橋和巳　棄子《すてご》の風景』（試論社、2007 年）

林　以知郎（はやし　いちろう）
同志社大学文学部教授
「難船体験とアメリカとの遭遇」『災害の物語学』（共著、世界思想社、2014 年）
「*The Pilot* と還流する想像力―― Fenimore Cooper の海洋ロマンス群論に向けて」『同志社アメリカ研究』No. 48（同志社大学アメリカ研究所、2012 年）

布施　将夫（ふせ　まさお）
京都外国語大学外国語学部准教授
『補給戦と合衆国』（松籟社、2014 年）
「エリヒュー・ルートの軍制改革――陸軍省参謀部の創設をめぐって」『アメリカ史のフロンティアII　現代アメリカの政治文化と世界―― 20 世紀初頭から現代まで』（共著、昭和堂、2010 年）

真田　満（さなだ　みつる）
龍谷大学非常勤講師
"Fatherhood and Fraternity Forming Melville as an Artist." *Sky-Hawk*, No. 27.（日本メルヴィル学会、2012 年）
"'Rip Van Winkle's Lilac': Its Theme from the Viewpoints of Prose and Poetry." *Melville and the Wall of the Modern Age*（共著、南雲堂、2010 年）

辻　祥子（つじ　しょうこ）
松山大学人文学部教授
「作家オーデュボンの先駆性――辺境の他者表象から探る」『エコクリティシズムの波を超えて――人新世の地球を生きる』（共著、音羽書房鶴見書店、2017 年）
「語り直される『痣』の物語――ホーソーンからオーウェル、モリソン、ジュライへ」『ホーソーンの文学的遺産――ロマンスと歴史の変貌』（共著、開文社出版、2016 年）

中西　佳世子（なかにし　かよこ）
京都産業大学文化学部教授
『ホーソーンのプロヴィデンス――芸術思想と長編創作の技法――』（開文社出版、2017 年）
「浦賀の『流星』とプロヴィデンス――ペリーとホーソーンと日本開国」『アメリカン・ルネサンス――批評の新生』（共著、開文社出版、2013 年）

西谷　拓哉（にしたに　たくや）
神戸大学大学院国際文化学研究科教授
「メルヴィル『林檎材のテーブル』における家庭小説の実験――ジャンルとの親和と軋轢」『ホーソーンの文学的遺産――ロマンスと歴史の変貌』（共編著、開文社出版、2016 年）

執筆者紹介（五十音順）

阿川　尚之（あがわ　なおゆき）
同志社大学法学部特別客員教授
『憲法で読むアメリカ現代史』（NTT 出版、2017 年）
『憲法で読むアメリカ史』（ちくま学芸文庫、2013 年）

大野　美砂（おおの　みさ）
東京海洋大学学術研究院准教授
「『ナショナルな風景』の解体――ホーソーンの『主として戦争問題について』をめぐって」『エコクリティシズムの波を超えて――人新世の地球を生きる』（共編著、音羽書房鶴見書店、2017 年）
「ホーソーンの戦争批判――晩年の作品を中心に」『ホーソーンの文学的遺産――ロマンスと歴史の変貌』（共著、開文社出版、2016 年）

貞廣　真紀（さだひろ　まき）
明治学院大学文学部准教授
"Thoreau's Ontology of "We": Friendship in *A Week on the Concord and Merrimack Rivers*." *Thoreau in the 21st Century: Perspectives from Japan*.（共著、金星堂、 2017 年）
「メドゥーサの夢――メルヴィルの南北戦争」『フォークナー』第 16 号（松柏社、2014 年）

佐藤　宏子（さとう　ひろこ）
東京女子大学名誉教授
『アメリカの家庭小説』（研究社出版、1987 年）
『キャザー』（冬樹社、1977 年）

海洋国家アメリカの文学的想像力
——海軍言説とアンテベラムの作家たち　(検印廃止)

2018年4月20日　初版発行

編 著 者　中 西 佳 世 子
　　　　　林　 以 知 郎
発 行 者　安 居 洋 一
印刷・製本　創栄図書印刷

〒162-0065　東京都新宿区住吉町 8-9
発行所　開文社出版株式会社
電話 03-3358-6288　FAX 03-3358-6287
www.kaibunsha.co.jp

ISBN 978-4-87571-092-9　C3098